ullstein

## Das Buch

Nina Mertens, 41, hat die Nase voll: Um sie herum schwelgt die Welt in Reichtum, während sich bei ihr die Rechnungen stapeln und ihr Schufa-Score stetig sinkt. Deshalb beschließt sie, sich einen Millionär zu angeln. Aber wo? Da, wo die Millionärsdichte am höchsten ist, in Kampen auf Sylt! Sie verbringt ihren gesamten Jahresurlaub in Deutschlands teuerstem Luxusdorf Kampen in einem 4-qm-Stoff-Iglu. So der Plan. Als ein Orkan ihr Zelt zerfetzt, bietet ihr der Platzwart einen leerstehenden Wohnwagen als Ersatzunterkunft an, und Nina freundet sich mit Elli, ihrer 83-jährigen Nachbarin, an.

Beim Schwimmen lernt Nina Jan, einen Surfer mit Traumbody, kennen, in den sie sich unaufhaltsam verliebt. Doch jetzt bloß nicht das Ziel aus den Augen verlieren, schließlich bahnt sich parallel gerade ihr erster Millionärs-Flirt an: Adelssspross Alexander von Harzberg macht ihr den Hof, und Nina fühlt sich schon so gut wie verheiratet.

## Die Autorin

Claudia Thesenfitz, 48, hat lange festangestellt bei *Tempo*, der *Szene Hamburg* und *petra* gearbeitet, bevor sie sich 2001 als freie Autorin und Journalistin selbständig machte. Sie schreibt für alle großen Frauenzeitschriften und Magazine (*emotion, Brigitte, petra, maxi, Für Sie, Cosmopolitan, Gala* u.v. m.) und hat unter anderem die Autobiographien von und mit Nena (2005, Lübbe), Dieter Wedel (2008, Lübbe) und Uwe Ochsenknecht (2013, Lübbe) geschrieben. *Sylt oder Selters* ist ihr erster Roman.

Von Claudia Thesenfitz sind in unserem Hause außerdem erschienen:

*Meer Liebe auf Sylt*
*Sylt oder solo*
*Mit James auf Sylt*
*Sylt oder Sahne*
*Sylt auf unserer Haut*

Claudia Thesenfitz

# Sylt oder Selters

Ein Glücksroman

Ullstein

Besuchen Sie uns im Internet:
www.ullstein-taschenbuch.de

**Wir verpflichten uns zu Nachhaltigkeit**
- Klimaneutrales Produkt
- Papiere aus nachhaltiger
  Waldwirtschaft und anderen
  kontrollierten Quellen
- ullstein.de/nachhaltigkeit

Wir danken für die freundliche Abdruckgenehmigung:
– Nena, Lukas Hilbert und Carsten Pape
für den Abdruck des Song-Textes
»Dann fiel mir auf« von Nena
– Universal Music Publishing und Grand Hotel
Van Cleef für den Abdruck des Song-Textes
»Einmal um die Welt« von Cro
– Meike Winnemuth für den Abdruck
aus ihrer *Stern*-Kolumne über Sylt

Originalausgabe im Ullstein Taschenbuch
1. Auflage Mai 2015
14. Auflage 2022
© Ullstein Buchverlage GmbH, Berlin 2015
Umschlaggestaltung: ZERO Werbeagentur, München
Titelabbildung: Leuchtturm: Getty Images/© Heinz Wohner;
Frau: Getty Images/© Oleh Slobodeniuk
Satz: Pinkuin Satz und Datentechnik, Berlin
Gesetzt aus der ITC Berkeley Oldstyle
Druck und Bindearbeiten: ScandBook, Litauen
ISBN 978-3-548-28707-2

*Für Annemarie – und Gisela, Bärbel und Frauke*

*»Besser ein toller Teppich*
*als ein nicht so toller Teppich.«*

(Käthe Lachmann)

# 1

Nina hatte die Nase voll: Um sie herum schwelgte die Welt in Reichtum und Jetset, während sich bei ihr die Rechnungen stapelten, Inkassobescheide addierten und ihr Schufa-Score stetig sank. Ihr Job als Graphikerin in der Redaktion einer großen Frauenzeitschrift war nicht schlecht, aber in letzter Zeit hatte ihre Arbeitsmotivation bedenklich nachgelassen. Essen gehen, ein paar Klamotten und Kurzreisen – die kleinen Extras eben, die ihr Leben schöner machten – trieben ihr Konto ständig ans Dispolimit. Ihr bescheidenes Monatsgehalt würde ihr nie ein Leben in Saus und Braus ermöglichen – sosehr sie sich auch abrackerte. Und diese Erkenntnis war deprimierend.

Bockig stieß Nina die Tür zum Redaktionsgebäude auf und strafte den Opi am Empfangstresen, der nun wirklich nichts dafür konnte, mit einem grimmigen Blick. »Morgen, Frau Mertens«, rief er Nina hinterher, während sich die Fahrstuhltüren vor ihr schlossen.

Als sie sich im fünften Stock wieder öffneten, erkannte Nina schon von weitem die schrullige Gestalt von Redaktionssekretärin Zemke am Kopierer. Als sie Nina erblickte, schaute sie demonstrativ auf ihre Armbanduhr. »Frau Mertens! Ich hab mir schon Sorgen gemacht!«

»Wie schön! Ich mir Rührei!«

Mit offenem Mund ließ Nina Frau Zemke am Kopierer zurück, während sie im Stechschritt den Gang hinuntereilte. Zehn Minuten zu spät. Schon wieder. Die alte Zemke konnte sich ihre Schadenfreude sonst wohin stecken, anstatt vorwurfsvoll wie eine moralinsaure Gefängniswärterin auf ihre Billiguhr zu tippen.

Während sie an ihren Schreibtisch hetzte, pushte Nina sich gedanklich in Rage, und ihr Schuldgefühl übers Zuspätkommen wandelte sich in absurde Wut. Wut auf irgendwas. Wut auf alles. Erhitzt und abgehetzt warf sie sich auf ihren Stuhl, riss den Hörer vom schrill klingelnden Telefon und schrie so empört in die Muschel, als wäre ihr gerade jemand ins Auto gefahren:

»Ja?? Was gibt es denn???«

»Solltest du dich nicht mit vollem Namen und Arbeitgeber melden, Nina?«, fragte am anderen Ende der Leitung mit skalpellscharfer Stimme Anne Soltau, die Art-Direktorin.

»Oh, Anne, guten Morgen«, stammelte Nina, »ich dachte, es wäre meine Mutter!«

»Privatgespräche sollten bevorzugt zu Hause geführt werden«, entgegnete Anne trocken. »Ich brauche die Layouts zur Testino-Ausstellung – und zwar sofort!«

Klack. Aufgelegt. Hektisch klickte Nina sich durch die Dateien auf ihrem Bildschirm, während sie sich aus dem Mantel wand. Ausstellung, Ausstellung – scheiße! Die Layouts hatte sie ja noch gar nicht gemacht! Super: Ein Manic Monday, wie er im Buche stand.

Anne war ihre unmittelbare Vorgesetzte, ihre Chefin. Im Grunde ein netter Typ, aber in letzter Zeit extrem angespannt. Es gab Gerüchte, ihr Stuhl würde wackeln. Nina war das ziemlich egal. Sie hatte im Laufe ihres mittlerweile über 15-jährigen Arbeitslebens schon so manchen Chefredakteur und so manche Art-Direktorin kommen und gehen sehen. Das Personalkarussell hatte sich oft und schnell gedreht – nur sie selbst war merkwürdigerweise immer an ihrem Platz geblieben.

Zwei hektische Stunden später, nach einem eilig zusammengezimmerten und schnell versendeten Layout, schlürfte Nina ihren Kaffee. So konnte es nicht weitergehen. Jeden Tag Annes Launen ertragen, gelangweilt auf die öde Hauswand nebenan gucken und nur heimlich Privatgespräche führen dürfen? Als einziger Spaß eine virtuelle Shoppingtour bei Zalando, MyTheresa oder Stylebop, bei der sie Artikel in den Warenkorb legte, die sie sich nicht leisten konnte? Sie war jetzt 41, der Job war okay, sogar mehr als das, aber es war klar, dass sie damit nie richtig reich werden würde. Keine Aussicht auf den Jackpot – niemals. *»Alltag ist nur durch Wunder erträglich«*, hatte Max Frisch in einem seiner begnadeten Bücher geschrieben, aber Wunder waren in Ninas Lebensentwurf ausgeschlossen. Sie würde alt und grau werden, irgendwann eine spärliche Rente beziehen und jeden Einkauf bei Aldi sorgfältig durchkalkulieren. Das war eindeutig nicht das Leben, von dem sie als Teenie geträumt hatte …

Frustriert blätterte sie durch das aktuelle Heft: Ein schon etwas verblühtes Ex-Model hatte sich doch tatsächlich diesen supersmarten (und superreichen) Bundesligakicker geschnappt. Respekt! Die Frau war weit über 30, hatte eindeutig Übergewicht und außerdem noch zwei Kinder – und dennoch hatte sie sich den Fußballmillionär geangelt. Nina dachte nach: Hatte die Kronprinzessin von Schweden nicht ihren Fitnesstrainer

geheiratet – und der lief jetzt in Maß- statt Jogginganzü-
gen durch den Palast? Ein Leben in Saus und Braus, mit
dem einzigen Problem, ob man lieber im Strandhaus in
den Hamptons, der Villa in der Toskana oder dem New
Yorker City Loft verweilen wollte. Überall First Class,
Senator-Lounge, bevorzugte Behandlung und Weine mit
hoher Parker-Punktzahl. Wie war das noch in diesem
Song von Cro:

> (»*Baby, bitte mach dir nie mehr Sorgen um Geld,*
> *gib mir nur deine Hand, ich kauf dir morgen die Welt.*
>
> *Sie will Kreditkarten*
> *und meine Mietwagen*
> *Sie will Designerschuhe und davon*
> *ganz schön viel haben*
> *»MANOLO BLAHNIK, PRADA, GUCCI,*
> *und LACOSTE«*
> *Kein Problem, dann kauf ich halt*
> *für deine Schuhe gleich ein ganzes Schloss*
>
> *Sie will in Geld baden,*
> *und sie will Pelz tragen*
> *Sie will schnell fahren*
> *Einmal um die Welt jagen*
> *Sie kann sich kaufen, was sie wollte, doch nie hatte*
> *denn ich hab jetzt die American Express, und zwar die*
> *schwarze«*)

Das Leben genießen ohne finanzielle Sorgen – das wär's!
WÄRE??
Eine Idee glomm in Ninas Kopf auf – erst schummrig

flackernd und dann immer gleißender: Was dieses Ex-Model und der Fitnesstrainer konnten, konnte sie schon lange, oder? Die Mechanismen von Liebe waren schließlich überall gleich – Kontostand-unabhängig: Man lernte sich kennen, verliebte sich – oder auch nicht. Man musste sich einfach nur auf die richtigen Erntefelder begeben, um die Beute-Auswahl zu korrigieren. Wer einen Steinpilz auf einem Champignonfeld suchte, mühte sich vermutlich vergebens, denn Steinpilze gab es nur im Wald. Wenn sie also einen Millionär kennenlernen wollte, musste sie nicht durch ihre bevorzugten Nachtclubs ziehen, die überwiegend von arbeitslosen Webdesignern frequentiert wurden, sondern sich dort hinbegeben, wo die Millionärsdichte am höchsten war. Und wo war das? Nina checkte schnell im Netz: Zum Beispiel in Kampen auf Sylt!

Sylt – das wären gleich zwei Fliegen mit einer Klappe: Erstens die Aussicht auf den privaten Jackpot, und zweitens wollte Nina immer schon mal auf diese Insel, die ihr ihre Hippiemutter als Kind eisern verwehrt hatte – genauso wie Monopoly. »Da fahren nur Bonzen hin, skrupellose Kapitalisten, die sich gegenseitig im Reichsein übertrumpfen wollen!« Gut so! Genau deswegen wollte sie da jetzt hin.

Natürlich war sie nicht so beknackt, schulmädchennaiv an Wunder zu glauben. Aber wenn sie einfach so weitermachte wie bisher, würde gar nichts passieren – das stand fest. Damit Wunder geschehen konnten, musste man etwas Wunderliches tun: Und sie würde jetzt eben versuchen, sich einen Millionär zu angeln – genau wie die Fußballer-Freundin. Wie beschworen einen die Alten doch immer so weise: »Man bereut nur das, was man nicht getan hat.« Einen Versuch war es immerhin wert. Geniale Ideen hörten sich ja oft erst mal bekloppt an.

Beflügelt von ihrem Plan, füllte Nina einen Urlaubsantrag aus: Sie hatte noch vier Wochen Resturlaub – und die würde sie jetzt nehmen. Am Stück! »Hast du kurz fünf Minuten Zeit, Anne?«, fragte sie ihre Vorgesetzte am Telefon. »Wenn, dann jetzt sofort«, lautete deren knapp gebellte Antwort. Eilig schnappte Nina sich ihren Zettel und rannte über den Flur in Annes Büro.

»Ah, Nina, das ging ja schnell.« Zerstreut und mit etwas derangiertem Pferdeschwanz, schaute Anne von ihrem Bildschirm hoch. Sie sah ziemlich gestresst aus. »Was gibt's denn?«

»Ich würde gerne Urlaub nehmen.«

»Kein Problem, reich ihn bei Oliver ein.«

Oliver war der Chef vom Dienst, der Herrscher über alle administrativen und organisatorischen Fragen innerhalb der Redaktion.

»Mach ich, aber ich wollte vorher mit dir den Zeitrahmen klären. Ich würde gerne nächste Woche losfahren – für 28 Tage.«

»28 Tage?? Nächste Woche??« Entgeistert nahm Anne ihre schwarze Ray-Ban-Nerdbrille ab, die jetzt auf einmal alle trugen, und schaute Nina an.

»Warum das denn?«

»Ich glaub, ich brauch einfach mal 'ne längere Pause«, sagte Nina.

»Stimmt was nicht?«, fragte Anne.

»Doch, doch«, antwortete Nina.

»Hast du Burn-out?«, hakte Anne nach.

Höchstens Bore-out, dachte Nina. »Quatsch! Ich will einfach mal raus«, beruhigte sie ihre Chefin.

Anne dachte nach. Versuchte, Ninas Psyche durch fixierende Blicke zu röntgen.

»Okayyyyy …??«, sagte Anne so lang gezogen und gedehnt, als hätte eine Verrückte ihr gerade erklärt, dass sie sich in ihrer Freizeit gerne Schals aus Regenwürmern strickte. »So kurzfristig geht das aber nur, wenn du eine Vertretung organisierst, dein Laptop mitnimmst und im Notfall die Layouts gegencheckst.«

»Kein Problem!«, versprach Nina und ließ die verwirrte Anne allein.

## 2

»Wir hätten noch ein schönes Häuschen – für 290 Euro pro Nacht!« Die Stimme der Mitarbeiterin der Kampener Appartementvermittlung klang so euphorisch, als hätte sie Nina gerade einen Lottogewinn verkündet.

»Äh«, sagte Nina, während sie auf ihren Taschenrechner eintippte: 290 mal die 28 Tage ergab: eine unglaubliche Zahl! 8120 Euro erschienen auf dem Display.

Nina bedankte sich bei der netten Frau und legte auf. Achttausend Euro – hätte sie diese absurde Summe mal eben so übrig, bräuchte sie keinen Millionär mehr. Dann wäre sie vermutlich selbst einer.

Auch beim anschließenden Internetcheck stellte sich schnell heraus: Ein Ferienhaus auf Deutschlands teuerstem Pflaster konnte sie sich definitiv nicht leisten. Doch zu ihrem Erstaunen entdeckte sie, dass Kampen einen Campingplatz hatte! »Zelten unter Millionären – wie absurd«, dachte Nina. Und beschloss, in Kampen zu campen.

Da sie zuletzt als Kind in einem Zelt geschlafen hatte, musste sie erst mal die nötige Ausrüstung organisieren: Bei eBay stieß sie auf das Iglu-Zelt »Mallorca 3«. Kostenpunkt: 39,95 Euro. »*Mallorca 3 ist ein kompaktes 3-Personen-Zelt mit praktischem Vorzelt bzw. Stauraum. Dank der klassischen Tunnelform erreicht das Mallorca 3 dabei die optimale Balance zwischen Windfestigkeit und Komfort.*

*Der Eingang zur Schlafkabine ist mit einem Moskitonetz versehen und schützt Sie somit zuverlässig vor ungebetenen Gästen, ebenso wie die praktische Dauerventilation einen Hitzestau im Innenraum des Zeltes verhindert. Die großzügige Schlafkabine gewährt zudem ausreichend Platz für bis zu 3 Personen.*

*Insgesamt bietet das Mallorca 3 somit ein ausgezeichnetes Preis-Leistungs-Verhältnis.«*

Nina drückte den »Sofort Kaufen«-Button und wurde dadurch zur stolzen Eigentümerin eines Zweitwohnsitzes aus grün-grauenhaftem Nylon.

Einen Schlafsack wollte sie nicht, sie hasste es, wenn ihre Füße nachts eingesperrt waren und sie sie nicht aus der Decke herausstecken konnte. Sie würde deshalb einfach ihre Bettdecke und ihr Kopfkissen mitnehmen. Als Matratze kaufte sie noch drei Isomatten.

## 3

Abends stand sie mit einem Glas Weißwein vor ihrem Ganzkörperspiegel und hatte plötzlich große Zweifel: War sie mit ihren 41 Jahren überhaupt hübsch genug? Konnte diese etwas verknitterte Beute noch jemanden locken? Nina hatte ein schönes Gesicht, grüne Augen, eine schmale Nase, volle Lippen – und wilde schwarze Haare, die sie zu einem lässigen Strubbelschnitt hatte schneiden lassen. Ihr eigentlicher Joker aber war ihre Haut: Die war glatt und samtig und wurde schon bei geringer UV-Strahlung dunkelbraun. Ihre Schwachstelle war eher ihre etwas zu kräftige Figur. Nina zog sich aus und machte eine Bestandsaufnahme nackter Tatsachen: Der Bauch, der Hintern – bestimmte Körperzonen waren meilenweit von Modelmaßen entfernt. Aber sollte man nicht seine Schwachstellen lieben? Selbstbewusstsein wirkte wie ein Aphrodisiakum auf Männer. Und nur wer sich selbst liebte, hat die Chance, von jemand anderem geliebt zu werden. Wenn Sie also als Siegerin aus Sylt zurückkehren wollte, würde sie sich mit ihren vermeintlichen Unzulänglichkeiten arrangieren müssen.

Nina zog sich wieder an, setzte sich in die Küche und schenkte sich Wein nach. Dann schnappte sie sich einen Block und schrieb:

»Mein lieber Arsch,

*du bist prall und rund wie der Vollmond – oder die Erde.*
*Oder ein frisch gebackenes Brötchen. Du siehst super aus*
*in Jeans und du hast dich noch nie hängen lassen. Okay,*
*mit der Zeit hast du ein paar Dellen gekriegt, aber die*
*sieht man ja nicht, wenn du angezogen bist. Dafür hast*
*du keine Falten!*
*Du bist zu dick, finden manche. Ich finde das nicht.*
*Wären wir beide in Afrika, würden wir auf Knien verehrt*
*werden. Weil wir so begehrt wären. Mindestens zehn*
*Kühe würde ich für dich kriegen – und einen Mann noch*
*dazu, natürlich …*
*Ich habe das Gefühl, wenn ich erst mal anfange, an dir*
*rumzumäkeln, ist unsere Beziehung nur noch Arbeit bzw.*
*Sport. Und irgendwann bist du fort … Das könnte ich*
*nicht ertragen! Ich will uns glücklich sehen! Deshalb bleib,*
*wie du bist! Ich liebe dich.«*

Nina lachte laut, zerknüllte das Papier und warf es in den
Müll. Positive Affirmation – wer sollte diesen Mist denn
glauben? Es würde sich schon irgendein Millionär in sie
verlieben – trotz zu großem Hintern. Der von der Fußballer-Freundin war schließlich auch nicht klein – und
außerdem hatte sie Cellulitis. Schien den Profi-Kicker ja
nicht zu stören …

# 4

Vier Tage später fuhr sie in ihrem 22 Jahre alten Mercedes in Stellingen auf die A 7 Richtung Niebüll. Es war Mitte Juli, die Sonne knallte aufs Autodach, und der Sommer tanzte über die vorbeifliegenden Felder und Wälder. Der Himmel war blau und Ninas Laune blendend. Aus ihrem altmodischen Autoradio dudelten die Oldies ihrer Kindheit, und Nina sang laut mit. »Girls, girls, girls …«

Der Sylt Shuttle war genau so spannend, wie Nina erwartet hatte: Man musste sich mit seinem Auto in eine von acht Spuren einreihen und an einem Automaten ein Bahnticket ziehen. Hatte man bezahlt, öffnete sich die Schranke, und man durfte weiterfahren und wurde auf eine von vier langen Warteschlangen geleitet, in denen die Autos auf die Verladung auf den Zug warteten. Nina fand es aufregend. Sie liebte solche Sachen: Mit dem Auto auf die Fähre, den Nachtzug oder sogar das Parkhaus – überall, wo man sich einreihen und ein Ticket ziehen musste, fühlte Nina sich wohl. Würde sie vielleicht mal mit ihrer Therapeutin drüber sprechen müssen. Vielleicht war das ein Zeichen für irgendwas?

Nina reihte sich hinter einen espresso-farbenen BMW X 5 (die Farbe war ja jetzt wieder schwer angesagt, früher hieß sie nussbraun) und stellte den Motor ab. Noch zehn Minuten bis zum Verladen.

Um sie herum standen tatsächlich fast nur Luxus-SUVs von Porsche, BMW, Range Rover oder Mercedes – so absurd konnte das Leben doch nicht sein, oder? War das hier echt ein Reichenghetto? Nina musste an die Stern-Kolumne von Meike Winnemuth denken, die auf Sylt für große Empörung gesorgt hatte. »Ich will Sylt toll finden«, hatte Meike darin geschrieben. »Und Sylt ist ja auch toll: die Dünen, die Heide, der Strand, der Wind, die Wolken. Aber die Leute. Die Leute. Die verzweifelten Leute. Die Männer mit ihren roten Hosen und Dieter-Bohlen-Hemden, bedruckt mit Jetsetquatsch, *United States Polo Tournament Jeux Olympiques 1924 Player*, Herrgott. Die Frauen so blond, so rundstirnig, so behängt. Und alle zu braun. Und alle zu laut.«

Nina schaute sich um: Auffällig viele Männer trugen rosa. Rosa Polohemden von Ralph Lauren, rosaweiß-gestreifte Hemden, umgeknotete rosa Pullis. Und die Frauen waren tatsächlich oft blond – und sehr dünn. Ob Nina unter diesen Umständen ins Beuteschema passte?

Die Ampel sprang auf Grün, und die Autoschlange setzte sich in Bewegung. Nun ging es also auf den Zug – Nina war aufgeregt. Ein Mann in gelber Signalweste winkte die Autos auf den unteren oder oberen Teil des Shuttles, während ein anderer jedem Fahrzeug eine Lidltüte durchs Fenster reichte. Eine Tüte eines Billigdiscounters für die Millionäre? Sehr merkwürdig. Auch Nina nahm eine der gelbblauen Stofftaschen entgegen.

Sie hatte Glück, sie durfte nach oben. Unter Geschepper und Geruckel lenkte sie den alten Mercedes auf den Zug. Motor aus, Gang raus, Handbremse anziehen. Gemessen an der Länge der Autoschlange ging es erstaunlich schnell los. »*... Allen Syltern sagen wir: Herzlich will-*

*kommen zu Hause!«*, beendete eine Frauenstimme ihre Durchsage aus den überall an der Brüstung angebrachten Lautsprechern. Nina war irgendwie gerührt darüber, dass die Sylter sich offenbar so freuten, wenn ihre Landsleute heim zum Rudel kehrten, dass sie es per Lautsprecher verkünden mussten.

Nina inspizierte die Tüte. Sie enthielt diverse Hochglanz-Sylt-Magazine – und den aktuellen Sonderangebotsprospekt von Lidl. Sie packte die Tüte wieder weg. Sie wollte nicht zu Lidl, sondern zu Leysieffer.

Der Zug setzte sich in Bewegung, und Nina wunderte sich über die zahlreichen Apfelbäume an der Strecke. Ob das die Nachkömmlinge all der Bio-Apfelgripse waren, die die Besserverdiener im Laufe der vergangenen Jahrzehnte aus ihren SUVs geschmissen hatten?

Vorbei ging es am Bahnhof Niebüll, durch Rotklinker-Reihenhäuser, durch weite Kornfelder, gespickt mit riesigen Solaranlagen (Energiepark nannte sich das) und schließlich auf den Hindenburgdamm, der mitten durch die Nordsee, mitten durchs Meer lief, wie es schien. Nina kurbelte (ja, der Mercedes hatte noch Fenster zum Kurbeln) das Fenster runter und genoss die salzige Luft. Frisch, prickelnd wie Champagner.

Etwa eine halbe Stunde später fuhr der Zug in Westerland ein – der »Hauptstadt« Sylts. Nina war unangenehm überrascht. Westerland sah scheußlich aus. Betonklötze wie in der ehemaligen DDR, Hochhäuser, Funkmasten. Und das kickte nun die Reichen und Schönen? Irritiert fuhr sie vom Zug und fädelte sich auf die Straße nach Kampen ein. Sie fuhr durch Keitum, ein idyllisches Reetdachdörfchen, dessen kleine Bauernkaten Luxusboutiquen wie Hilfiger, Polo Ralph Lauren, Lacoste und Co.

beherbergten. Edles im Alten – ein merkwürdiger Kontrast.

Auf der Schnellstraße trat Nina aufs Gas und wunderte sich über die Temperaturanzeige auf einer Brücke. 28 Grad. Gut zu wissen. Rechts flog das Watt, links eine wunderschöne Dünenlandschaft vorbei.

Und dann passierte sie das gelbe Ortsschild von Kampen, dem Ziel ihrer Träume. Nun war sie also hier, und es sah so aus, als wäre sie in Schlumpfhausen gelandet. Absolut uniforme Reetdachhäuser hinter uniformen Friesenwällen und weißen Friesentoren. Dank des Navis auf ihrem Handy fand Nina den Campingplatz am Ortseingang sofort.

Der Platz war wunderschön: Direkt an den Dünen gelegen, klein, sauber, überschaubar. Nina parkte, ging in die Rezeption und meldete sich bei Herrn Sörensen, dem grillhuhnbraunen Platzwart, an. 10 Euro würde sie pro Nacht für »Mallorca 3« zahlen müssen – für Kampener Verhältnisse ein Spottpreis.

Gespannt stapfte Nina hinter Herrn Sörensen her, der sich dickbäuchig und ächzend auf den Weg gemacht hatte, um Nina einen Platz zuzuweisen. Er lag direkt neben den Restmüllcontainern. »Was anderes ist nicht mehr frei, wir haben hier nicht so viele Zelte«, sagte Sörensen, und Nina meinte, eine gewisse Arroganz aus seiner Tonlage herauszuhören. Egal. Der Fettsack konnte sie mal. Hauptsache, sie war jetzt hier.

Immer wieder die Gebrauchsanweisung studierend, errichtete Nina »Mallorca 3« und stand schließlich schweißüberströmt vor ihrem neuen Zuhause, einer etwas windschiefen grau-rotzgrünen Scheußlichkeit. Unbegeistert machte Nina sich daran, ihr Bett zu richten.

Den Koffer ließ sie lieber im Auto – »Mallorca 3« konnte sie schließlich nicht abschließen.

Mittlerweile hochrot im Gesicht, kramte Nina Badehandtuch und Bikini aus ihrem Gepäck und machte sich zu Fuß auf den Weg zum Meer. Hinter dem Campingplatz führte ein Fußpfad direkt an den Strand. Während sie durch die Dünen kraxelte, sog sie den Duft der Heide ein – wunderbar! Ein Dünenkamm noch – und dann sah sie es: Das grüne Meer! Die wilde Brandung von Sylt mit dem weißen Puderzuckerstrand davor. Die Gischt brach das Licht, so dass alles leicht milchig-pastellig wirkte, wie mit Weichzeichner aufgenommen. Nina war fasziniert. Barfuß rannte sie die Treppe runter, die vom Kliff zum Strand führte.

Nina liebte es, im Wasser zu sein. Begeistert schmiss sie sich in die Wellen. Die Brandung prickelte auf ihrer Haut, während sie sich durch die wild schäumenden Wellen kämpfte. Kopfüber tauchte sie durch einen Wellenkamm und schwamm sich von der Brandung frei. Das Wasser war überraschend kalt, aber sie gewöhnte sich schnell daran. Schwimmen war wie Fliegen! Nina liebte das Gefühl der Schwerelosigkeit, das Treiben und Schweben. Und das Tauchen.

Als Kind hatte sie sich, zum Entsetzen ihrer Mutter, oft von den Wellen mitreißen und ans Ufer spülen lassen. Eine Flugbahn im sprudelnden schaumigen Gequirl der Gischt. Wellenreiten ohne Bord, nur mit dem Körper. Oft war sie dabei bis zu einer Minute unter Wasser gewesen …

Erfrischt und seltsam aufgeladen, wundersam energetisiert, kletterte Nina ziemlich viel später wieder aus dem Meer und ließ sich pitschnass auf ihr Handtuch fallen. Die Menschheit unterteilte sich in »Nach-dem-Schwimmen-sofort-mit-dem-Handtuch-Abrubbler« und »Nass-in-der-Sonne-Trockner«. Nina gehörte zu Letzteren. Das Salzwasser auf der Haut trocknen lassen – auch eine ihrer unmädchenhaften Leidenschaften.

Die warme Sonne auf der kalten Haut, die noch von der Brandung nachprickelte – ein unglaublicher Genuss! Das schäumende, wirbelnde Meer war wie eine Massage gewesen. Wohlig schlief Nina ein – und wachte erst eine Stunde später wieder auf, weil ihre Stirn brannte. Sonnencreme – Shit – die hatte sie ganz vergessen.

Leicht benommen zog sie T-Shirt und Jeans an und schlenderte am Wassersaum entlang, in Richtung eines Restaurants, das sie in der Ferne gesehen hatte.

Das Laufen im Sand war anstrengender als erwartet. Erstens war der Ufersaum sehr schräg, und zweitens sackte man beim Gehen ziemlich tief ein. Nina war froh, als sie die Holztreppe zum »Grande Plage« erklomm. Sie hatte schrecklichen Durst – und Hunger.

Sie setzte sich an einen Tisch mit Blick aufs Meer, bestellte sich eine große Apfelschorle und bat um die Karte.

Spontan gönnte sie sich ein Glas Champagner und scharfe Spaghetti mit Scampi. Wer nicht nach den Sternen griff, der bekam sie auch nicht. »Zum Wohl«, strahlte die szenig aussehende Bedienung sie an, während sie das prickelnde Glas Moët vor ihr auf dem Tisch platzierte. »Zum ersten Mal hier?«

»Wieso?«, fragte Nina erstaunt.

»Weil Sie irgendwie so fasziniert aussehen. So geflasht. Das ist ganz typisch für Menschen, die das erste Mal auf der Insel sind.«

»Stimmt«, sagte Nina. »Ich bin heute erst angekommen.«

»In Bezug auf Sylt gibt es kein Mittelding«, sagte die gutgelaunte Kellnerin. »Entweder man ist sofort schockverliebt – oder man hasst es hier.«

»Ich bin schockverliebt«, sagte Nina, lächelte die Kellnerin an und nahm einen Schluck Champagner, der herrlich auf ihrer Zunge perlte.

»Kommen Sie von hier?«, fragte sie die nette Bedienung in den cool kaputten Jeans.

»Ja, ich bin gebürtige Sylterin«, antwortete die sichtbar stolz. »Ich wohne in List.«

»Toll«, sagte Nina, weil ihr nichts Intelligenteres dazu einfiel.

»Viel Spaß noch«, wünschte die Kellnerin und eilte zu einer verzweifelt winkenden Dame mit riesiger Prada-Sonnenbrille, die es endlich geschafft hatte, ihre Aufmerksamkeit zu erregen.

Na, die ist ja nett, dachte sich Nina, schon leicht beschwipst vom Alkohol. Vollkommen unarrogant. War wohl doch nicht so snobistisch hier.

Als die duftenden Spaghetti kamen, merkte sie, wie ausgehungert sie war. Wann hatte sie denn eigentlich das letzte Mal etwas gegessen? In Hamburg, zum Frühstück – und jetzt war es sieben.

Gierig verschlang Nina die leckere Pasta, schüttete fast den ganzen Inhalt des Parmesanschälchens darüber und merkte, als sie satt war, wie müde sie war. Zeit für »Mallorca 3«. Im milchigen Abendrot schlenderte sie zurück zum Campingplatz. Satt, beschwipst, sonnenverbrannt, glücklich. Wie herrlich es hier doch war.

Auf dem Campingplatz nahm sie in den überraschend sauberen Sanitärräumen noch eine heiße Dusche, kletterte danach seltsam entspannt in Malle 3, versuchte, noch ein paar Seiten zu lesen, gab es aber schnell auf, weil ihr die Augen zuklappten – und fiel in einen tiefen Schlaf.

# 5

Schepper!

Klonk!

Die Aktivitäten am Restmüllcontainer rissen Nina schon um acht Uhr unsanft aus dem Schlaf. Derart akustisch belästigt, schälte sie sich müde aus ihrer Decke und öffnete den Zeltreißverschluss.

Die Sonne und der blaue Himmel versöhnten sie sofort. Sie schnappte sich ihre Kulturtasche und ging zur Morgentoilette.

»Moin, Frau Mertens«, Sörensen hatte offenbar gute Laune. Und Nina freute sich, schon bekannt zu sein – fast schon einheimisch.

Gut gelaunt machte sie sich auf die Suche nach einem Frühstück.

An der Hauptstraße entdeckte sie eine kleine Bäckerei mit Kaffeeausschank. Sie bestellte zwei belegte Brötchen und einen Becher Kaffee und setzte sich draußen vor der Bäckerei an ein Tischchen in die Sonne. Es war spannend, die Kampener, die mit ihren Porsche Cayennes im stetigen Wechsel vor der Bäckerei parkten, beim Brötchenholen zu beobachten. So sahen die oberen Zehntausend also morgens aus: Die Männer uniform in khakifarbenen Bermudas und Polohemd, die Frauen in used Jeans mit Edel-Flipflops und ebenfalls Polohemd, allerdings in dunkelblau. Man sah lässig aus, während man die Back-Beute sicherte und anschließend auf seine Reetdachhausterrasse mit Blick über Dünen und Wattlandschaft schleppte.

Nach dem Frühstück machte Nina sich auf den Weg, Kampen City zu erkunden. Wie schon in Keitum überall Edelboutiquen in den Strohdachkaten: Bulgari, Louis Vuitton, Iris von Arnim, Joop, Wempe – ein Edeldesigner, der etwas auf sich hielt, hatte auch (oder gerade) hier eine Dependance. Koste es, was es wolle. Ein Paar Cowboystiefeletten kostete 800 Euro, ein Cashmerepulli 1200.

Nina bog ab zur Wattseite, dem »Wohnviertel« Kampens. Hier hatten die Millionäre und Milliardäre ihre friesenwallumrandeten Anwesen. Kein Haus kostete hier unter fünf Millionen Euro. Die Straßen Hobookenweg und Wiesenweg galten mit einem Quadratmeterpreis von 35 000 Euro als die teuersten Wohnstraßen der Republik, hatte Nina gelesen. Während sie durch die Straßen schlenderte, versuchte sie, den Duft des Reichtums, die Energie der Sorglosigkeit und des Luxus zu erspüren. Sie stellte sich vor, hier zu wohnen, gleich durch eins der Friesentore ihre Luxusvilla zu betreten. Wie fühlte sich das an?

Gar nicht. Nina bekam kein Gefühl dazu.

Enttäuschend unspektakulär, zumindest von außen, sahen die sagenumwobenen Jetset-Treffpunkte der »Whiskymeile«, wie die Straße Strönwai aus einem Nina nicht bekannten Grund genannt wurde, aus. Wie Perlen an einer Kette reihten sich hier die Society Hotspots aneinander: Go-Gärtchen, Gretas Rauchfang, Pony – alles, wie sollte es anders sein, in Reetdachkaten. Immer das gleiche Bild. Irgendwie langweilig, dachte Nina …

Als sie auf der Terrasse von Gretas Rauchfang auf eine der Bänke kletterte, die von riesigen weinroten Schirmen vor der Sonne geschützt wurden, wunderte sie sich über die kleinen Kupferschilder, die auf die Tischplatten geschraubt waren: »Hier isst Familie Beyer Currywurst und trinkt alles« stand auf dem Schild auf ihrem Tisch. »Hier trinkt Charly sein Bier und mehr« auf einem anderen. Was sollte das? Das war doch überhaupt nicht witzig. Gehörten diese Tische den genannten Familien? Durfte sie dann überhaupt hier sitzen?

»Was bedeuten denn diese Schilder?«, fragte Nina die Bedienung, die ihr die Getränkekarte brachte, und outete sich dadurch vermutlich sofort als Nicht-Kampen-Profi.

»Die haben wir für unsere Stammgäste angebracht«, antwortete die.

»Aha«. Seltsam, befand Nina.

»Was darf ich Ihnen denn bringen?«, fragte die blonde Brillenträgerin mit der weißen Bluse und der schwarzen Schürze.

»Wie schmeckt der Champagner mit Erdbeermousse?«, erkundigte sich Nina, nachdem sie die Karte studiert hatte. »Ist das extrem süß?«

»Ich find's sehr geil«, antwortete die Bedienung. »Sauer und fruchtig. Echt lecker!«

Die flapsige Antwort überraschte Nina. Einen so lockeren Ton hatte sie nicht erwartet. Musste man das hier? Reich und dann wieder prollig sein? Unkonventionell? War man so reich, dass man auf alle Konventionen scheißen konnte? Kompliziert, befand Nina.

Als Nina an der Champagnermousse nippte, die tatsächlich schrecklich lecker war, fing sie das interessierte Lächeln eines gegelten Schnösels in der üblichen Syltmontur (Segelschuhe, Cashmerepulli mit Button-Down-Hemd drunter plus beige Leinenhose) auf. Ein »Pomadenhengst« wie aus dem Reiche-Söhne-Katalog.

Anwalt, Banker – oder von Beruf Sohn, schätzte Nina. Immer wieder grinste er ihr zu, bis er schließlich an ihren Tisch kam. »Von Harzberg, Hallo! Darf ich mich kurz zu Ihnen setzen?« Nina nickte. Das ging ja schnell – konnte das Leben tatsächlich so einfach sein? »Sie haben so nett gelächelt, da wollte ich Sie gerne auf ein Glas Champagner einladen – darf ich?«

»Gerne«, antwortete Nina.

Herr »von« schnippte und rief: »Björn? Bringst du uns zweimal die Witwe?«

»Klar«, rief der Kellner zurück, der aussah wie Ken (der Verlobte von Barbie) und offenbar Björn hieß. Die »Witwe« war der orange-etikettierte Champagner von Veuve Cliquot. Veuve = Witwe – so weit konnte Nina folgen. Besonders witzig fand sie den Insider nicht. Unter welchem Code bestellten sie dann wohl Hefeweizen? »Zweimal den fetten Mönch«?

»Wie heißen Sie denn?«, fragte Ninas neuer Tischnachbar und zukünftiger Ehemann.

»Mertens«, sagte Nina. »Nina Mertens.«

Ken brachte den Champagner. »Ich heiße Alexander«, sagte Ninas Jackpot und stieß mit seinem Glas an ihres. »Wollen wir uns duzen?«

»Gerne«, antwortete Nina und fragte sich im Stillen, ob ihr im Laufe dieses Bekanntwerdens auch noch ein anderes Wort einfallen würde.

»Was machen Sie auf Sylt?«, fragte Alexander.

»Urlaub«, grinste Nina.

Alex trieb das Gespräch im klassischen Small Talk

voran, souverän und offenbar gut trainiert: Was arbeiten Sie? Wo leben Sie? Was machen Sie hier? Nina antwortete und stellte dabei fest, dass Alexander zwar deutlich Übergewicht, aber immerhin schöne Zähne und Hände hatte. Wenigstens etwas. War er das schon? Ihr Hauptgewinn? Anfängerglück? Der Beweis, dass Wunder nur denen passierten, die an Wunder glaubten?

Alex musste morgen dringend nach Berlin, erzählte Nina von seiner Firma und wichtigen Geschäften. Aber in zwei Tagen sei er schon wieder hier, ob Nina nicht Lust habe, dann einen Kaffee in der Kupferkanne mit ihm zu trinken. Das wäre eine Sylter Institution mit sensationellem Blechkuchen, den Nina unbedingt probieren müsse. »Gerne«, sagte Nina.

Alex verabschiedete sich mit Küsschen links, rechts, links von ihr und kletterte in seinen schwarzen Range Rover, den er direkt vor dem Rauchfang geparkt hatte.

Auf dem Weg zurück zum Campingplatz kam Nina sich vor wie eine Verräterin. Wenn das ihre Mutter wüsste. Trat Nina hier nicht gerade alle ihre Ideale in die Tonne und prostituierte sich an einen bösen Kapitalisten?

Nina war im 68er-Wirrwar Berlins zur Welt gekommen, und ihre damals noch zusammenlebenden Eltern waren sehr stolz, als sie mit erst einem Jahr glücklich giggelnd ihre Exkremente kreisförmig auf dem gelben Wohnzimmerteppich verschmierte. Was für ein freies Kind – das sollte die anderen antiautoritären Eltern erst mal nachmachen. Wohnzimmerteppich hin oder her.

Ninas Mutter studierte Kunst und schleppte ihre kleine Tochter zwischen Staffeleien und Farbpaletten durch die Berliner Künstlerateliers.

Etwas später mutierte ihr Vater, der BWL studierte,

zum Finanzhai. Ihre Mutter ließ sich statt von seinem Geld lieber von der sexuellen Revolution mitreißen. Sie ließ sich scheiden und gründete die erste (und letzte) Hippie-WG des Hamburger Nobelviertels Blankenese, in einer Villa, die vormals Polizeirevier und danach Bücherhalle gewesen war. Als Kind hatte Nina sich immer über die vergitterten Fenster auf der Toilette gewundert …

Vermutlich um den Knast-Charme der Toilette zu verniedlichen – der Raum war ganz klar mal die Arrestzelle gewesen –, hatte ihre Mutter die Wände mit einer grellen Apfelsinentapete verkleidet und den Betonfußboden mit einem neon-orangefarbenen Teppichboden überdeckt.

Nina und ihre Schwester waren begeistert über den Flausch unter ihren Füßen und die leckeren Südfrüchte an der Wand. Aber es gab auch andere Meinungen:

»*Big Sur und die Orangen des Hieronymus Bosch*«, hatte einer der Schüler ihrer Mutter in krakeliger Schrift auf die Tapete gekritzelt. Um die Bedeutung dieser Worte zu verstehen, brauchte Nina genauso lange wie dafür, dass Discovery, der Titel ihres ersten ELO-Albums, nicht »sehr Disco«, also »sehr gut für die Disco geeignet«, sondern »Entdeckung« hieß. Dass »sehr Disco« kein richtiger Satz war, schrieb Nina damals dem Umstand zu, dass die Engländer sich wohl nicht sehr gut ausdrücken konnten, was sie angesichts der Kompliziertheit ihrer Sprache gut verstehen konnte.

Nina wuchs in verschiedenen Kommunen und WGs auf und verbrachte ihre Urlaube in schrottreifen, blumenbemalten Campingbussen in Südfrankreich oder auf Kreta.

Meist ging es schon am letzten Schultag los. Die erste Übernachtung war dann immer schon in Italien. Oder Frankreich. Oder Spanien …

Nina erinnerte sich an das türkisfarbene Wasser des Mittelmeers, weiße Sandstrände, einsame Buchten, an Lachen und eiscremeverschmierte T-Shirts und das Gefühl von Freiheit, wenn sie unter dem Sternenhimmel im Freien übernachteten.

Die Ziele ihrer Busreisen waren oft unberührte Wälder, weil Ninas Mutter eine große Vorliebe für ursprüngliche Gehölze hatte. Nach endlos scheinenden Fahrten über holprige Feldwege, für die die Achsen des alten Busses sicher nicht konstruiert waren, parkte sie irgendwann unvermittelt im dunklen Dickicht und schwärmte mit ihren Kindern zu Nachtwanderungen aus: »Wir gehen jetzt einfach mal so los, ja? Nachts sind die Wälder doch am schönsten!« Eine Meinung, die die kleine Nina nicht unbedingt teilte.

Einmal waren sie auch in Christiania, dem dänischen Hippie-Freistaat, in dem alle nackt herumliefen und Cannabispflanzen anbauten. Die »Christianier« waren extrem free und unverkrampft. So unverkrampft, dass sie mitten in einer Unterhaltung einfach lospinkelten.

Nina erinnerte noch gut, wie einer der langhaarigen Nudisten, als er gerade mit ihrer Mutter redete, plötzlich einen Schritt zur Seite ging, sich ins »Mari-Feld« hockte und sich, als er zu Ende gekackt hatte, den Hintern mit einem Rhabarberblatt abwischte. »Naturdünger«, meinte er grinsend, mit ziemlich schlechten Zähnen. Ninas Mutter blieb dabei heldenhaft locker, so, als ob ihr so etwas jeden Tag passieren würde, aber sie gab ihm zum Abschied nicht mehr die Hand.

Und den Rhabarberkuchen verweigerte sie auch.

Kinder von Hippies wurden selbst oft Spießer. Nina auch. Aus dem Bedürfnis nach Sicherheit und einem sozialen Rahmen, ließ sie sich schon mit 22 fest anstellen. Und hier war sie nun …

Auf dem Campingplatz schnappte Nina sich Buch und Handtuch und ging an den Strand, wo sie einen der raren Schattenplätze direkt am Kliffhang fand. Eine sanfte Brise wehte, die Sonne war nicht zu heiß, die Möwen kreischten, und die Wellen brandeten rhythmisch und sanft rauschend an den Strand. Ein beruhigendes, hypnotisierendes Geräusch, das Nina sofort einschlafen ließ. Alkohol tagsüber machte sie immer schrecklich müde.

Genau in dem Moment, als Nina wieder die Augen öffnete, schwenkte ein nackter, behaarter Hintern an ihr vorbei. Verschlafen schaute sie sich um. Die meisten, die hier herumliefen, -lagen, -schwammen oder -standen, waren nackt. FKK oder Textil – hier am Strand konnte jeder machen, was er wollte. Das war ihr gestern gar nicht so aufgefallen. Die unterschiedlichen Körperformen ohne Verkleidung durch Kleidung – ein angenehmes, solidarisches Herden-Gefühl. Eine perfekte Figur sah sie hier nirgends. Irgendwas stimmte immer nicht …

Die Männer mit frei schwingenden Schniedeln, die beim Rennen oder Strandballspielen immer hochfluppten und gegen den Bauch klatschten. Lustig …

Nina stellte sich vor, wie es bei den Neandertalern gewesen war, wo sie sich einen Mann nur mal kurz wegen seines knackigen Arsches und seines breiten Brustkorbes zur Zeugung ausgesucht hätte. Der »Akt« dauerte vermutlich keine fünf Minuten. Dann – zack – die Nächste. Wie bei den drei Hammeln am Elbdeich in der Hunderte von zu schwängernden Damen umfassenden Schafsherde …

Nina zog ihren Bikini aus und ging schwimmen. Nackt. Eine gänzlich neue Erfahrung für sie. Das Wasser überall zu spüren war wunderbar, ein Gefühl totaler Freiheit. Heute war das Meer ganz ruhig, und es war herrlich, sich auf dem Rücken mit ausgebreiteten Armen einfach so treiben zu lassen. Weil der Hinterkopf dabei unter der Wasserlinie lag, verstopfte das Wasser die Ohren, so dass sie nichts mehr hörte, nur ihren eigenen Atem – meditativ rhythmisch. Schwerelos schwebte ihr Körper auf der Wasseroberfläche. Sie schloss die Augen. Phantastisch – sie hatte keine Ahnung, wohin sie gerade trieb und ob irgendein lüsterner Opi schon begeistert seine Arme ausbreitete … Oder ein Wal unter ihr schwamm … Oder sie gleich eine Quallenclique streifen würde … Sie verbot sich, solchen Quatsch zu denken, und das funktionierte sogar. Sie floatete ein paar Minuten lang weiter, bis sie anfing, sich zu langweilen, und zurück ans Ufer schwamm.

Nackt schlenderte sie am Ufersaum entlang und ließ das Salzwasser auf der Haut trocknen. Kleine Babywellen überspülten regelmäßig ihre Füße. Nackt am Meer laufen – noch so ein geniales Urgefühl. Element an Element – schließlich floss der Ozean auch durch Ninas Adern. Blut hat fast den gleichen Salzgehalt wie Meerwasser, hatte sie neulich irgendwo gelesen, und enthält dieselben Mineralstoffe und Elemente.

War nicht alles eins, und gehörte nicht alles zusammen? Nina fühlte sich seltsam verbunden. Ein nacktes Erdenkind am Strand unter der Sonne …

Glücklich warf sie sich auf ihr Handtuch.

Als die Sonne tiefer sank, klappte sie ihr Buch zu, zog sich an und machte einen langen Spaziergang – diesmal in die andere Richtung. Im Wasser eskortierten sie die glänzenden Heckflossenkämme von zwei Schweinswalen. Die gab es hier, sie sahen aus wie Delphine und tauchten auch genau wie diese mit gekrümmtem Rücken auf und ab.

Bei Wonnemeyer, einem der vielen Strandrestaurants, kaufte sie sich an der Open-Air-Bar ein Glas Rotwein und setzte sich damit an den Meeressaum, um den Sonnenuntergang zu beobachten.

Während sie verträumt dem Abendrot beim Röterwerden zuschaute, tippte ihr plötzlich jemand von hinten auf die Schulter: Der Koch aus dem Wonnemeyer hatte sie von der Küche aus beobachtet und brachte ihr, nun, wo er Feierabend hatte, einen Teller mit Oliven, Piementos Padron, Mojo Rojo und Brot. Nina war gerührt.

Sie kamen vollkommen unkompliziert ins Gespräch, und Nina erzählte ihm von ihrem Plan. »Wenn du wirklich einen Millionär kennenlernen willst, musst du ins Hotel Fährhaus – oder in die Sansibar«, sagte Luis, der vor sieben Jahren aus Portugal auf die Insel gekommen und hier hängengeblieben war.

»Das sind die aktuellen Hot Spots der Superreichen«, verriet er.

»Und warum bist du auf dieser Insel im kalten Norddeutschland geblieben?«, fragte Nina.

»Ich finde es einfach wunderbar hier«, antwortete Luis. »Ich liebe diese Tage, wo die Gischt der Brandung das Licht versilbert, so dass alles leicht nebelig und diesig wirkt. ›Champagnerluft‹ nenne ich das – und die gibt es nur hier.«

Das konnte Nina gut verstehen.

»Außerdem kann man hier super surfen. Im Sommer

verdiene ich mir mit den Trinkgeldern das Geld, um im Winter in Hamburg Medizin zu studieren«, schloss Luis seine Erklärung ab.

Sie sprachen über Hamburg, Portugal, Luis' Geburtsstadt Lissabon und ihre Lebenspläne. Luis war verheiratet und hatte zwei Kinder. Seine Frau lebte mit den Kindern in Hamburg, die Familie kam ihn aber im Sommer oft besuchen. Nina mochte ihn.

Als sie ein paar Stunden später zurück zum Campingplatz ging – diesmal oben auf dem Kliff, schien es ihr merkwürdig windstill. Kein Lüftchen regte sich, und es war immer noch fast tropisch heiß. »Heute gibt es noch einen schweren Sturm«, hatte Luis sie zum Abschied gewarnt. »Hau am besten deine Heringe noch mal tief in den Boden.« Hoffentlich behielt er nicht recht. Nina war sich nicht sicher, ob »Mallorca 3« sturmfest war.

# 6

Nina erwachte von einem ohrenbetäubenden Geklapper und Getöse. Kreischend wie phonverstärkte Möwen wütete der Sturm und fetzte an den Nylonwänden ihres Zeltes. Nina zitterte und hoffte, wenn sie sich selbst möglichst still verhielte, dass es der Sturm dann vielleicht auch tun würde.

Plötzlich knallte es, und das halbe Zelt flog davon. Die andere Hälfte krachte augenblicklich über Nina zusammen, und sie floh panisch in den Waschraum.

Nach etwa dreißig Minuten war der Spuk schlagartig vorbei, und der Wind tat, als wäre er niemals da gewesen.

Nina legte sich zwischen Spülbecken und Waschmaschinen auf den Boden – wo sollte sie auch sonst hin – und verbrachte den Rest der Nacht im Waschraum, zusammengekauert mit angezogenen Beinen in ihre Bettdecke geschlungen.

Sie musste eingenickt sein, denn sie wurde von der entsetzten Stimme von Herrn Sörensen geweckt: »Um Himmels willen, Frau Mertens! Was machen Sie denn da?« Mit erbarmungswürdigem Gesichtsausdruck schaute Nina Herrn Sörensen an: »Wonach sieht es denn Ihrer Meinung nach aus?«

»Komm erst mal mit, Deern. Du brauchst einen heißen Kaffee!«

Sprach's, zog Nina hoch und nahm sie mit in seine kleine Platzwartwohnung.

Nina wärmte sich am dampfenden Kaffee und war Sörensen außerordentlich dankbar dafür. »Heute ist dein Glückstag, Mädel«, strahlte Sörensen sie an. »Mirco, mein Platzhelfer, wohnt den ganzen Sommer über bei seiner neuen Freundin. Du kannst seinen Wohnwagen haben – 400 Euro für vier Wochen.«

Nina konnte ihr Glück nicht fassen und fiel Sörensen spontan um den Hals, was wegen seines dicken Bauches nicht ganz einfach war. »Ist gut, min Deern«, sagte der verlegen. »Ich zeig dir das gute Stück erst mal!«

Zusammen gingen sie zu einem Tabbert Wohnwagen aus den siebziger Jahren, der direkt am Dünenrand stand – beste Lage des Campingplatzes. Nina war restlos begeistert von dem kleinen Kühlschrank, dem Gasherd, der Sitzecke und vor allem von dem großzügigen Bett mit den Rundumfenstern und fiel Sörensen noch mal um den Hals, diesmal schon etwas geübter. Über die Geschmacklosigkeit des Siebziger-Jahre-Designs mit seinen zahnbelagfarbenen Sichtschutzgardinen und der durchfall-braunen Kunstholzvertäfelung sah sie großzügig hinweg. Genau wie über die olivgrün-geblümten Cordbezüge der Sitzkissen.

Als Nina ihren Mercedes vor ihrem neuen Zuhause parkte und ihre Sachen auslud – endlich konnte sie ihre Koffer auspacken! –, wurde sie von ihrer Zeltplatznachbarin begrüßt, einer älteren Dame, die im Wohnwagen nebenan campierte.

»Hallo, ich bin Elli! Sind Sie Mircos Freundin?«, fragte die weißhaarige, knallbraune und ausgesprochen winzige Frau interessiert.

»Nein, ich mache hier nur Urlaub«, antwortete Nina. »Herr Sörensen hat mir Mircos Wohnwagen angeboten. Ich heiße Nina.«

Sie streckte Elli die Hand entgegen.

Die packte und schüttelte sie, und Nina wunderte sich, wie viel Kraft die rüstige Dame trotz ihrer zierlichen Statur besaß.

»Machen Sie hier auch Urlaub?«, fragte Nina.

»Ja«, strahlte Elli, »und zwar seit 15 Jahren!«

Nina sah sie irritiert an.

»Ich bin Dauercamperin«, erklärte Elli. »Ich lebe hier!«

»Ach so«, sagte Nina und fand diesen Status keineswegs selbstverständlich, sondern eher verwunderlich.

»Wenn Sie etwas brauchen, klopfen Sie gerne bei mir«, sagte Elli. »Ich bin fast immer da, und ich habe gerne Gesellschaft!«

»Okay! Vielen Dank«, antwortete Nina und fuhr fort, ihre Sachen auszupacken und sich in ihrem neuen Heim einzurichten.

Furchtlos schmiss sie sich später in die phänomenale Brandung, die der Sturm hinterlassen hatte. Unglaubliche Wellen, die einem sofort die Füße wegrissen, wenn man nicht schnell genug durch sie hindurchtauchte. Nina liebte das und stürzte sich kopfüber in die hohen Brecher.

Als sie sich wieder Richtung Ufer kämpfte und schon fast aus dem Wasser war, wurde sie plötzlich von etwas Hartem an der Hüfte getroffen! »Sorry!«, sagte eine Stimme. »Ich hab dich gar nicht gesehen! Hast du dich verletzt?«

Die Stimme gehörte einem Surfer mit Rastalocken und tiefbraunem Traumkörper. Er sah aus wie Tarzan in dem

Musical, das sie vor ein paar Monaten in der »Neuen Flora« gesehen hatte. Tarzan – nur mit Tätowierungen und Bermudashorts statt Lendenschurz. Nina konnte nur wie gebannt starren. Ihr Gehirn schaltete auf Zeitlupe, als er näher kam und sie seine Schönheit, die samtig schimmernde Haut in sich aufsaugte.

Unter Tarzans Arm klemmte ein Surfbrett, und er strahlte sie mit blendend weißen Zähnen an.

»Äh, nein«, stammelte Nina. »Ist schon gut. Ist nix passiert!«

»Na, dann ist ja alles prima! Sorry noch mal«, freute sich Tarzan, drehte sich um und rannte in die Wellen.

Nina schaute ihm zu, wie er sich längs auf sein Surfbrett legte und gekonnt mit Armen und Händen über die Wellenkämme paddelte. Aber die eigentliche Attraktion war, wie er wenig später die Wellen absurfte. Was für ein Körpergefühl, was für eine Eleganz – und vor allem: Wie lässig war das eigentlich? Nina nahm sich vor, im Laufe ihres Urlaubs auf jeden Fall auch surfen zu lernen – es sah phantastisch aus. Und ganz abgesehen davon machte es sicher schlank. Nina war schon immer pragmatisch veranlagt …

Als sie bei ihrem Badehandtuch ankam, klingelte ihr Handy. Anne rief an. Ihr gefielen die Layouts, die Johanna, Ninas Vertretung, gebastelt hatte, nicht. Nina sollte bitte mal einen Blick drauf werfen und sie möglichst umfassend überarbeiten. Genervt eilte Nina zu ihrem Wohnwagen. Der Tag, der so schön begonnen hatte, würde offenbar noch sehr arbeitsreich werden.

In der Essecke ihres Wohnwagens richtete Nina sich ein provisorisches Büro ein. Laptop, WLAN-Station, Extra-Bildschirm. Das Blöde war nur: Nichts funktionierte.

Sooft Nina auch neu verkabelte, aus- und wieder einstöpselte und die Fehlersuche aktivierte – der Computer hatte keinen Empfang.

Wütend packte Nina die WLAN-Station ein, schwang sich in ihren Mercedes und nahm Kurs auf Westerland. Dort hatte sie bei ihrer Ankunft einen Mobilfunkshop gesehen – und da sollte man ihr jetzt gefälligst Erste Hilfe leisten.

# 7

An der Verkaufstheke wartete sie ungeduldig auf einen
»Berater«. Die Zeit lief ihr davon, sie konnte sich bildlich
Annes genervtes Gesicht vorstellen.

»Hey, du schon wieder? Das bist du doch, oder?«

Nina stand Tarzan gegenüber – diesmal angezogen
und mit zum Zopf gebändigten, noch nassen Rastalocken. Tarzan im Computerladen. Irgendwie absurd.

»Bin ich was?«, fragte Nina und ohrfeigte sich im Geiste für diesen Satzbau.

»Die Frau, die ich vorhin am Strand versucht habe,
mit meinem Surfbrett umzubringen«, strahlte Tarzan
Nina aus seinem albernen roten Vodafone-Hemd an –
mit grünen Augen und dem sexiesten Lächeln, das sie
je gesehen hatte. Er hatte diese unerhört erotische Zahnlücke zwischen den Schneidezähnen, und seine unfassbar meeresgrünen Augen schielten mit einem leichten
Silberblick. Seine Haare waren vom Salzwasser und der
Sonne gebleicht, und an seinen tiefbraunen Unterarmen
waren diese hellen, ausgebleichten Härchen …

»Ja«, sagte Nina krächzend. »Hat aber ja nicht so gut
funktioniert!«

»Zum Glück!«, sagte Tarzan. »Ich bin Jan. Wie kann
ich dir helfen?«

»Wie kommst du denn so schnell hierher?«, fragte

Nina, die zuerst »Ich bin Jane« verstanden und beinahe laut losgeprustet hätte.

»Ich surfe oft vor meiner Schicht«, antwortete Jan. »Hast du sonst noch eine Frage?«

»Ja, natürlich, sorry«, sagte Nina und holte die WLAN-Station aus ihrer Tasche. »Das Ding funktioniert nicht! Mein Laptop hat damit keinen Empfang!«

»Hast du es dabei?«, fragte Jan.

»Nein«, sagte Nina.

Es gab viele unumstößliche Regeln im Leben einer Frau. Eine war, dass man irgendwann auf jeden Fall so wurde wie seine Mutter – ob man wollte oder nicht. Das war ein Naturgesetz, und es war klug, sich rechtzeitig damit abzufinden. Regel Nummer zwei lautete: Wenn man gut aussah, gut roch, frisch geduscht, top frisiert und endcool gestylt war, dann passierte es nie! Dann traf man nie ein Flirtobjekt. Das passierte grundsätzlich nur, wenn man zerzauste Haare hatte, ungeschminkt war, in Flipflops steckte und sich nur mal eben was übergeworfen hatte – so wie Nina jetzt. Die Haare noch nass und voller Sand, das offene Jeanshemd mit Flecken, aus dem ihr Bauch hervorlugte, als hätte sie sich dort eine halbe Melone implantiert. So sah es jedenfalls von oben – aus Ninas Perspektive – aus.

»Wo wohnst du denn?«, fragte Jan.

»In Kampen«, antwortete Nina.

Spöttisch verzog Jan den Mund. »Und dann brauchst du Hilfe?«

»Auf dem Campingplatz«, komplettierte Nina ihre Adressangabe.

»Ach so«. Jans Blick erhellte sich wieder. »Am sinnvollsten wäre es sicherlich, das Problem vor Ort zu lösen, damit es auch wirklich funktioniert. Ich bin ›Personal Supporter‹ und richte Computer und Netzwerke beim Kunden zu Hause ein. Kostet 30 Euro die Stunde.«

Nina kaufte ihn. Für 30 Euro hatte sie schon blöder geshoppt. »Ist aber super eilig«, sagte sie. »Du müsstest am besten gleich mitkommen.«

»Kein Problem!«, antwortete Jan. »Ich muss hier noch eine Sache fertig machen, und dann komme ich.«

»Super«, sagte Nina. »Dann bis gleich!«

Beschwingt vor sich hin lächelnd schlenderte sie aus dem Laden. Zum Glück hielt ihr eine ältere Frau in letzter Sekunde die Glastür auf, bevor sie frontal dagegengeprallt wäre.

# 8

Nachdem Nina in Westerland noch Lebensmittel einge-
kauft (sie besaß ja nun Kühlschrank und Herd) und in
den praktischen Fächern des Wohnwagens verstaut hatte, sah sie Jan schon mit dem Rad ankommen. Unglaublich süß sah er aus mit seinem Kiter-Beanie, der ihm aus-
nehmend gut stand. Warum sahen Männer mit Mützen
immer so gut aus? Ein ewiges Mysterium …

Geschickt und kundig stöpselte Jan Ninas Equipment
aneinander. Seine braunen schlanken Finger flogen über
die Tasten ihres Laptops, er schaltete hier etwas an und
dort etwas aus – und schon stand ihre Verbindung. Der
Mann war ein Genie!

Nina bot ihm einen Kaffee an, und sie setzten sich
nebeneinander vor den Wohnwagen in die Sonne. Jan
jobbte die Sommermonate als Surflehrer und Computer-
Supporter, war Kommunikationswissenschaftsstudent in
Berlin, Hobbykoch – und acht Jahre jünger als sie.

Als er schließlich ging, waren sie für den nächsten
Tag in Ninas Wohnwagen zum Kochen verabredet. »Gas
ist zum Kochen klasse, und ich muss ja noch etwas wie-
dergutmachen«, hatte Jan seine Selbsteinladung begrün-
det.

Verwirrt und mit einem seltsam aufgeregten Gefühl im
Bauch kletterte Nina zurück in ihren Wohnwagen und

machte sich an die Arbeit. Anne tobte bestimmt schon. Nina hatte vorsichtshalber ihr iPhone ausgestellt. Sylt hatte ja bekanntermaßen gigantische Funklöcher …

Es war draußen schon fast dunkel, als sie ein Klopfen aus ihrer Konzentration riss. Schon fast zehn – das hatte sie gar nicht gemerkt. Etwas steif in den Gliedern, erhob sie sich und öffnete die Tür. Draußen stand Elli – mit einer Bratwurst in der Hand.

»Haben Sie Hunger?«, fragte sie lächelnd. Und ob Nina Hunger hatte! Beim Anblick der Wurst begann ihr Magen, derart laut zu knurren, als hätte sie einen Bären darin gefangen.

»Ich grille gerade. Haben Sie Lust, mir Gesellschaft zu leisten?«, fragte ihre betagte Nachbarin.

»Sehr gerne«, strahlte Nina, warf sich eine Jacke über und folgte Elli zu ihrer Parzelle. Für heute hatte sie eindeutig genug gearbeitet. Und: Hatte sie nicht eigentlich Urlaub?

Auf einem kleinen Grill brutzelten zahlreiche Würstchen und zwei Koteletts. Auf dem Campingtisch daneben standen zwei Teller und eine große Schüssel Kartoffelsalat. »Nehmen Sie doch Platz«, sagte Elli. Nina folgte der Aufforderung nur zu gerne.

»Wir können uns übrigens gerne duzen«, bot ihre Gastgeberin an. »Ich bin Elli!«

»Gerne! Ich bin Nina«.

»Nina, freut mich sehr«, sagte Elli und schüttelte Nina die Hand.

Wenig später aßen sie phantastisch leckere Würstchen und Ellis selbstgemachten Kartoffelsalat mit Gurken, Sardellen, Petersilie und Tomaten. Dazu gab es eiskaltes Bier aus der Flasche und Edelchips von Kampens einzigem Supermarkt, der fast ausschließlich Delikatessen und teure Weine im Angebot hatte.

»Warum wohnst du eigentlich im Wohnwagen, Elli?«, fragte Nina kauend.

»Ich hatte keine Lust auf Altersheim«, antwortete sie. »Nach Alberts Tod war mir das Haus zu einsam, da bin ich einfach hierhergezogen. Ich liebe das Leben unter freiem Himmel!«

Elli war 83, wie Nina erfuhr, und ihr Mann Albert war vor 15 Jahren an einem Herzinfarkt gestorben. Kinder hatte sie keine.

»Na, Elli, grillste dir mal wieder was Feines?«

Sie hatten Sörensen gar nicht kommen hören. In der Hand hielt er eine Flasche Marillenschnaps, die er großzügig an Elli und Nina ausschenkte, als die ihn an den Tisch baten. »Marille« war Sörensens (nicht ganz) heimliche Leidenschaft und das Destillat dementsprechend lecker.

Der Mond war nur halb so voll wie Nina, als sie eine Stunde später lächelnd in ihr unglaublich komfortables Bett fiel. Wie sehr man sich doch über scheinbar Selbstverständliches freuen konnte: Vier stabile Außenwände, Sitzmöglichkeiten, ein Kühlschrank, ein Herd – und einen Schwips. Ninas Leben war perfekt luxuriös. Höchst zufrieden schlief sie ein. Es war einfach herrlich hier.

# 9

Nina hatte trotz heftiger Kopfschmerzen seit 8 Uhr morgens gearbeitet, als Jan um 17 Uhr an ihre Wohnwagentür klopfte. In der einen Hand hielt er ein Bund Koriander, in der anderen eine riesige Einkaufstüte.

»Hey, schon so spät«, begrüßte Nina ihn, »ich hab gar nicht mitgekriegt, dass schon Nachmittag ist. Setz dich! Ich räum nur schnell den Tisch frei!«

Jan stellte die Tüte ab und zog seine Jacke aus. Darunter trug er ein ziemlich enges, abgerocktes weißes T-Shirt, das seine Brustmuskeln perfekt herausmodulierte. Gewollt ungewollt. Nina musste innerlich grinsen. Aber sexy!

Das Muskelspiel seiner Arme faszinierte Nina, als Jan den Inhalt seiner Tüte auf dem Tisch ausbreitete: Basmatireis, Lammfleisch, diverse Gewürze und Töpfchen, Brokkoli, frische Feigen, eine sündhaft kalorienlastige Daim-Torte und zwei Flaschen Wein. »Einen Sauvignon Blanc für vorweg«, erklärte Jan, »und einen Ribera del Duero zum Essen. ›Pesquera‹, der ist superlecker!«

Nina fand zusammen kochen eigentlich blöd. So 68ermäßig. Aber heute war sie sehr froh darüber, etwas zu tun zu haben und Gemüse schneiden und Fleisch zerkleinern zu können, statt mit Hirn-Totalausfall nach Gesprächsthemen suchen zu müssen.

»Auf einen schönen Abend«, sagte Jan und drückte Nina ein Glas Sauvignon in die Hand. »Setz dich doch einfach – ich mach das schon!«

Professionell zerkleinerte er das Gemüse und hackte Kräuter. Er konnte das mit diesen superschnellen Profi-Zack-Zack-Zack-Bewegungen. Fasziniert guckte Nina ihm zu. »Ich will wissen, wie er riecht«, dachte sie und schlug sich dafür im Geiste sofort auf die Finger. Sie nahm einen Schluck Wein, der überraschend aromenreich war: Er schmeckte nach Stachelbeeren, Holunder und Grapefruit. Begeistert nahm Nina noch einen Schluck. Und noch einen.

»Du könntest schon mal den Reis machen«, sagte Jan. »Am besten erst mal in Butter anbraten, dann wird er körniger!«

Nina tat, wie ihr geheißen, begab sich an den Herd und verrührte den Reis in zerlaufender Butter. Jan stellte sich ganz dicht hinter sie und schaute ihr über die Schulter. Nina spürte seinen Atem in ihrem Nacken, seinen Körper an ihrem Rücken – und bekam unwillkürlich eine Gänsehaut! Wenn sie jemand von hinten in den Nacken küsste, wurde sie sofort willenlos – aber das wusste Jan zum Glück nicht.

»Mmmmhhh, riecht das gut«, brummte Jan mit tiefem Bass in ihr Ohr, und seine Stimme vibrierte ihren Rücken hinunter. Nina wandte sich ihm zu. Er grinste, ärgerlicherweise irgendwie wissend, und ging zurück zum Tisch.

Erhitzt rührte Nina weiter. Das Essen war nicht das Einzige, das hier kochte.

Jan hatte das Fleisch fertig und übernahm wieder den Herd. Nina kümmerte sich um die Weinflasche und schenkte sich großzügig nach. Wenn sie ehrlich war, würde sie ihn am liebsten jetzt und hier sofort auf den Küchentisch werfen und zwischen Korianderstengeln und Brokkoliröschen über ihn herfallen.

Jan schnappte sich Brokkoli und Feigen vom Tisch und hob sein Glas, um mit ihr anzustoßen. Nina nahm einen tiefen Schluck Wein. Na gut, Tarzan, dann drehen wir den Spieß jetzt einfach mal um! Sie stand auf und guckte Jan von hinten über die Schulter. »Mmmhhh, riechst du gut!« Das war ihr so rausgerutscht. Er roch aber auch wirklich verdammt gut. Nach Salz, Meer, Sonne, Moschus, Holz und Tabak. »Wenn du wissen willst, ob du jemanden riechen magst«, hatte ihre Lieblingskollegin Andrea ihr mal gesagt, »musst du hinter den Ohren an ihm riechen. Nirgendwo sonst riecht man so intensiv nach sich selbst!«

Jan drehte sich um, grinste und sagte: »Du aber auch!«

Nina fühlte, dass sie rot wurde. Und wurde deshalb noch röter. Nervös kramte sie in der Besteckschublade.

Phantastisch lecker roch mittlerweile auch das, was Jan da in der Pfanne zusammenschmorte. Alle möglichen Gewürze hatte er verwendet und immer wieder abgeschmeckt. »Probier mal! Ist das so fertig?«, fragte er und hielt Nina einen Löffel hin, auf den er immer wieder pustete.

Nina probierte, und der Geschmack haute sie um! Selten hatte sie erlebt, dass jemand so etwas atemberaubend Leckeres kochen konnte. So viele Geschmacksnuancen! So fein und raffiniert!

»Ja. Gut! Sehr!«, stammelte sie. Jan quittierte es zufrieden.

»Gut! Dann können wir ja essen!«

Ninas ganz privater Starkoch richtete auch noch die Teller perfekt an. Stülpte den Reis vorher in Tassen, wischte den Rand ab und streute Korianderblätter über seine Kreation.

»Voilà: Lamm in Rotwein mit Brokkoli und Feigen!«

Ninas Sinne schwelgten. Sinnlichkeit – so musste es sein. Jans Kreation war süß durch die Feigen, würzig durch Lamm, Knoblauch und Rotwein und scharf durch die Chilis. Aber irgendwie waren da noch tausend Aromen mehr. Nina dachte an die Gerichte, die sie in indischen Restaurants gegessen hatte. Schwarzkümmel, Tandoori, Kardamom – auch dort war sie nie hinter die Rezeptur gekommen.

Nina registrierte noch etwas Unbekanntes: Zum Genuss des Essens gesellte sich eine seltsame, befremdlich wohltuende Entspanntheit. So als ob sowieso vollkommen klar sei, was gleich noch passieren würde – und sie sich genau deshalb Zeit lassen konnten …

Nachdem sie aufgegessen hatten, nahm Jan ihre Hand und streichelte sie. Sanft, zärtlich, vorsichtig. Es fühlte sich gut an. Gut und aufregend. »Was machst du da?«, fragte sie Jan. »Ich lerne dich kennen!«, antwortete er und schenkte ihr sein sexy Lächeln.

Auf die rosa Wolken, auf denen Nina mittlerweile schwebte, schlich sich plötzlich noch ein anderes Gefühl: Angst! Was passierte hier? Mit ihr? Mit Jan? Sie war eindeutig drauf und dran, sich zu verlieben. Sich in Jans Arme fallen zu lassen und den Rest der Welt zu vergessen.

STOPP!

Mit Gewalt riss Nina sich aus der aufgeheizten Stimmung. Sie wollte doch keinen surfenden Studenten!! Sie wollte einen Millionär!! Und außerdem wollte sie nicht arbeitslos werden – Anne wartete sicher schon verzweifelt auf Ninas Mail.

»Shit! Ich muss noch die Layouts fertig machen«, zog Nina unvermittelt die Notbremse.

SCRATCH! Flirt interruptus.

Sie hatte laut gedacht, und es war, als hätte die Platte mitten beim romantischen Engtanz plötzlich einen Sprung bekommen.

»Kein Problem«, sagte Jan. »Ich spüle noch kurz ab und lass dich dann alleine.«

»Warst du schon mal in der Strandsauna?«, fragte Jan, als er auf sein Fahrrad stieg.

»Nein, was ist denn das?«, fragte Nina.

»Lass dich überraschen«, antwortete Jan. »Ich hole dich morgen um drei ab, okay?«

»Ja gut«, sagte Nina und war in Gedanken schon bei Anne und ihrer voraussichtlichen Kündigung, wenn sie die Layouts nicht heute noch fertig bekam.

# 10

Sich nach den prickelnden Stunden mit Jan wieder auf die öden Layouts zu konzentrieren war nicht leicht gewesen, aber gegen zehn war Nina endlich fertig. Um die Verspannung in ihrem Nacken zu lösen und den Tag zu verarbeiten, beschloss sie, sich eine lange, heiße Dusche zu gönnen.

Als sie den Shampooschaumflocken beim Hinabgleiten an der Duschwand zusah, fiel ihr ein, wie sie als Kind mal den Badeschaum, den sie immer so geliebt hatte, in den nächsten Tag retten wollte: Sie hatte einfach eine ausreichend groß scheinende Portion davon in einen Becher geschaufelt. Und wie enttäuscht sie war, als der Becher am nächsten Morgen leer war – bis auf eine kleine Pfütze am Boden. Welcher fiese Einbrecher hatte nachts ihren Schaum geklaut?

Wieso gab es früher überhaupt so unerhört viel Schaum, wenn man badete, fragte Nina sich. In den 70ern war man noch sorglos angesichts der sicherlich unglaublich schädlichen Tenside, die die Schaumberge ihrer Kindheit möglich gemacht hatten. Überhaupt war man mit allem sorgloser: Quecksilber im Thunfisch auf der Pizza »Tonno«, die sie so gerne aß, oder Schwermetalle in Leber und Nierchen – ihrem Leibgericht aus dem Repertoire ihrer Oma. Hormone in der Currywurst,

Pestizide in den Calamari, Farbstoffe im Dolomiti-Eis. Es gab schon Momente, in denen Nina sich gefragt hatte, ob all ihre Macken nicht einfach nur auf einer heftigen Schadstoffvergiftung als Kind beruhten.

Vor ein paar Jahren noch wäre es undenkbar für sie gewesen, ganz alleine in den Urlaub zu fahren – auf eine Insel, die sie nicht kannte. Und sie hätte sich auch garantiert nie entspannt. Seltsame Panikattacken, die ihr Herzrasen verursachten, den Magen zuschnürten und ein Gefühl auslösten, als ob sich vor ihr der Boden auftun würde, hatten sie damals in diversesten Situationen überfallen: im Auto auf der Autobahn, beim Einkaufen in der Supermarktkassenschlange, in der Oper und zum Schluss sogar in den Redaktionskonferenzen.

Das war der Zeitpunkt, zu dem Nina die Notbremse zog und sich Hilfe suchte. Die Hilfe hieß Frau Meier-Hase, war 47 Jahre alt und Psychologin.

»Haben Sie Sex?«, lautete Frau Meier-Hases erste Frage, kaum dass Nina auf dem Sessel mit der obligatorischen Packung Taschentücher auf der linken Armlehne Platz genommen hatte. Zu der Zeit war es unter Psychologen gerade modern, zuallererst das Sexualleben abzuklopfen. Denn wenn da was nicht stimmte, stimmte gar nichts, dachte man.

»Ähhh … Also im Moment eigentlich nur mit mir selbst …«, hatte Nina ziemlich verlegen, aber ehrlich geantwortet, woraufhin Frau Meier-Hase in einen für Nina nicht nachvollziehbaren Begeisterungssturm ausgebrochen war: »Also <u>HABEN</u> Sie Sex! Sehr gut!!«

Nina erstarrte angesichts der Phonstärke von Frau Meier-Hases Euphorie. »Sex mit sich selbst ist doch auch Sex, oder?«, behauptete Frau Meier-Hase resolut und strahlte eine unglaubliche Fortschrittlichkeit gegenüber veralteten Moralvorstellungen aus. Nina war beeindruckt.

Artig referierte sie Frau Meier-Hase ihren bisherigen Lebenslauf und fühlte sich dabei aus unerfindlichen Gründen bemüßigt, total strahlend, euphorisch, stark und optimistisch zu wirken. So als müsste sie sie beide davon überzeugen, dass mit ihr eigentlich alles okay war. Nur eine kleine Sache am Vergaser. Ein Witz von Reparatur. Im Nu erledigt.

Warum Nina das tat, wusste sie selber nicht. Sie kriegte es aber nicht wieder abgestellt und hatte bald einen Krampf in den Kiefermuskeln vom Dauergrinsen.

Nachdem sie die wichtigsten Stationen von Ninas Leben abgefragt und dabei immer wieder etwas in ihren durchfallfarbenen Filofax gekritzelt hatte, war Frau Meier-Hase mit Nina zu »praktischen Übungen« übergegangen.

Dabei musste Nina mit Frau Meier-Hase U-Bahn fahren, weil Nina, als sie Situationen schildern sollte, in denen sie schon mal eine Panikattacke erlitten hatte, U-Bahn-Fahren eingefallen war.

»Sie steigen ganz hinten in den Waggon und ich hier vorne, und dann rufen Sie quer durch den Wagen meinen Namen, so lange, bis ich Ihnen antworte«, hatte Frau Meier-Hase befohlen, als die U-Bahn einfuhr.

Der Waggon war sehr voll gewesen. Ganz am Ende hatte Nina die kleine Gestalt von Frau M-H ausgemacht und wie befohlen »Hallo, Frau Meier-Hase!« gerufen.

Frau Meier-Hase hatte nicht geantwortet.

Nina hatte noch mal gerufen – diesmal wesentlich lauter.

Frau Meier-Hase hatte nicht geantwortet.

Nina hatte überlegt, ob die Psychologin spontan ertaubt war. Gehörstürze bekamen auch Profis. Aus Angst um Frau Meier-Hases Gesundheit hatte Nina deren Namen schließlich so laut gebrüllt, dass ein Opi irritiert von seiner Zeitung hochgeguckt hatte.

»Hallo, Frau Mertens«, hatte Frau Meier-Hase endlich zurückgerufen und so getan, als ob ihr Verhalten vollkommen normal sei. Der Sinn des Ganzen hatte sich Nina noch lange danach nicht erschlossen.

Die nächste »Übung« fand unter freiem Himmel statt – auf dem Hamburger Gänsemarkt. Ninas Aufgabe hatte darin bestanden, sich mittig auf den Platz zu stellen, die Arme auszubreiten, sich im Kreis zu drehen und dabei laut zu schreien! Nina hatte den Verdacht, dass Frau Meier-Hase damit nur Ninas Einlieferung beschleunigen wollte, aber sie tat, wie ihr geheißen. Schließlich wollte sie ja psychisch gesunden, und niemand hatte behauptet, dass das ein Zuckerschlecken werden würde …

Nina hatte sich also gedreht und dabei geschrien und es eigentlich ganz befreiend gefunden. Frau Meier-Hase und ihr Filofax standen am Rand und guckten zu.

Stolz kam Nina nach absolvierter Übung zu ihr. »Und jetzt fragen Sie die Taxifahrer in den umstehenden Taxis, was sie von Ihnen halten«, befahl Frau Meier-Hase.

An dieser Stelle hatte Nina überlegt, ob man nicht statt ihrer lieber Frau Meier-Hase behandeln sollte – aber sie absolvierte auch das.

Die Taxifahrer waren genervt, von Nina beim Zeitunglesen oder Vor-sich-hin-Dösen gestört zu werden, und hatten ihr Geschreie und Gedrehe gar nicht bemerkt.

Bevor sich Frau Meier-Hase weitere bizarre Übungen ausdenken konnte, hatte Nina die Therapie abgebrochen.

Als sie jetzt unter der heißen Dusche an diese Sessions zurückdachte, musste sie laut lachen.

Wie wohltuend es kurz darauf gewesen war, als Nina an einem sehr speziellen Abend merkte, dass sie mit ihrer »Macke« keineswegs alleine war …

Schonungslose Offenheit und Ehrlichkeit hatte sie bei Janas Geburtstagsessen wirklich nicht erwartet. Jana, die es von einer einfachen Kundenberaterin zur Filialleiterin der Hamburger Sparkasse gebracht hatte, hatte ihre fünf besten Freundinnen, darunter Nina, zur Frauenrunde ins Ono, Steffen Hensslers unfassbar gutem Sushirestaurant, geladen. Nina hatte mit viel Wein, exzellenten Fischkreationen und wenig Schlaf gerechnet – aber ganz bestimmt nicht mit einem kollektiven »Hose runterlassen«.

»Ich kann nicht mehr«, entfuhr es Susanne, Versicherungskauffrau und stolze Mutter von zwei pubertierenden Söhnen, noch bevor die erste Weinrunde serviert worden war.

»Vorgestern bin ich mitten auf der Autobahn heulend zusammengebrochen. Ich konnte gerade noch auf den Standstreifen fahren, bevor alles vor meinen Augen verschwamm.«

»Um Himmels willen, was war denn los?«, rief Merle, eine aufstrebende Visagistin, bestürzt.

»Mir war in den letzten Monaten immer schon so merkwürdig unwohl, wenn ich Autobahn fahren musste – und gestern hatte ich dann einen totalen Panikanfall. Ich konnte nicht mehr weiter.«

»Und dann?«, fragte Sabine, eine Floristin.

»Ich hab Olaf angerufen. Nur mit seiner Stimme am Ohr hab ich es mühsam nach Hause geschafft. Ich weiß nicht, was mit mir los ist …«, antwortete Susanne und guckte verzweifelt in die Gesichter der anderen. Die Runde über ihre psychischen Qualen in Kenntnis zu setzen schien ihr immens wichtig zu sein.

Schweigen in der Runde. Too much information. Zu intim, zu nah.

»Susi!«, fuhr Jana sie an. »Findest du, dass das jetzt ein besonders passendes Thema ist?«

»Allerdings«, entgegnete Susanne. »Ich halte das nämlich nicht mehr länger aus!«

»Das kenn ich«, fiel ihr Merle ins Wort. »Ich habe solche Angst, dauernd auf die Toilette zu müssen, dass ich neulich eine Talkshow abgesagt habe. Die erste, in die ich jemals geladen war …«

»Öch nöö!! Warum denn?«, hatte Nina bestürzt gerufen.

»Weil die Moderatorin mir nicht versprechen wollte, dass ich im Live-Gespräch jederzeit aufstehen und aufs Klo gehen könnte.«

Schweigen.

»Ich wusste ganz genau, dass ich mich auf kein Wort hätte konzentrieren können und die ganze Zeit nur mit zugekniffenen Beinen und zugekniffenem Mund dagesessen hätte. Und das wäre auch keine besonders gute Werbung für mich gewesen!«

Wie schade! Nina wusste, dass Merle sich wahnsinnig über die Einladung gefreut hatte. Das konnte ja wohl nicht wahr sein!

»Und neulich musste ich auf einer Fähre fahren – und ihr wisst ja, dass ich Bootfahren nicht so mag …«

»Mhhm …«, machte Susanne und signalisierte damit, dass sie bereits ahnte, was nun käme.

»Auf der Fähre gab es keine Toilette. Da hab ich mich

richtig reingesteigert. Furchtbar. Die ganze Zeit habe ich mich gefragt, was ich denn bloß machen sollte, wenn ich jetzt Durchfall kriegen würde. Ich habe ernsthaft überlegt, ob ich dann einfach in die Hose mache und mir anschließend die Jacke um die Hüften knote, damit es keiner sieht. Oder ob ich mich mit dem Hintern über die Reling hänge – aber was, wenn es dann Gegenwind gegeben hätte und meine Ausscheidungen den Fahrgästen ins Gesicht geklatscht wären?«

Die Runde kreischte vor Lachen. Merle lachte mit. »Ja, was denn? Das hab ich ernsthaft überlegt!«

Nina schnappte nach Luft. Wie absurd – wenn es nicht so traurig wäre …

»Ich habe dasselbe Problem mit Rotwerden«, gab Sabine zu. »Bei jedem Kundengespräch laufe ich derart purpur an, dass mein Gegenüber entweder denkt, ich wäre rettungslos in ihn verliebt – oder ich würde gleich mit einem anaphylaktischen Schock zusammenbrechen.«

»Das hast du auch??«, rief Katja, die einen Secondhandshop leitete. »Das ist immer mein Problem gewesen!!«

»Ja, und dann habe ich einen sechswöchigen Kurs gemacht.«

»Und??«

»Hat auch nicht geholfen. Nur insofern, als dass ich gelernt habe, meine Gesichtsfarbe einfach zu akzeptieren. Sie gehört eben zu mir … Und ansonsten gibt es Theater-Make-up. Das ist so blickdicht, dass deine Haut darunter auch grün sein könnte!«

»Ich habe immer Angst, dass in meinem Glas Glassplitter von der Flasche sein könnten, deshalb mag ich in Restaurants nie was trinken«, sagte Nadja, Eventmanagerin, und schob ihren Wein beiseite.

»Was, wenn der Lachs verstrahlt ist?«, fuhr Nadja fort. »Oder – noch schlimmer – mit Rinderwahnsinn-Tiermehl gefüttert wurde? Die Krabben zu schwermetall-haltig, das Wasser zu chlorig usw. usw. Bevor ich einem Lebensmittel Einlass in meinen Körper gewähre und ge-statte, dass Moleküle daraus in meinem Körper einge-baut werden, denke ich oft lange darüber nach …«

Susanne lachte.

»Ich kann einfach nicht aufhören, mich in einer un-endlichen »und dann«-Spirale in immer drastischere Szenarien zu spinnen«, sagte Nadja.

»Ich auch nicht«, gab dann auch Nina zu. »Letzte Wo-che saß ich in der Redaktionskonferenz und fragte mich, was wäre, wenn ich gleich kollabierte? Wie peinlich es wäre, wenn die anderen dann um mich herumstünden. In meinem Kopf begannen sich die Horrorszenarien zu überschlagen: Würden die mich dann auf den Kon-ferenztisch legen? Würde der Notarzt per Helikopter auf dem Dach landen – oder eher mit ohrenbetäubender Blaulichtsirene vor dem Foyer stoppen? Passte die Sani-tätertrage überhaupt in den Fahrstuhl? Und wenn nicht, würde ich dann von der Feuerwehr an der Hauswand abgeseilt werden? Und würde das Ganze dann im Fern-sehen übertragen werden?«

Die Runde lachte.

»Ich hab neulich einen Artikel über eine Frau gelesen, die unter der Angst leidet, von einer Ente beobachtet zu werden«, sagte Katja, worauf der Tisch erneut in brüllen-des Gelächter ausbrach. »Seitdem weiß ich meine Aller-weltsneurose ganz neu zu schätzen!«

»Das war nicht die Angst, von einer Ente beobachtet zu werden«, korrigierte Merle, »sondern die Angst, dass bei allem, was du tust, plötzlich eine Ente auftaucht und dir zuguckt.«

»Ist das nicht das Gleiche?«, fragte Susanne.

»Das mit der Ente war ein Fake«, wusste Jana. »Aber ›Koumpounophobie‹, unüberwindbarer Ekel vor Knöpfen, ist psychologisch klassifiziert. Menschen, die darunter leiden, können nur Sachen mit Reißverschlüssen tragen. Sogar die Bettwäsche muss knopflos sein.«

»Und ihre Kinder dürfen niemals »Jim Knopf und der Lokomotivführer« lesen!«, lachte Merle.

»Seht ihr: Es geht immer noch schlimmer«, resümierte Nadja.

»Oooooch, wie schade!! Die Enten-Macke fand ich echt gut«, sagte Katja.

»Dann behilf dir doch mit der Angst, von einem Frosch angesprochen zu werden«, riet Nina. »Oder von Zahnseide psychologisiert oder von einem Ohrensessel sexuell belästigt zu werden!«

»Ich finde es so erleichternd, dass ihr das auch habt«, sagte Susanne. »Das hätte ich nie gedacht! Ich habe immer angenommen, ich bin die Einzige auf der ganzen Welt!«

»Ich auch!«

»Alle sechs Frauen hier am Tisch leiden mehr oder weniger drastisch unter Panikattacken«, fasste Nina zusammen. »Wie bizarr! Was ist denn bloß der Grund? Falsches Leben, falsches Wertesystem für Frauen? Zu viel Leistungsdruck? Kollektiver Missbrauch in der Kindheit?«

»Keine Ahnung«, sagte Merle. »Ich habe jahrelang mit meiner Therapeutin dran geforscht …«

»Wahrscheinlich alles auf einmal«, sagte Sabine.

»Bescheuert ist doch, dass niemand seine Angst zugibt!

Alle versuchen, wie Heidi Klum zu sein: schön, angstfrei, perfekt, sexy, erfolgreich, lustig. Supermutter mit Supermann, Superehe und Supersex«, sagte Susanne.

»Wisst ihr, dass Daniel Rockcheese, dieser sexy Fußballspieler, der auch als Unterhosenmodel arbeitet, an Ataxophobie leidet?«, fragte Katja. »Das ist Angst vor Unordnung und Chaos. Auf seinen Regalen muss immer alles paarweise angeordnet sein, sonst dreht er durch.«

»Und Holger Franz, der supersmarte ZDF-Moderator, kann ab 30 Grad nicht mehr moderieren, weil er dann vor Hitze-Panik umkippt«, wusste Nina.

»Und Will Tiger, mit dem angeblich fast alle deutschen Frauen schlafen wollen, kann nicht fliegen«, rief Merle.

»Die Supermänner sind auch nicht mehr das, was sie mal waren«, fasste Sabine zusammen.

»Vielleicht liegt es am Zustand der Welt«, gab Merle zu bedenken. »Wirtschaftskrise, Weltuntergang, Inflation, Umweltkatastrophen – das ist ja alles sehr bedrohlich …«

»Aber das Leben war doch immer schon bedrohlich«, hielt Katja dagegen. »Die Neandertaler hatten Angst vor den Mammuts – die Ritter vor der Pest. Es gab immer irgendwas …«

»Und Rehe und Hasen sind doch so angst-angespannt, dass sie kaum in Ruhe äsen können«, warf Nina ein. »Gucken sich immer mit panisch-aufgeregten Augen um, sind immer auf dem Sprung …«

»Stimmt«, sagte Sabine.

»Wir sind alle um die 40 – habt ihr denn mittlerweile keine Wege gefunden, mit der Angst umzugehen?«, fragte Jana.

»Ich habe sie akzeptiert«, sagte Katja. »Losgeworden bin ich sie noch nie …«

Das Essen kam. Das Gespräch verstummte. Kauend.

Sehr nachdenklich, sehr berührt und auch irgendwie sehr erleichtert ging Nina zwei Stunden später nach Hause.

Ihr nächster Therapeut hieß Herr Ott und konnte ihr helfen.

»Warum wollen Sie Ihre Angst denn unbedingt loswerden?«, hatte Herr Ott sie gefragt und ihr dann erklärt, dass Angst keine Krankheit sei, sondern ein normales Gefühl. Nichts, dass Nina unbedingt loswerden müsse. Sie sei nicht krank!

»Die Realität ist nie so brutal wie die Phantasie«, hatte Herr Ott ihr erklärt. »Die Szenarien, die Sie sich ausdenken, sind viel dramatischer und furchtbarer als alles, was Ihnen jemals passieren könnte. Warum verbieten Sie Ihrem Gehirn nicht einfach mal das Dauergequassel und lassen es drauf ankommen?«

Nina hatte geschluckt.

»Angst ist ein positives Charaktermerkmal. Nur empfindsame, sensible, phantasievolle Menschen haben Angst. *Wenn einer keine Angst hat, hat er keine Phantasie*«, hat Erich Kästner mal gesagt. Angst entsteht ja zum großen Teil durch zu viel Phantasie – zu viel Phantasie für mögliche Horrorszenarien. Viele Ihrer positiven Seiten wie zum Beispiel Ihre Kreativität beruhen auf Ihren kleinen Ängsten. Keine noch so gute Therapie kann aus einem feinfühligen, verletzlichen, sensiblen oder empfindlichen Menschen einen groben, furchtlosen, herzlosen und unempfindlichen Haudegen machen.«

Nina hatte schon wieder geschluckt und gehofft, dass Herr Ott das nicht hörte.

»Sie sollten Ihre Ängste als Teil Ihrer Persönlichkeit

akzeptieren«, hatte Herr Ott gesagt, »und nicht mehr vor ihnen weglaufen. Wenn Sie die Attacken einfach durchhalten, verschwinden und verblassen sie – mit jedem Mal mehr. Nur ein kleines bisschen Mut jeden Tag erweitert Ihren Horizont – und schließlich Ihr ganzes Leben.«

Nina hatte sich millimeterweise freige»mutet«. Sie war ganz bewusst alleine abends weggegangen, erst nur in Kneipen, später auch in Restaurants.

Sie hatte sich eine kleine Wohnung genommen und sich von Sven getrennt, mit dem sie sieben Jahre liiert gewesen war. Die letzten drei davon, wie sie sich irgendwann ehrlich eingestanden hatte, nur, um nicht alleine zu sein.

Plötzlich war sie eine Beziehungswaise, beziehungsweise beziehungsweise!

Sie war auf eine Singlereise nach Mallorca gefahren und hatte es herrlich gefunden, denn im Grunde hatte sie gerne Zeit für sich. Sie brauchte keine Gesellschaft, kein inhaltsleeres Dauergeplapper. Nina hatte nichts dagegen, sich zu spüren, zu fühlen. Sie hatte sich mit sich selbst arrangiert, war im besten Sinne erwachsen geworden. Unabhängig. Frei.

Und sie musste Frau Meier-Hase im Nachhinein Abbitte tun. Die arme Psychologin hatte Nina mit ihren Übungen nur beweisen wollen, dass es keine Sau interessierte, wenn man irgendwie auffällig wurde. Und dass man deshalb keine Angst davor zu haben brauchte.

Ninas »kleinen Helfer« wie ein Asthmaspray gegen Atemnot, Betablocker gegen Pulsrasen, Korodin für den Kreislauf oder Magnesium gegen Herzstolpern blieben irgendwann zu Hause in ihrer Schublade. Nina brauchte sie nicht mehr.

Vielleicht hatte ihr auch tatsächlich die Zeit, die ja bekanntlich alle Wunden heilt, dabei geholfen. Je älter man würde, desto mehr verblasse die Angst, hatte sie gehört. Der Altersgipfel lag angeblich bei 36 Jahren – ab 50 sollte man angeblich vollkommen angstfrei sein.

Ninas Angst war nicht weg – sie hatte nur keine Angst mehr vor ihr.

Nina stellte die Dusche aus. Ihre Finger waren schon ganz aufgeweicht von dem vielen heißen Wasser. Die Nackenverkrampfung hatte sich zum Glück gelöst.

Entspannt trocknete sie sich ab, schlenderte zu ihrem Wohnwagen und ging ins Bett.

# 11

Die Strandsauna lag im Naturschutzgebiet bei List. Eine endlos weite Mondlandschaft mit Dünen, die so hoch waren wie kleine Skihügel.

Jan wartete auf dem Parkplatz auf sie und begrüßte sie mit einem strahlenden Lächeln. Nina war einmal mehr entzückt von der sexy Zahnlücke zwischen seinen weißen Schneidezähnen.

»Schön, dich wiederzusehen«, sagte Jan und gab Nina einen zarten Kuss auf die Wange. Wie gut er doch roch …

Hand in Hand gingen sie den Pfad durch die Dünen entlang zur Sauna.

Als sie dort ankamen, fühlte Nina sich, als hätte sie einen Zeitsprung zurück in die 70er gemacht: Die »Sauna« bestand aus zwei einfachen Holzhütten, deren dunkelbrauner Anstrich schon stark ausgeblichen und ergraut war. Die Duschen standen draußen im Freien, das kalte Wasser kam aus unverputzten Stahlrohren, ein Holzeimer, den man per Seilzug über seinem Kopf ausschütten konnte, diente als Wasserfall.

Umkleiden musste man sich im Vorraum der Sauna, der Nina an die Turnhallenumkleidekabinen ihrer Kindheit erinnerte. Als sie ihre Kleidung dort an einen groben Garderobenhaken hängen musste, bekam sie endgültig schlechte Laune. War das nicht genau die Welt, der sie für immer entfliehen wollte? Kargheit, Armut, Unbequemlichkeit ohne jeden Komfort? Sie ärgerte sich, dass sie sich von Jan hatte hierherschleppen lassen, und warf ihm einen wütenden Blick zu, während sie sich nebeneinander auszogen.

»Komm«, lachte der und zog sie in die Sauna. Nina registrierte seinen knackigen Po und seine tiefbraune Haut und konnte ein Kribbeln in ihrem Bauch nicht verleugnen.

Die Sauna war winzig, bot einen Blick auf die Duschen im Innenhof und war auch aus den 70ern. Als ob das nicht schon reichte, war sie auch noch ziemlich voll. Nina setzte sich auf eine der unteren Bänke und schloss die Augen.

Die Wärme tat gut. Es war angenehmer, als sie zugeben wollte. Und eigentlich war es auch sehr heimelig hier mit den ganzen anderen Nackten. Nina begann, sich zu entspannen, und war sehr überrascht, als sie plötzlich Jans Hände an ihren Schultern spürte, die sanft ihren Nacken massierten.

Nach einer Viertelstunde hielt sie es nicht mehr aus. Schweißüberströmt und hoch erhitzt stürzte sie aus der Sauna – Jan kam hinterher.

»Komm«, sagte er wieder, nahm ihre Hand und warf sein Handtuch über das Holzgeländer. Nina tat es ihm gleich. Jan bugsierte sie Richtung Dünen, und Nina befürchtete kurz, er wolle dort über sie herfallen. Viel hätte sie nicht dagegen gehabt.

Aber er rannte den Dünenkamm hoch, der die Saunaanlage vom Meer trennte, und zog sie hinter sich her.

Von oben auf den Dünen sahen sie in die grüne Brandung und liefen nackt runter zum Strand. Vier nasse

Saunierer kamen ihnen entgegen, die seltsam entrückt lächelten. Nina wunderte sich.

Ohne zu stoppen, lief Jan ins Meer und stürzte sich in die Wellen. Nina folgte ihm. Und dann wusste sie plötzlich, warum die anderen so selig gelächelt hatten: Ein berauschendes Glücksgefühl breitete sich in ihr aus. Den splitternackten Körper in der prickelnden Brandung abzukühlen war ein unglaublicher Genuss. Etwas, das man erlebt haben musste, weil man es niemals annähernd beschreiben konnte.

Nina war überrascht, dass simple Dinge so herrlich sein konnten. Dass sie nackt und glücklich war – und sich dadurch ungewohnt frei fühlte.

Jan war weit hinausgeschwommen, und als er schließlich wie ein Adonis den Wellen entstieg, begutachtete Nina seinen schönen Körper. Er war wirklich phantastisch gebaut, hatte einen perfekt modulierten Oberkörper und einen sehr hübschen Schwanz. »Schwanz«, was für ein schreckliches Wort, aber Nina fiel nichts Besseres ein. Lingam, Pimmel, Penis – all diese Bezeichnungen wurden dem Organ nicht gerecht, das Nina Lust machte, augenblicklich mit Jan zu schlafen. Sie wollte ihn spüren. Anfassen. Küssen.

Jan schien ihren Wunsch lesen zu können. Grinsend kam er auf sie zu, zog sie an sich und küsste sie.

Es war ein phantastischer Kuss. Sanft, sinnlich, weich, sexy, leidenschaftlich, lecker. Jans Lippen waren so weich wie Wattebäusche und schmeckten gut.

Nina spürte seine kühle Haut auf ihrer, seine harten Muskeln. Jans Augen wurden dunkel vor Begehren, und Nina schoss ein gut bekanntes Blitzen in den Unterleib.

Jan offenbar auch, denn er sagte lachend »Oh«, hielt

sich die Hände über seinen Schritt, eilte aus dem Wasser und ließ sich in den Sand fallen.

»Kalte Dusche?«, fragte Nina grinsend.

»Besser isses«, sagte Jan und folgte Nina zurück in die Sauna.

Nachdem sie sich jeder einen Holzbottich kalten Wassers über den Kopf geschüttet hatten, wickelten sie sich in ihre Handtücher und setzten sich in die Sonne.

Nina fühlte sich herrlich entspannt und erfrischt. Dieses Sylt hat einen ganz speziellen Zauber. Nie wieder wollte sie hier weg, beschloss sie.

Als Jan aufstand, um ihnen zwei Becher des hier ausgeschenkten »Filterkaffees mit echter Sahne« zu holen, entdeckte Nina eine SMS auf ihrem Handy. Sie war von Alex, dem mutmaßlich schwerreichen Blaublüter, den sie in Gretas Rauchfang kennengelernt hatte:

»Hallo, Nina! Ich bin wieder da. Hast du Lust auf einen Kaffee morgen?«

Bingo! Das war er – ihr personifizierter Lottoschein! Bye, bye Mittelstand – jetzt begann Ninas Jetset-Leben!

# 12

»Jan, ich muss mit dir reden.« Auf dem Rückweg von der Sauna sagte Nina tatsächlich den klischeehaften Magen-Zusammenschnür-Satz, der das Ende jeder Beziehung einläutet.

Nina wollte auf Sylt bleiben – und das ging nun mal nur mit Geld. Sie hatte noch in der Sauna beschlossen, ihren Plan zu verfolgen und die Geschichte mit Jan zu beenden, bevor sie richtig anfing. Verliebt in Mittellose war sie schon oft genug gewesen. Wie sagte der »Volksmund« doch so treffend: »Schönheit vergeht, Hektar besteht.«

»Ich habe in Hamburg eine feste Beziehung«, log Nina. »Ich liebe ihn und möchte ihn nicht betrügen.«

Jan sah aus, als wäre ihm soeben etwas auf den Kopf gefallen, und Nina befürchtete ein paar Sekunden lang, dass er gleich losheulen würde. Aber er riss sich zusammen. »Oh, das ist aber sehr schade«, sagte er. »Aber ich verstehe das natürlich.«

Der Abschied auf dem Parkplatz fiel dementsprechend verkrampft aus, und Nina war sich keineswegs sicher, das Richtige getan zu haben. »Lass uns einfach telefonieren«, rief sie Jan hinterher, als der auf sein Fahrrad stieg.

Konnte man sich aus Vernunftgründen in jemanden verlieben? Konnte man Gefühle überreden? Arrangierte

Ehen hielten bekanntlich am längsten. Je weniger Liebe im Spiel war, umso besser. Die Ehe als Arbeitsgemeinschaft.

Nina konnte sich ja auch jederzeit wieder scheiden lassen – reich, selbstverständlich. Sie musste wenigstens versuchen, ihren Plan umzusetzen. Das war sie sich schuldig. Und Jan war bestimmt sowieso eine dieser Leidenschaften, die nur Leiden schafften, überredete sie sich.

Als sie ziemlich nachdenklich zurück auf den Campingplatz kam, stand Elli mit einer Staffelei vor ihrem Wohnwagen und malte.

Sie trug trendige neon-orange-farbige Turnschuhe und Cargojeans und hatte ihre schneeweißen Haare zu einer flotten Hochfrisur hochgesteckt. Elli war eindeutig die lässigste 83-Jährige, die Nina je kennengelernt hatte. Dagegen kam sie sich fast spießig vor.

»Hey, Elli, was malst du denn da?«, fragte Nina überflüssigerweise. Das fand offenbar auch Elli und sagte: »Siehste doch!« Auf der Leinwand war ein buntes Feld zu sehen, Sommerstimmung. Schöne, zarte Farben.

»Wunderschön«, sagte Nina und meinte es auch so.

»Findest du?«, strahlte Elli.

Nina nickte.

»Drinnen hab ich noch mehr«, sagte Elli und deutete auf ihren Wohnwagen. »Willst du mal sehen?«

»Sehr gerne«, sagte Nina und stellte ihre Einkaufstasche auf die Erde. Sie hatte in List am Hafen frischen Wolfsbarsch gekauft, den sie am Abend grillen wollte.

Elli legte Pinsel und Farbpalette beiseite, wischte sich die Hände an ihrer Jeans ab und öffnete ihre Wohnwagentür. Nina folgte ihr – und traute ihren Augen kaum: Der

73

ganze Innenraum war vollgehängt mit Landschaften – eine schöner als die andere. Was für herrliche Ausblicke sich Elli damit geschaffen hatte – abgesehen von ihren echten Fenstern, durch die man auf die Dünen blickte.

Nina war beeindruckt. Elli lächelte wissend. »Such dir eins aus«, forderte sie sie auf.

»Aber nur, wenn ich dich heute Abend zu gegrilltem Wolfsbarsch bei mir einladen darf«, sagte Nina.

»Gerne«, sagte Elli.

Zwei Stunden später saßen Nina und Elli an dem kleinen Tisch vor Ninas Wohnwagen, genossen den leckeren Fisch und tranken tiefdunklen Wein und eiskalten Schnaps:

»Step aside coffee, this is a job for alcohol.«

Elli rauchte ein Zigarillo dazu. »Ich hab ja nichts mehr zu verlieren«, hatte sie gesagt, als sie die Packung öffnete und sich die braune Tabakrolle ansteckte.

Nina erzählte von der Strandsauna, deren Kargheit sie an ihre Kindheit erinnert hatte, und Elli fragte Nina neugierig nach dem Hippietum und der 68er-Revolution. Sie selbst war noch im Krieg geboren worden und hatte in den spießigen 50ern geheiratet, so wie man das damals eben machte. Die sexuelle Revolution war gänzlich an ihrer Ehe vorbeigeschwappt.

»Hattest du je Spaß am Sex?«, fragte Nina, enthemmt durch drei Gläser von Ellis eisgekühltem Kümmel-Aquavit.

»Um Himmels willen«, lachte Elli. »Wo denkst du hin? Ich wusste bis 60 nicht einmal, dass ich eine Klitoris besitze.«

»Und dein Mann?«

»Der dachte, das wäre eine Insel in der Südsee.«

»Au scheiße«, rief Nina und prustete ihren Schnaps aus.

»Ich habe versucht, so wenig Sex wie möglich mit ihm zu haben,« lachte Elli. »Ich fand die Sache immer schrecklich.«

»Echt?«

»Grauenhaft! Magst du das etwa?«

»Kommt ganz darauf an«, sagte Nina diplomatisch und spulte im Geiste ihr bisheriges Sexualleben ab:

Den ersten Orgasmus ihres Lebens hatte sie mit 17 – im Schlafzimmer von Kais Eltern! Kai war ihr erster richtiger Freund, und seine Eltern waren übers Wochenende nicht da. Alleine schon heimlich im Schlafzimmer seiner Eltern zu liegen war für Nina so aufregend, dass sie vollkommen aufgelöst war. Und als Kai sie dann streichelte, wo sie sich selbst noch nie gestreichelt hatte (das war wirklich so), machte irgendwas in ihr plötzlich »Blubb!« Wie Schluckauf.

Dass dieses Blubb ihr erster Orgasmus war, hatte Nina erst ein paar Tage später gemerkt. Kai und sie trafen sich nach der Nacht nämlich nur noch nackt und in jeder freien Minute, die sie irgendwie abzwacken konnten. Da wurde das Blubb dann immer länger, immer schöner – und, vor allem: immer intensiver!

Sie waren irgendwie alle total süß gewesen – die Männer ihres bisherigen Lebens: Markus, zum Beispiel, der Sunnyboy mit dem Traumbody. Der so zärtlich war und bei dem Nina die Freuden des Oralsex kennengelernt hatte.

Oder Andy, der Intellektuelle mit der Zehnfach-Brille, den schleudernde Waschmaschinen zu besonderer erotischer Kreativität inspirierten.

Oder Lars, der muskelbepackte Fotograf mit Glatze, Ohrring und Dauergrinsen, der aussah wie ein Klon von Meister Proper. Und ein Meister war Lars wirklich gewesen – im Oralsex. »Meister Proper leckt so sauber, dass man sich drin spiegeln kann«, hatte ihre beste Freundin Karen damals gewitzelt.

Guter Sex schweißt zusammen, dennoch war ihre Beziehung an unterschiedlichen Vorstellungen einer gemeinsamen Wohnung gescheitert: Lars wollte ein »Kiffzimmer« und genug Gästebetten für mindestens sechs Personen – und Nina, die damals kurzzeitig Chef-Graphikerin war, wollte Alsterblick, symbiotische Zweisamkeit und eine Rolf Benz-Ausstattung. Klar, dass das nicht gutgehen konnte.

Und dann kam Sven, Ninas längste Beziehung. Der bislang letzte Lover, mit dem der Sex so gemütlich und vertraut war wie Schnitzel mit Bratkartoffeln. Alles andere als überraschend – aber dafür zuverlässig.

»Wünschst du dir, du hättest noch andere Männer gehabt?«, fragte Nina. »Welche, die vielleicht mehr von der Liebe verstanden hätten?«

»Bloß nicht«, rief Elli. »Einer hat mir gereicht!«

Da hatte die Gute eindeutig etwas verpasst, fand Nina. Guter Sex war für sie wie Erdbeeren: prall, saftig, lecker, süß, feucht und überraschend wie die Kerne, auf die man manchmal biss. Matschig, prickelnd, rot, gesund, frisch – eben einfach wunderbar!

Wie ein Fluss aus Schokolade: süß, sinnlich, träge …

Wie ein Tornado: Alles von unten nach oben wirbelnd …

Wie fliegen: Sich vertrauen, sich fallenlassen, schweben …

Natürlich hatte Nina auch schon doofen und sogar bescheuerten Sex. Sex, der eher eine Beschlagnahmung war als ein sinnlicher Akt. Verkrampfter Sex, dilettantischer Sex, langweiliger Sex oder Sex, der sich anfühlte, als ob man zwei völlig verschiedene Sprachen spricht. Früher hatte Nina solche Nummern aus Höflichkeit durchgehalten. Heute brach sie sie empört ab.

»Konnte dein Mann denn wenigstens gut küssen?«, fragte Nina in der Hoffnung, dass Elli wenigstens ein ganz kleines bisschen sinnlicher Spaß zuteil geworden war.

»Ach was«, sagte Elli. »Seine Küsse waren immer staubtrocken und fühlten sich an, als würde ein Vogel auf meinem Mund herumpicken.«

»Das klingt nicht gut«, fand Nina.

Küssen war manchmal viel schöner als Sex. Viel intimer, viel intensiver. Nina liebte knutschen! Gute Küsse konnten der Himmel sein!

Genau wie das Gefühl ganz kurz vor der ersten Berührung. Die Elektrizität, die in der Luft knisterte, wie wenn man einen Polyacrylpulli auszog.

Aber letztlich entstand die Magie, die phantastischen Sex ausmachte, nur mit jemandem, den man liebte. Liebe war der Zunder, der zwei Körper miteinander zum Brennen brachte und diese ganz spezielle Energie entstehen ließ …

»Hast du keine Kinder, weil ihr so wenig Sex hattet?«, wollte Nina wissen.

»Nein. Mein Mann hatte Mumps als Kind und war zeugungsunfähig. Das hat sich aber erst nach vielen Jahren herausgestellt. Ich war sehr traurig darüber, denn ich hätte sehr gerne Kinder gehabt«, sagte Elli. »Aber eine

Scheidung kam damals nicht in Frage. So etwas tat man nicht.«

»Würdest du das heute anders machen, wenn du noch mal 30 wärst?«, fragte Nina.

»Sofort«, rief Elli. »Ich würde versuchen, alles zu machen, von dem ich träume. Ich würde mich überhaupt nicht anpassen und mir keine Sorgen machen. Ich würde versuchen, in jeder Hinsicht mutig zu sein. Denn wenn man so alt ist wie ich, bereut man nicht, was man getan hat, sondern nur, was man nicht getan hat.«

Da war sie wieder, die Erkenntnis, die Nina ja auch als Absolution für ihren verwegenen Sylt-Plan genommen hatte.

»Ich finde, man sollte diese ganze Moral-Geschichte eiligst entkrampfen«, fuhr Elli, mittlerweile auch nicht mehr ganz nüchtern, fort. »Männer sollten mit Männern schlafen dürfen, wann immer sie Lust dazu haben – und Frauen mit Frauen. Jüngere mit älteren, hässliche mit hübschen, dumme mit schlauen, schwarze mit weißen. Es sollte einem sowieso viel mehr viel weniger peinlich sein!«

»Wow, das ist aber ganz schön fortschrittlich«, sagte Nina und prostete Elli begeistert zu. Die alte Dame wuchs ihr sekündlich mehr ans Herz.

Später, als Nina ziemlich beduselt in ihrem Bett lag, schaute sie sich »Wie angelt man sich einen Millionär?« mit Marilyn Monroe auf ihrem iPad an. Morgen würde sie Alexander treffen – und sie wollte gut darauf vorbereitet sein.

# 13

Der Rhabarberkuchen in der Kupferkanne war phantastisch. Frisch aus dem Ofen, nicht zu sauer, nicht zu süß – und vor allem beruhigend groß: eine gigantische quadratische Portion Zucker und Mehl – und die Schlagsahne darauf, die Nina zum Entsetzen der magersüchtigen Kampenerinnen um sie herum geordert hatte, war das Tüpfelchen auf dem i.

Seit fast einer Stunde saß sie mit Alexander an einem der idyllischen Nischen zwischen Krüppelkiefern und Thujen und blickte aufs Watt.

Alexander trug eine Nerd-Hornbrille (»Tom Ford ist wirklich ein Meister des Minimalismus«), eine bemerkenswert hässliche Uhr mit sehr vielen Schrauben (»Audemars Piguet – Rolex trägt ja mittlerweile jeder Abteilungsleiter«), umsäuselte sie mit Komplimenten und verströmte aus allen Poren Luxus und Reichtum. Nina sog befriedigt den Duft seines sicherlich unerschwinglich teuren Eau de Toilette ein, registrierte seine perfekt manikürten Hände mit dem dicken, goldenen Siegelring und die maßgefertigten braunen Budapester an seinen Füßen. Mit Alexander saß sie an der Quelle. Wie um dies zu bestätigen, orderte er eine Flasche Dom Perignon, die auf der Karte mit rund 250 Euro dotiert war, nahm seine Brille ab, guckte ihr bedeutungsschwer in die Augen, sagte »Stößchen! Auf eine schöne Zeit«, und stieß sein Glas an ihres.

Ziemlich beduselt stieg Nina später in seinen Range Rover und freute sich über die edlen beigen Ledersitze. Noch auf dem Parkplatz der Kupferkanne nahm Alexander ihr Gesicht in die Hände und küsste sie. Sanft, fast zart. Es war nicht der Himmel, aber es war auch nicht schlecht. »Ausbaufähig«, hätte ihre kleine Schwester die Performance klassifiziert.

»Wohin darf ich dich bringen?«, fragte Alexander in vollendeter Höflichkeit, und Nina fühlte sich, als wäre sie in »Pretty Woman« gebeamt. Alice im Wunderland frühstückt bei Tiffany.

»Ich wohne bei einer Freundin in Keitum«, log sie. »Setz mich doch bei Delikatessen Hansen ab, ich will noch ein paar Dinge besorgen.«

»Gerne«, lächelte Alexander und startete den 5000-PS-Motor, der sie mit einem eleganten Schnurren vom Parkplatz schweben ließ.

Nina wollte Alexander nicht belügen, ihm nichts vormachen, aber ein Wohnsitz auf dem Campingplatz schien ihr momentan too much information. Nicht wirklich sexy. Ihre Unterkunft würde erst mal ihr Geheimnis bleiben, aber ansonsten musste ihr Charme ausreichen, damit Alex ihr verfiel. Sie würde keine Ersatz-Biographie erfinden. Das Ex-Model hatte vor Profikicker sicherlich auch nicht behauptet, blaublütige Adelstochter zu sein.

Auf der Fahrt über die Landstraße nach Keitum, links das silbrig-glänzende Watt, rechts die Dünenlandschaft, fühlte Nina sich wie in einem Raumschiff, das leise, perfekt gedämmt und gut gefedert durch die Landschaft surrte. Die Welt sah ganz anders aus, aus dem gedämpften Innenraum eines Luxusautos. Irgendwie anonymer, distanzierter, kontrollierbarer. Vielleicht, weil man sich sicherer fühlte. Der Wagen roch nach Leder und Reichtum. Hier war nichts chaotisch und dreckig. Hier konnte einem nichts passieren.

Alexander nahm ihre Hand und drückte sie. »Was hast du denn morgen vor? Ich würde dich gerne wiedersehen. Hast du Lust, mit mir am Ellenbogen spazieren zu gehen?«

Der Ellenbogen war die nördlichste Spitze Sylts. Dort war es besonders einsam, wild und schön, hatte Nina im Internet gelesen. Natürlich hatte sie Lust.

»Prima«, strahlte Alexander. »Wo soll ich dich abholen?«

Der sanfte Klang einer Panflöte verschaffte Nina Zeit für ihre Antwort: Alexanders Vertu Handy verkündete einen Anrufer. »Die Klingel- und Alarmtöne wurden exklusiv vom Londoner Symphonie-Orchester aufgenommen. Das Soundsystem wurde in Zusammenarbeit mit Bang & Olufsen entwickelt«, erklärte er Nina, nachdem er aufgelegt und ihren verblüfften Blick bemerkt hatte.

»Das ist von Hand gefertigt«, führte er weiter aus. »184 Teile, zusammengesetzt von einem einzigen Mitarbeiter, das musst du dir mal vorstellen! Und die Hülle ist aus Titan.«

»Aha«, sagte Nina. »Und kann das was?«

Alexander guckte irritiert.

»Ich meine, kann es irgendetwas Besonderes? Was andere Handys nicht können?«

»Es gibt etliche Features, wie zum Beispiel den Privat-Butler«, antwortete er. »Der reserviert mir Hotelzimmer, Restauranttische, Mietwagen – und verschickt sogar Blumen. Aber es gibt noch 'ne ganze Reihe mehr Specials. Und wenn ein Vertu-Concierge im Hotel anruft, bekommt man sehr gute Zimmer und VIP-Rabatt.«

»Toll«, sagte Nina. »Und was kostet es?«

»Preise langweilen mich«, sagte Alexander und strich sich durchs pomadisierte Haar. Nina überlegte, wie viel von dem Gelzeug wohl anschließend am Lenkrad klebte. Oder war auch das so exklusiv, dass es zwar aussah, als hätte man seinen Kopf mit flüssiger Butter übergossen – aber dennoch keine Spur an Händen und Kleidung hinterließ?

»Über Geld redet man nicht – das hat man«, setzte Alex nach und zwinkerte ihr zu. Gönnerhaft.

»Ich würd's trotzdem gerne wissen. Wär vielleicht auch was für mich«, log Nina, weil sie sich mit seiner Upperclass-Antwort nicht zufriedengeben wollte.

»Zehn«, sagte er.

»Interessant.«

10 000,– Euro für ein Handy! War das nun doof, oder durfte sie es gut finden? War das cool oder albern? Pervers und peinlich? Musste sie Alex dafür verachten – oder durfte sie ihn beneiden? Nina war hin- und hergerissen zwischen der anerzogenen Moralvorstellung, dass ein Handy im Wert eines Kleinwagens dekadent war – und einem ihr bis dato unbekannten Luxus-Flash. War es nicht, wenn sie mal ganz ehrlich war, ziemlich toll, sich mit edlen Dingen umgeben zu können? Wie würde sie sich fühlen, wenn das alles ihr gehörte? Wenn sie stets in teuren Luxushotels schliefe, wunderbare Menüs äße, ohne Limit shoppen ginge? Sie lächelte in sich hinein. Gut würde es ihr gehen, vermutete sie. Sehr gut sogar.

Alexander parkte vor Delikatessen Hansen. »Lass

uns doch morgen einfach um drei in der Sturmhaube treffen«, schlug Nina vor. Das Kampener Restaurant mit seiner wunderschönen Terrasse auf den Klippen hatte sie neulich bei ihrem Strandspaziergang vom Campingplatz zum Grande Plage gesehen. »Gerne«, sagte Alexander, nahm ihr Gesicht wieder in beide Hände und küsste sie. Nina schloss die Augen und versuchte, den Kuss zu genießen. ›Lass dich endlich fallen, Nina‹, feuerte sie sich selber an. ›Lass dich drauf ein!‹ Das Problem war nur: Nina fühlte nichts. Absolut nichts.

›Aber immerhin auch keinen Ekel‹, tröstete sie sich. ›Das ist doch schon mal was!‹

Wie konnte es bloß passieren, dass sie gar nichts fühlte? Sie musste doch auf Touren zu kriegen sein, verdammt! Sie fühlte sich wie ein Auto, das einfach nicht ansprang.

»Ciao, Schnucki«, raunte Alexander ihr ins Ohr. »Ich freu mich auf morgen.«

»Ich mich auch«, sagte Nina und kletterte aus dem Wagen.

Alex setzte sich Tom Ford auf, winkte noch mal und entschwebte mit seinem schwarzen Raumschiff vom Parkplatz.

Nina winkte hinterher, bis ihr persönlicher Lottogewinn im Kreisverkehr entschwand, drehte sich um und betrat das Gourmet-Paradies.

Die erste Theke war eine Meeresfrüchte-Salatbar. Endlos viele Sorten Garnelen-, Krabben-, Matjes- und Scampisalate standen in weißen Porzellanschüsseln hübsch angerichtet. Nichts, was Nina nicht schon kannte – etwas Besonderes war jedoch die große Auswahl an Hummersalaten. Hummer gab es in ihrem Supermarkt nur tiefgefroren und im Ganzen.

1,90 Euro für »Hummer in hausgemachter Soße«, las sie auf einem Schild. Das ging ja. Sie beschloss, sich ihrem zukünftigen Lifestyle schon mal anzupassen und die Köstlichkeit zu probieren.

»Was kann ich Ihnen Gutes tun?«, fragte die blonde Frau hinter der Theke.

»Ein kleines Schälchen von diesem Hummersalat bitte«, orderte Nina.

»Gerne«, sagte die blonde Angestellte und füllte eine Schaufel Salat in ein durchsichtiges Schälchen. »Recht so?«

»Ja, super«, antwortete Nina und war sich nicht sicher, ob das eine dem Ambiente angemessene Antwort war.

»Darf es sonst noch etwas sein?«, fragte die nette Frau.

»Nein, danke«, sagte Nina und nahm das durchsichtige Plastiktütchen mit ihrer Beute entgegen.

»22,80 Euro, bitte«, sagte die Frau, und Nina glaubte, sich verhört zu haben.

»Zweiundzwanzig Euro achtzig???« Irritiert schaute sie noch mal auf das Preisschild am Salat. Die 1,90 Euro galten für 10 Gramm, ihr Schälchen war aber mit 120 Gramm befüllt! Ihr Schlitzohren, dachte Nina. Na ja, über Geld oder Preise müsste sie sich ja bald nicht mehr aufregen. Dann würde sie ohne mit der Wimper zu zucken die ganze Schüssel ordern und den Rest an ihren Rassehund verfüttern, wenn sie Lust dazu hatte. Oder ihr langweilig war. Es war halt schon immer etwas teurer, einen guten Geschmack zu haben.

Am Brotstand kaufte Nina zwei Brötchen und schlenderte anschließend weiter durch die Reihen und Regale. Das Angebot war beeindruckend. Hier gab es alles, was die Durchschnitts-Zweitwohnsitz-Kampenerin ihrem graumelierten Gatten und ihren seitengescheitelten Internatszöglingen zum Abendessen servieren mochte: Französischen Trüffelkäse, japanische Wagyu-Wurst, frische brasilianische Passionsfrüchte und eine gigantische Weinauswahl der edelsten und teuersten Tropfen der Welt. Vom Guten nur das Beste.

Wie es Elli hier wohl finden würde, fragte sich Nina, als sie 20 verschiedene Sorten Tomatendosen begutachtete. Ob sie sich hier genauso verloren fühlen würde wie die alte Dame, die in Hamburg neulich an der Käsetheke vor ihr stand?

»Was kann ich für Sie tun?«, hatte die Verkäuferin die ratlos wirkende Seniorin damals gefragt.

»Ich hätte gerne ein Stück Käse«, hatte die geantwortet.

»Welches denn?« – hatte die Verkäuferin gefragt und einmal quer über die Auswahl gewiesen.

»Ein mittleres!«

Ob Elli, die ja noch die Kriegsentbehrungen miterlebt haben musste, eher auf simple Genüsse stand? Eine Scheibe Katenschinken? Eine Gewürzgurke? Einen roten Apfel? Oder war sie, genau wegen dieser Entbehrungen, erfahrene Feinschmeckerin? Kannte sie diesen Millionärs-Supermarkt? Ließ sie sich womöglich von ihm beliefern? Nina beschloss, Elli später dazu zu befragen. Nur weil sie alt war, musste sie ja nicht automatisch altmodisch sein.

»Käse ist offenbar das neue Gold«, dachte sie, als sie ein wirklich nicht sehr großes Stück Ziegen-Bockshornklee-Käse für 14,24 Euro entgegennahm. Vielleicht ein heißer Aktientipp?

An der Kasse hatte das Ehepaar vor ihr die typischen

Sylt-Grundnahrungsmittel geladen: Zwei Flaschen Ruinart Rosé-Champagner, eine Dose Kaviar, Räucherlachs (natürlich Bio), Crème fraîche und Kräcker. Das Klischee, wie es im Buche stand. Dafür hatte die Dame hinter ihr nur eine einzelne Birne in der Hand. War das ihr Abendessen? Schon oft hatte Nina sich Geschichten zu den Einkäufen der vor oder hinter ihr in der Schlange Stehenden ausgedacht. Der Inhalt eines Einkaufswagens verriet mehr als ein Online-Profil, fand sie. Wären Einkaufsbons deshalb nicht sogar sicherere Partnervermittler als diese »Matchpoint«-Tests der Internet-Verlieber?

»Vierundzwanzig Euro achtundsiebzig, bitte«, sagte der junge Mann an der Kasse. Stolzer Preis für zwei Packungen Spaghetti, zwei Tomatendosen und ein bisschen Käse. Hier war alles doppelt so teuer wie im normalen Supermarkt, dafür gab es aber die Plastiktüten umsonst.

Als Nina dem Kassierer das Geld rüberreichte, musste sie sich auf die Zunge beißen, um nicht nach Sammelpunkten zu fragen. Sie war eine fanatische Rabattmarkensammlerin. Erst kürzlich hatte sie dank ihres Rabattheftchens die überteuerte Pfanne eines namhaften Herstellers erstanden, der behauptete, ohne Rabattsammlung würde die Pfanne ungefähr 100 Euro kosten. Umso euphorischer war Nina, sie – dank ihrer Sammlung – für 29 Euro kaufen zu dürfen. Dass das Ganze ein gigantischer Schmu sein könnte, hatte sie nicht hinterfragt, obwohl sie noch nie eine Bratpfanne für 100 Euro gesehen hatte.

Mit ihrer Beute in der silbernen »Feinkost Müller«-Tüte schlenderte sie durch Wenningstedt Richtung Meer. Hier war es längst nicht so elitär wie in Kampen – ein gänzlich anderes Publikum kam ihr auf ihrem Weg entgegen: Paare in Funktionskleidung, Ein-Kind-Familien, Herren mit schütterem Haar und Mischgewebepullis, kleine Hunde mit Frauchen über 50, in deren Gesichtern »*die Zeit ihr tristes Gekritzel hinterlassen hatte*«, wie es neulich mal in irgendeinem Artikel gestanden hatte.

Es war kühl und bewölkt, und als Nina die Holztreppe auf die Dünen erklomm, wehte ihr eine heftige Brise ins Gesicht. Auf der Aussichtsplattform sah sie den Surfern zu, die sich im Abendrot durch die schäumenden Wellen kämpften. Sie musste an Jan denken, und ein leichter Schmerz durchzuckte sie. Schnell wand sie sich ab, um auf dem Holzsteg, der in aufwendiger Brücken-Bauweise parallel zum Meer durch die Dünen lief, ihren Weg Richtung Kampen fortzusetzen.

Waren die Holzstege eigentlich aus Bankirai?, fragte sie sich, während sie weiterging. Dann musste der Bau ja unfassbar teuer gewesen sein. Die paar Quadratmeter auf ihrem Balkon hatten jedenfalls ein kleines Vermögen gekostet. Sie spazierte hier also vermutlich auf mehreren hunderttausend Euro. Großzügig, dachte sie.

In regelmäßigen Abständen standen Bänke rechts und links vom Steg, auf denen Menschen saßen, die Wein tranken, ein Buch lasen oder verklärt in die untergehende Sonne schauten. Manche lächelten Nina versonnen an, als sie an ihnen vorbeiging. Dieses Sylt hatte offenbar etwas Verzauberndes, dachte sie. Der Blick auf die tosende Brandung, die salzige Luft, der frische Wind, der Geruch des Meeres – das alles barg scheinbar etwas, das die Menschen glücklich machte …

»*Wenn es etwas gibt, für das es sich zu leben lohnt, dann ist es die Betrachtung des Schönen*« – dieses Zitat von Plato hatte sie sich mal notiert. War es die Schönheit der

Natur, die Sylt so besonders machte? So attraktiv für die High Society? Oder eher der Kontrast zwischen rau und edel – wie kaputte Jeans und Juwelen? Wie Luxusmode-Fotosessions vor unverputzten Fabrikwänden? Die wilde Brandung war echt – und die Zweitwohnsitz-Kampener sprangen nackt und pur (also auch echt), nur mit ihren edlen Uhren am Handgelenk, in die Fluten. Die Uhren waren so perfekt verarbeitet, dass sie Salz und Wasser problemlos aushielten. Nur Echtes hatte hier Bestand. Die Insel hatte etwas Wahrhaftiges …

»Sylt macht dich demütig«, hatte Nina in einem Interview mit einem bekannten Sylter Gastronomen gelesen, den man angeblich nur mit Gewalt von der Insel bekam. »Demütig, in dieser phantastischen Natur leben zu dürfen. Die Insel ist wie Medizin, du kommst immer wieder auf den Boden zurück.«

Nina sah in die Brandung. Auf der ganzen Welt hatte die Freundin einer Kollegin, die gebürtige Sylterin war, nach einem gleichwertigen Ersatz für ihre Heimat gesucht. Sie hatte sie nirgends gefunden.

Auch Nina hatte sich eindeutig in die 99 Quadratkilometer kleine Sandbank verliebt. Und sie wollte für immer hier bleiben – genau wie der Gastronom.

Die Fähnchen des Wonnemeyer kamen in Sicht. Gerne hätte Nina dort noch einen Sun-Downer mit Luis getrunken, aber der musste arbeiten, denn es war kurz vor 21 Uhr, und es herrschte Hochbetrieb: In einer langen Schlange warteten die Hungrigen auf einen Tisch, und die Besitzerin verteilte sogenannte »Warte-Pager«, durchsichtige Plastikufos, die anfingen, rot zu blinken und zu surren, wenn ein Tisch frei wurde. Nina kaufte sich einen Kaffee zum Mitnehmen, schlenderte auf dem

Kliffrand zurück nach Kampen und sah der Sonne beim Knallrot-im-grünen-Meer-Versinken zu.

Die Straßenlampen leuchteten schon, als sie auf dem Campingplatz ankam. Lachen war zu hören, Kochgeschirr-Geklapper und Musik, als sie durch die Wohnwagen- und Caravan-Reihen schritt. Zwei kichernde Mädchen mit Kulturbeuteln unter dem Arm liefen zur Dusche und grüßten sie kurz. Fernsehbild-Flimmern hinter zugezogenen Vorhängen, der Geruch von Grillfleisch und das Geräusch des knirschenden Kieses unter ihren Fußsohlen.

In Ellis Wohnwagen war noch Licht. Einladend orange schimmerte es durch die Fenster. Nina klopfte an die Tür.

»Komm rein«, rief Elli.

»Woher wusstest du denn, dass ich es war?«, fragte Nina erstaunt.

»Wusste ich nicht«, antwortete Elli. »Ich duze immer alle«.

Warm und gemütlich war es hier drinnen. Elli saß bei Kerzenschein vor einer Patience. Mozart erklang aus ihrem alten Röhrenradio. »Geht sie auf?«, fragte Nina.

»Hmh«, nickte Elli konzentriert. »Ich bin gleich fertig. Möchtest du einen Tee?«

»Gerne!«

Nina holte sich eine Tasse aus dem Schrank und setzte sich. Es war wichtig, dass Patiencen aufgingen – das wusste sie noch von ihrer Oma. Die hatte das stets als gutes Zeichen gewertet, fast wie ein Orakel

Der Pfefferminztee war mit frischen Blättern aufgebrüht, die Elli von ihrem Strauch vor der Tür gezupft hatte. Lecker.

»Guck mal, was ich mitgebracht habe«, sagte Nina

und packte das Schälchen Hummersalat und die beiden Brötchen aus. »Hummersalat von Delikatessen Hansen. Möchtest du mal kosten?«

»Ach, der ist bestimmt nichts«, sagte Elli. »Fisch kann man nur noch bei Blum kaufen, die sind noch nicht so kommerzialisiert.«

»Und wie findest du Delikatessen Hansen?«, fragte Nina, während sie Teller, Messer und Löffelchen aus dem Schrank holte.

»Zu teuer«, antwortete Elli. »Sie ist aufgegangen!«, rief sie plötzlich, klatschte lachend in die Hände und räumte die Spielkartenreihen ab.

»Wie schön«, freute sich Nina, schnitt die Brötchen in Scheiben und servierte den Salat.

»Voilà, Madame«, sagte sie lächelnd und reichte Elli den Brotkorb. Die nahm sich eine Scheibe, auf die sie sorgfältig einen Löffel Hummersalat platzierte.

»Guten Appetit«, wünschte Nina. Zeitgleich bissen sie von ihren exklusiven Schnitten ab.

Enttäuscht verzog Nina beim Kauen den Mund. Elli hatte recht: Viel zu viel Mayonnaise und viel zu wenig Hummer. Ein paar winzige, geschmacksneutrale Bröckchen in zu kräftiger Soße.

»Na, das ist ja nicht so doll!« Enttäuscht legte Nina ihre angebissene Schnitte wieder auf den Teller. »Was sagst du?«

Elli tupfte vornehm ihren Mund ab. »Büsch'n langweilig, nich?«

Nina lachte. Elli grinste.

»Was ist denn dein Lieblingsessen, Elli?«, fragte Nina, während sie Salz und Pfeffer auf ihr Brot streute, um es würziger zu machen.

»Erdnüsse«, antwortete sie.

»Erdnüsse?«, fragte Nina erstaunt.

»Ja. Die hat der Freund meiner Schwester uns aus Amerika mitgebracht, als wir noch Kinder waren. Ich liebe den Geschmack.«

»Und außer Erdnüssen?«

»Schmelzkäse und Pommes frites!«

Nina musste lachen. »Na, du hast aber einen exklusiven Geschmack!«

»Lach nicht«, sagte Elli. »Das waren in meiner Jugend absolute Neuerungen. Und dieses Geschmackserlebnis hat sich bis heute gehalten.«

Nina nickte.

»Und außerdem muss ich dabei immer an meine Kindheit denken. An Geschmack und Geruch erinnert sich der Mensch ja bekanntlich am längsten ...«

Ellis Blick verlor sich in der Vergangenheit.

Sie war in einem kleinen Dorf bei Husum aufgewachsen. Ohne Telefon, Fernseher, Radio oder Kühlschrank. Ohne warmes Wasser, ohne Zentralheizung und ohne Waschmaschine. Die Wäsche wurde mit Seifenflocken im Hof geschrubbt – und einmal in der Woche wurden die Kinder in der Zinkwanne heiß gebadet. Geheizt wurde mit einem Ofen in der Stube und gekocht am offenen Feuer des Kohleherdes.

Morgens stand eine große Emailleschüssel mit kaltem Wasser bereit, an der sich die Familie waschen konnte. »Ich erinnere mich noch gut, wie meine Haare im Winter oft steif gefroren waren, wenn ich auf den Schulbus wartete«, erzählte Elli.

Es gab noch keinen Rock'n'Roll, keinen Elvis, keine Beatles. Nur Kühe und Natur. Die Abende verbrachte man lesend oder mit einer Handarbeit im Wohnzimmer – und ging früh zu Bett.

Mit 17, bei einem Dorffest, lernte Elli dann Albert kennen – und heiratete ihn ein Jahr später. Sie zogen nach Bremen, wo Elli im Betrieb ihres Mannes als Sekretärin arbeitete.

Bis auf den miserablen Sex und die fehlende Zärtlichkeit war die Ehe glücklich – gemessen an dem, was Elli damals darunter verstand. Albert behandelte sie respektvoll, sie konnten sich gut unterhalten und gingen oft ihrer gemeinsamen Leidenschaft – lange Wanderurlaube in den österreichischen Bergen – nach. Sexuelle Revolution, Emanzipation und die Welt der 68er kannte Elli nur aus dem Fernsehen.

»Als andere Frauen öffentlich ihre BHs verbrannten und mit allem schliefen, was nicht bei drei auf dem Baum war, trug ich noch die fleischfarbenen, bügelverstärkten Stützkorsetts meiner Großmutter und glaubte an lebenslange Liebe und Monogamie«, lachte Elli.

»Und jetzt?«, fragte Nina. »Wärst du gerne reich und könntest alles nachholen, was du verpasst hast?«

»Nein, ich habe doch alles, was ich brauche«, lächelte Elli versonnen, und Nina meinte, ein verschmitztes Funkeln in ihren Augen zu erkennen. »Ich hab gar nicht so viel verpasst, glaube ich. Zufriedenheit ist doch das Schönste, was man in diesem Leben erreichen kann. Und die kann man nicht kaufen.«

Später in ihrem Bett rief Nina ihre E-Mails ab. Keine weiteren Panik-Nachrichten aus der Redaktion – zum Glück. Ihre Vertretung schien sich gut einzuarbeiten.

Sie brühte sich als Schlummertrunk einen Yogi-Ingwertee auf. »Du bist unverkäuflich« stand auf dem

Teebeutel-Fähnchen. Von dieser Feststellung ein biss-chen irritiert, surfte sie, wie immer kurz vorm Schlafen, durchs Netz: Facebook, eBay – und die neuesten Boule-vard-Schlagzeilen. »Bill Mollins: 150 Millionen auf dem Konto – und todunglücklich« stand da. Sie las den Ar-tikel. Der arme Bill, ein weltberühmter englischer Musi-ker, saß morgens schon um 11 Uhr vorm Fernseher und entkorkte die erste Flasche Wein. Sein Luxus langweilte ihn so sehr, dass er ihn offenbar nur noch im Vollrausch ertrug.

Genau so einen wie Bill suchte sie! Vielleicht konnte sie ihm ja helfen, wieder ein bisschen glücklicher zu sein. Und wenn nicht, dann konnte sie ihn zumindest dabei unterstützen, sein Geld auszugeben, damit er irgend-wann wieder arm und zufrieden wäre.

Die armen Reichen! Zu viel Geld auf dem Konto, aber zu wenig Freude am Leben, war eindeutig eine äußerst dekadente Luxusproblematik.

Nina nahm einen Schluck Tee.

Vielleicht war diese noch weitgehend unerschlosse-ne Problematik ja eine Marktlücke, in die sie mit Rat-geber-Büchern oder Coaching-Seminaren wie »Wenn Luxus zur Last wird« oder »Lustvoll leben mit Millio-nen auf dem Konto« lukrativ hineingrätschen könnte? Der depressive Bill wäre ein Fall für die Therapiegruppe »Glücklich werden trotz Geld«. Aber so richtig leidtun wollte er Nina trotzdem nicht.

Machte Geld glücklich? Nina recherchierte sich durchs Netz. Eine Studie besagte, dass Menschen mit mehr Geld meistens besser gebildet und gesünder waren, sich besser ernährten, sich eines höheren Prestiges erfreuten – und deshalb meist auch glücklicher seien. Geld allein würde natürlich nicht glücklich machen, wurde ein bekannter Literaturkritiker zitiert, aber es wäre natürlich wesentlich angenehmer, in einem Taxi zu weinen als in einem überfüllten U-Bahn-Waggon.

Ein zufriedenes Grinsen zog Ninas Mundwinkel in die Höhe. Na bitte. Sie rannte schon der richtigen Mohrrübe nach. Geld zu haben war erwiesenermaßen besser, als kein Geld zu haben. Oder, um es mit der Komikerin Käthe Lachmann zu sagen: »Besser ein toller Teppich als ein nicht so toller Teppich.« Alles andere wäre ja auch absurd.

Alexanders klobige achteckige Uhr mit den vielen Schrauben fiel ihr ein. Neugierig recherchierte sie, was die wohl kostete. Rund 24 000 Euro musste man für das Standardmodell aus Stahl investieren – danach war die Preisgrenze, je nach Material, nach oben offen. Wow! Alexander trug ihr halbes Jahresgehalt ums Handgelenk.

Sie dachte an ihn und versuchte, ein Gefühl von Verliebtheit heraufzubeschwören. Wenn sie auch von ihm und nicht nur von seinem Geld verzaubert sein könnte – das wäre perfekt. Sie dachte an seine schönen Hände, daran, wie er sie im Auto geküsst hatte – doch immer wieder schoben sich blitzlichtartig Jans Gesicht und sein Traumkörper dazwischen. Jan, der so gut roch … dessen braune Haut sich so samtig angefühlt hatte …

Die Liebe entschied ja leider selber, wo sie hinfiel. Also musste Nina ihr eben ein Bein stellen – damit sie gefälligst da stolperte, wo sie sie haben wollte: Bei Alexander! Und wenn sie (die Liebe) trotzdem einfach nicht hinfiel, dann war es vielleicht auch nicht so schlimm: Vernunftehen hielten eh am längsten. Wie hatte ihre Oma immer gesagt: »Die Ehe ist ein langes Gespräch.« Und das würde sie mit Alex und seinem Vertu Handy zweifellos lange aufrechterhalten.

Zufrieden löschte sie die altmodischen Plüschlampen und schlief ein.

# 14

Direkt neben dem Kurkarten-Kontrollhäuschen stand eine Skigondel. Eine echte österreichische Kabine aus Stahl! Nina wunderte sich, während sie dem Ungetüm auf dem Weg vom Strand auf die Klippen immer näher kam. Lech war die Partnerstadt von Sylt, klärte ein Schild neben der Gondel auf. Deshalb stand in Lech im Gegenzug auch ein original Sylter Reetdach-Bushaltestellenhäuschen. Aha. Im Winter fuhren die Sylter also nach Österreich. Nina grinste und sah sich im Geiste bereits im weißen Bademantel im Luxus-Spa mit Blick über Alpenpanorama und Bergseen liegen.

Der Mensch war ein Gewohnheitstier. Inzwischen fand Nina es ganz normal, dass eine der bekanntesten deutschen Modedesignerinnen auf dem Fahrrad an ihr vorbeiradelte, während sie vom Kurkartenhaus zur Sturmhaube ging. Vermutlich würde sie sie in nächster Zeit sowieso öfter sehen – auf dem einen oder anderen Event, zu dem sie an Alexanders Seite geladen wäre.

Sie wollte sich gerade an einen der Tische auf der Terrasse setzen, als sie eine Männerstimme ihren Namen rufen hörte. »Nina!« Sie schaute sich um. Auf dem Parkplatz stand Alex neben einem weißen Mercedes SLS mit Flügeltüren und winkte ihr zu. Mit seinem lässig umgeknoteten Pulli und dem Strahlen in seinem Gesicht sah er aus wie der sprichwörtliche Prinz mit dem weißen Pferd. Nur dass das Pferd ein Auto war, das so viel kostete wie ein Haus. Von diesem Modell wurden nur ein paar Tausend Stück für exklusive Kunden produziert. Bingo! Hauptgewinn!

Alex begrüßte sie mit dem obligatorischen Küsschen links, Küsschen rechts und half ihr beim Einsteigen. Erstaunlich eng war es in dem Ding, Nina stieß fast mit dem Kopf an die Decke und spürte, als sie endlich saß, Alex' Schulter an ihrer. Außerdem lag der »Rennschrubber«, wie Sportwagen im Sylt-Jargon genannt wurden, so tief, als hätte sie sich direkt auf die Straße gesetzt.

Auf der Fahrt durch die wunderschöne Lister Dünenlandschaft, die Nina vorkam, als wäre sie auf einem anderen Planeten gelandet, ließ Alex es sich nicht nehmen, ordentlich anzugeben. Um die PS-Stärke seines Spielzeugs zu demonstrieren, beschleunigte er dauernd derart, dass Nina so tief in die Sitze gedrückt wurde, als hätte man sie mit einem 50-Kilo-Koffer beworfen. Idiot!

Sie war froh, als sie endlich in der unendlichen Einsamkeit des Ellenbogens ankamen. Nichts außer Strand, Dünen und Meer. Sie standen am äußersten Zipfel Norddeutschlands. An der Spitze der Landzunge gingen Watt- und Meerseite ineinander über. Am Horizont erkannte Nina die dänische Insel Rømø. Seltsam, dass eine so überlaufene Insel wie Sylt so einsame Plätze barg.

Barfuß, mit hochgekrempelten Jeans und um den Hals geschlungenen Pullis spazierten sie wie in einem Werbefilm für Pauschalurlaub Hand in Hand am Wasserrand entlang.

Irgendwann ließen sie sich in den Sand fallen. Nina schloss die Augen und genoss die Sonnenstrahlen in ih-

rem Gesicht. Die Möwen kreischten, die Wellen rausch-
ten, und sie wäre fast weggedämmert, wenn nicht dieses
nervige Geräusch gewesen wäre. Widerwillig öffnete sie
die Augen. Das nervige Geräusch war das Dauergeplapper von Alex. Nina wünschte, sie könnte wie beim iPod
einfach den Ton abstellen, so dass sich nur noch sein
Mund bewegen würde. Wie in Pantomime. Ohne Pause
erzählte Alex ihr, wie er es perfektioniert hatte, möglichst
wenig Zeit am Flughafen zu verbringen und erst kurz
vorm Abflug in die jeweiligen Flieger zu springen. Er
schwadronierte von seiner Zeit in Salem und Oxford, von
der Firma seines Vaters, von wirtschaftlichen Schwierig-
keiten und neuen Absatzmärkten, von seinen Autos und
seinem letzten Skiurlaub in Lech …

Geschäftsmann-Geschwalle. Das hatte sie schon als
Kind nicht interessiert. Ihr Vater war auch so einer. Während ihrer Kindheit hatte er ständig von seinem Sanitär-
Handel erzählt, von finanziellen Achterbahnfahrten und
asiatischen Spekulanten. Selten hatte er Nina gefragt, wie
es ihr ging – oder mit ihr gespielt.

Später hatte er sich mit Ost-Immobilien verspekuliert
und war pleitegegangen. Heute bezog er Hartz 4 und
lebte vom Gehalt seiner dritten Frau. Nina sah ihn so
gut wie nie.

Das damals als pädagogisch wertvoll gepriesene »Va-
terbeziehung aufrechterhalten« war für Nina eine furchtbare Qual, denn sie fand die Geschäftsfreunde ihres
Vaters fürchterlich langweilig im Vergleich zu den dusse-
lig-liebenswerten Hippies in der WG ihrer Mutter.

Die Freunde ihres Vaters, die er alle »altes Haus«
nannte, sahen seltsam uniform aus: Ihr Markenzeichen
waren Wollpullis mit Hemden drunter, Polohemden

und Seitenscheitel-Frisuren. Die dazugehörigen Frauen waren blond und zickig und trugen Perlenketten um den Hals. Sie hatten keine kreativen Berufe, sagten nie unanständige Wörter und lachten kein einziges Mal über Ninas Witze und Aktionen. Die neue Freundin ihres Vaters war zum Beispiel überhaupt nicht amüsiert, als Nina ein paar Kleider aus ihrer Kleiderkammer mit einer Schere optimierte – und auch Ninas geniale Idee, den Jagdhund zu schminken, fand niemand lustig.

»Ich bin der Kurt, du! Magst du mal aufhören, mein Gesicht mit Fingerfarben zu bemalen?« So unaggressiv hatte sich Ninas Lieblings-Kommunen-Mitbewohner damals dagegen gewehrt, von ihr renoviert zu werden. Natürlich konnte er sich nicht durchsetzen, und Nina hatte ihn später der applaudierenden WG als Gesamtkunstwerk präsentiert. Das WG-Leben war lustig und machte Spaß.

Geschäft – wenn Nina schon das Wort hörte, schaltete sich ihr Gehirn auf Leerlauf, und sie fiel in Duldungsstarre. Sie würde auf jeden Fall etwas anderes aus einem Leben mit Geld machen! Es musste doch möglich sein, reich, aber trotzdem amüsant und unkonventionell zu sein …

# 15

»Hast du Hunger, meine Süße?« Mit einem erstaunlich sanften Kuss weckte Alexander Nina aus ihrem Tagtraum. Sie öffnete die Augen und sah direkt in seine. Grün waren die, mit lustigen braunen Sprenkeln. Eigentlich ziemlich süß.

»Und wie«, sagte sie.

»Komm, dann fahren wir in die Sansibar«, rief Alex, sprang auf und zog sie hoch.

Als hätte er ihre Gedanken gelesen, erkundigte sich Alex auf dem Rückweg nach ihrem Leben. »Was machst du denn so? Erzähl doch mal was von dir!«

Nina erzählte von ihrem Job, ihrer Wohnung und von Hamburg. Alex sagte dauernd »Hm«, nickte viel und streichelte ihre Hand, als sie eine Erzählpause einlegte. »Es ist schön mit dir.« Nina war davon so gerührt, dass ihr nur ein unoriginelles »Mit dir auch« einfiel.

Alex nutzte Ninas Sprachlosigkeit, um wieder von sich zu erzählen. Offenbar hatte er ein Problem mit Stille. »Ich rede, also bin ich!« Wie ein Radiomoderator hielt er Monologe über Aktien, die gerade als Geheimtipp galten, über das Menü in der Cathay Pacific Business Class und über Züchter teurer Weimaraner Rüden. Immer wieder fuhr er sich dabei durchs gegelte Haar und strahlte sie an. Kurz glomm der Verdacht in ihr auf, er hätte gekokst, weil er so euphorisch-sabbelig war. Aber vielleicht war er ja auch einfach nur glücklich.

»Macht dein Geld dich glücklich, Alexander?«, fragte sie.

»Geld allein macht nicht glücklich«, antwortete er, und Nina horchte auf. »Es gehören auch noch Aktien, Gold und Grundstücke dazu.«

Alex lachte, und Nina musste grinsen. »Ist leider nicht von mir«, gab er zu.

In der Säbelbar wurde Alex von einem Kellner begrüßt, den er offenbar kannte.

»Hallo, Alex! Schön, dass du mal wieder reinschaust!«

»Hallo, Mike. Das ist Nina.«

»Hallo, Nina, herzlich willkommen! Setzt euch doch.« Mike wies auf einen freien Tisch auf der Terrasse.

»Hier ist gerade ein super Tisch frei geworden.«

Sie nahmen Platz, und Nina wickelte sich gegen die Abendkälte eine der Wolldecken um die Beine, die überall bereitlagen.

Ein bekannter Fernsehmoderator lief mit Frau und Kindern an ihnen vorbei Richtung Eingang. Der hatte aber reichlich zugenommen, dachte Nina. Und war das nicht der Bundesligatrainer da hinten? Sie war aufgeregt und fühlte sich genau am richtigen Ort. Genau richtig.

Neugierig studierte sie die telefonbuchdicke Weinkarte, die Mike ihr reichte, und war erschlagen vom Angebot. Elli hatte vollkommen recht: Wenn die Auswahl zu groß war, wusste man gar nicht mehr, was man nehmen sollte. »Im Dünen-Gewölbe nebenan lagern über 30 000 Weinflaschen«, erklärte Alex auskennerisch und deutete hinter sich in die Landschaft. Das half ihr auch nicht weiter.

Alex nahm ihr die Entscheidung ab und orderte zwei Gläser Sauvignon Blanc von Zeter aus der Pfalz. »Stößchen, mein Schatz«, sagte er, als Mike den Wein servierte. »Auf einen schönen Abend!«

Maracuja, Stachelbeere und Zitrone – so schmeckte der Wein. Und das Rote-Bete-Carpaccio mit Parmesan und Trüffeldressing war sensationell. Nina ließ ihre Sinne schwelgen und schnappte sich unter dem Tisch Alex' Hand.

Um sie herum klöterten Perlenketten und Rolex-Uhren. »Im August, wenn der Plebs da ist, bin ich nie auf Sylt. Da ist es viel zu voll«, schnappte Nina auf. Aha. Zum Glück war erst Juli.

Der Hauptgang kam: Sushirolle mit warmen Knuspergambas für Nina und Zanderfilet mit Rote-Bete-Soße und Kartoffel-Knusperpüree für Alexander. Die Portionen waren riesig.

»Hey Digga!« Ein gegelter Polohemd-Bubi boxte Alex im Vorbeigehen gegen die Schulter. »Hey Michi, Alda«, rief Alex erfreut mit vollem Mund. Etwas Zander fiel ihm dabei heraus. »Was geht?«

Nina fand es ziemlich albern, wenn reiche Söhne sich anredeten wie Mitglieder türkischer Straßengangs.

»Wollt ihr euch nicht zu uns setzen?«, bot Alex seinem Kumpel und dessen Freundin an. Zum Glück wollten sie nicht. Auf eine Konversation in Comic- oder Bankersprache hätte sie jetzt wirklich keine Lust gehabt.

Alex orderte eine Flasche Riesling und zwei Gläser, und sie machten sich auf zum Sonnenuntergangs-Spaziergang am Strand.

Schon nach ein paar Schritten zog er Nina an sich und begann, sie leidenschaftlich zu küssen. Er setzte unangenehm viel Zunge ein, sie bekam kaum noch Luft. Seine Knutschtechnik war eine Mischung aus Waschmaschinen-Schleudergang und Mandel-Killer, aber seine warmen Hände massierten dabei sanft ihren Hintern, und das fühlte sich gut an. Vielleicht kam ihre Gänsehaut ja nicht nur von der Kälte, hoffte Nina. Und besseres Küssen könnte sie ihm ja noch beibringen.

»Lass uns auf den schönen Abend anstoßen – und auf alles, was noch kommt«, versuchte sie, ihn zu stoppen, bevor er so richtig in Fahrt kam. Sie spürte bereits ein sehr eindeutiges Symptom an ihrem Oberschenkel. Sex am Strand war das Letzte, was sie jetzt wollte. Das hatte sie einmal versucht, und der sprichwörtliche Sand im Getriebe hatte dabei jeder Lust den Garaus gemacht.

Nur widerwillig ließ Alex sie los, schraubte die Flasche auf und schenkte die Gläser voll. »Ich freu mich auf dich«, sagte er vieldeutig und prostete ihr zu. Nina nahm einen tiefen Schluck und wusste nicht so genau, was sie darauf antworten sollte.

Auf der Rückfahrt fühlte Nina sich schon so gut wie verheiratet. Natürlich war es noch etwas früh, aber so leicht und angenehm beduselt, den Magen voll gutem Essen und leckerem Wein, malte sie sich aus, wie ihr Leben nun weiterging: Als Erstes würde sie ihre Wohnung aufgeben und in Alex' Villa ziehen. Wo wohnte er überhaupt? Bestimmt an der Elbchaussee oder an der Alster … Dann würde sie gründlich shoppen gehen und sich komplett neu einkleiden. Ein neues Auto, ein paar Städtetrips in Luxushotels, ein Weekend auf einer Mittelmeeryacht – und im Winter zum Skifahren ins Wellness-Resort. Das Leben würde herrlich sein …

Sie näherten sich Kampen, und es war klar, dass sie

gleich Sex haben würden. »Never play the whole song at first night« – natürlich kannte Nina die goldene Beischlafregel, mit der man Männer bei der Stange hielt. Aber es war ja nicht die first night. Sie kannten sich schließlich schon ein paar Tage. Und außerdem war Nina gespannt auf den Sex mit Alex, denn sie war neugierig, ob der auch First Class sein würde. Ob Alex etwas konnte, was sie noch nicht kannte. So wie das getrüffelte Kartoffelmus in der Sansibar eben … Und außerdem würde die Nacht ihre Gefühle bzw. ihre Zukunft klären. War es gut oder zumindest ausbaufähig, würde sie bleiben – war es furchtbar, würde sie gehen. »Du bist unverkäuflich« – das hatte gestern vollkommen zu Recht auf ihrem Teebeutel-Fähnchen gestanden. Prostituieren würde sie sich für kein Geld der Welt.

Alex parkte vor einem der Reetdachhaus-Klone, hielt ihr die Autotür auf und führte sie ins Haus. Alte rote Fliesen auf dem Boden und eine seltsam spießige Einrichtung: weiße Leinen-Sofas, goldene Kerzenleuchter, dicke Holzbalken, niedrige Decken. Wie eine olivgrün angemalte Tiroler Bauernstube sah es hier aus. Nina hätte das rustikale Reetdachhaus modern kontrastiert, statt es so konservativ holzig-beklemmend zu gestalten. Alex schien ihre Gedanken zu erraten:

»Ist ein bisschen altmodisch eingerichtet«, entschuldigte er sich, während er Nina aus der Jacke half und sie an die Garderobe hängte.

»Aber es ist ja auch das Haus meiner Schwiegereltern, ich selbst hätte sicher ganz anders ausgestattet.«

Schwiegereltern???

Wie bitte??

»Deine Schwiegereltern?«, krächzte Nina. »Aber …?«

Geschockt starrte sie Alexander an. Das Blut rauschte ihr in den Magen, und in ihren Ohren sirrte es.

Der guckte erstaunt zurück. »Ja. Ich bin seit fünf Jahren mit der Tochter des Geschäftspartners meines Vaters verheiratet. Die erbt irgendwann Milliarden.«

Nina musste ihn weiterhin entsetzt angesehen haben, denn Alex lachte sie nun mit seinen gebleachten Veneers an und legte ihr väterlich den Arm um die Schulter. »In meinen Kreisen heiratet man in der Regel aus rein geschäftlichen Gründen. Firmen-Fusionen, Börsengänge, Gewinnmaximierung – dieser Kram. Aber das muss uns beide doch nicht tangieren. Es gefällt mir ganz gut mit dir.«

»Und deine Frau?«, fragte Nina entsetzt und hätte sich jetzt gerne kurz in ein Sauerstoffzelt gelegt.

»Mit Liebe hat meine Hochzeit nicht viel zu tun. Ich bin Unternehmer – kein Romantiker. Mein Ziel ist es, den Umsatz unserer Firma in den nächsten zehn Jahren zu verdreifachen«, erklärte er und küsste Nina auf den Hals.

»Aber dich kennen hier doch tausend Leute! Die haben dich doch vielleicht mit mir gesehen«, stammelte sie.

»Auf Sylt ist man diskret, Schätzchen.« Seine Hand erkundete ihren Rücken.

»Und Carolina weiß außerdem, dass man einem Mann seine Freiheiten lassen muss. Schließlich habe ich sie geheiratet, die Firma ihres Vaters restrukturiert und dadurch ihren Lebensstandard gesichert. Sex ist für Männer sowieso nur Sport. Wie joggen …«

Er zwinkerte Nina jovial zu und fixierte sie. »Du bist ja ganz blass, Süße! Moment mal … Hast du etwa gedacht, das mit uns sei etwas Ernstes?« Er lachte laut auf. »Du hast aber jetzt nicht etwa geglaubt, ich würde dich heiraten, oder?«

Nina schaute zu Boden.

»Das kann nicht dein Ernst sein, Süße! Du spielst doch in einer ganz anderen Liga! Aus der Sicht eines Unternehmers wäre es absolut unrentabel, jemanden wie dich zu heiraten. Das ist eine ganz simple Kosten-Nutzen-Analyse: Mein Einkommen wird stetig steigen, aber die Gefühle für dich würden weniger werden, statt sich zu verzinsen.«

Wütend riss Nina sich von ihm los. Am liebsten hätte sie ihm eine geknallt. »Willst du damit sagen, ich bin so etwas wie ein marodes Unternehmen, das du nach der Übernahme abwickeln würdest – um es in deiner Sprache auszudrücken?«

»Also …«, stammelte Alex erschrocken.

»Ich muss kein Proktologe sein, um ein Arschloch zu erkennen«, schrie Nina, riss ihre Jacke von der Garderobe und stürmte aus der Tür, die hinter ihr scheppernd ins Schloss fiel. Jetzt konnte sie zwar endlich mal ihren Lieblingsspruch von Alberich, der Assistentin von Professor Börne aus dem Münsteraner Kult-Tatort, anbringen, aber auf die Begleitumstände hätte sie gerne verzichtet. Draußen, im supergepflegten Garten, zwischen Kiefern und Heckenrosen, musste sie erst mal durchatmen.

Sie konnte seine Arschlochhaftigkeit nicht fassen! Was war sie für ihn gewesen? Ein kleiner Spaß? So wie ein neues Computerspiel? Ein neues Auto? Er hatte vollkommen recht: Wie blöd war sie eigentlich zu glauben, dass der erste Millionär sie sofort heiraten würde?

Enttäuscht, vor allem von sich selbst, lief Nina den Hans-Hansen-Wai entlang, vorbei an den ewig gleich aussehenden Reetdachhäusern. Dieser Scheißkerl konnte sie mal. Er würde sie nie wiedersehen. Sollte er doch mit seiner Haarpomade und dieser bekloppten Carolina glücklich werden. Was hieß überhaupt »ganz gut«? Und in welche Liga hatte er sie hineinkatalogisiert? Die der unwichtigen Betthäschen? Der Freizeit-Praline, mit der Mann sich einsame Abende versüßte? Frechheit! Wütend lief Nina immer schneller, bis sie keine Luft mehr bekam.

Die teuerste Straße Deutschlands war offenbar auch die ruhigste: Nichts regte sich hier, kein Laut war zu hören, als Nina den Hobokenweg Richtung Campingplatz rannte. Aber in »Schlumpfhausen«, wie Nina Kampen wegen seiner identischen Häuser für sich getauft hatte, waren die Besitzer ja auch nur ein paar Tage im Jahr. Den Rest der Zeit standen die Häuser leer und hatten deshalb auf Sylt den seltsamen Beruf des »Anwesenheits-Vortäuschers« hervorgebracht: Menschen, die Mülltonnen auf die Straße und zurückschoben, Briefkästen leerten, CDs mit Haushaltsgeräuschen abspielten und die Zimmerlichter ein- und ausschalteten. Alles, um die Anwesenheit der Eigentümer vorzutäuschen. Dabei wussten die Einbrecher sicher längst, dass hier kaum jemand wohnte. Deren Problem war wohl eher, dass sie mit ihrer Beute nicht wieder wegkamen. Der letzte Shuttle-Zug zum Festland fuhr um 22 Uhr.

Atemlos kam Nina in ihrer Liga – dem Campingplatz – an, rauschte in ihren Wohnwagen, riss ihr Duschzeug aus dem Schrank und eilte im Stechschritt zu den Sanitätsräumen.

Sie brauchte dringend heißes Wasser, um wieder einen klaren Kopf zu bekommen. Nichts konnte Ninas Gedanken so effektiv strukturieren wie eine warme Dusche. Warum das so war, fragte sie sich schon lange nicht mehr – es war eben so.

Mit nassen Haaren und warmer Haut kroch sie zwanzig Minuten später in das Bett ihrer gemütlichen Wohnwagen-Höhle. Um ihre Behausung persönlicher zu gestalten, hatte sie gestern ihr rosa Ersatzbettzeug über die Polster der Sitzgruppe gezogen und Kerzen aufgestellt. Die tauchten das Wageninnere nun in rosa-oranges Licht und schafften eine bauchig-warme Atmosphäre. Nina fühlte sich geborgen und konnte nun in Ruhe ihre Wunden lecken.

Im Wohnwagen nebenan war alles dunkel. Elli schlief offenbar schon. Schade! Gerne hätte sie jetzt noch ein bisschen mit ihrer weisen, kauzigen Nachbarin geplaudert …

# 16

Nina erwachte mit schlechter Laune und bereitete sich auf dem kleinen Wohnwagen-Gasherd mit den offenen Flammen ihre allmorgendliche Kanne Tee zu. Die Sonne brannte von einem wolkenlosen Himmel, es war schon um acht Uhr ziemlich heiß, und sie setzte sich mit Tasse und Kanne an das klapprige Billig-Tischchen vor ihrer Tür.

Sie schlürfte die ersten Schlucke und dachte an das gestrige Desaster, als plötzlich lautes Gebell ertönte. Sörensen wurde von einem kleinen weißen Kläff-Köter die Straße entlang in ihre Richtung gezerrt. In Kombination mit der hellblauen Leine sah der Hund aus wie ein explodierter Riesen-Tampon. Nina musste lachen. Keine Ahnung, was das für eine Rasse war. Irgendetwas Kleines, Schmutzig-weißes mit zu viel Fell, zu kurzen Beinen und zu vielen Haaren im Gesicht. Wäre die Leine nicht gewesen, hätte Nina nicht sicher sagen können, wo hinten und wo vorne war.

Hechelnd stand das Haarwesen schließlich vor Nina und glotzte sie mit kleinen blauen Augen und wild wedelndem Schwanz an.

Nina mochte keine Hunde, seit sie mit 17 ein traumatisches Erlebnis gehabt hatte: Der altersschwache und innerlich verweste Cocker Spaniel von Thorsten, ihrer ersten großen Liebe, hatte sich beim ultra-steifen Eltern-Kennenlernen-Kaffeetrinken unter dem Tisch versteckt und ihr hechelnd seinen fiesen Mundgeruch ins Gesicht geblasen. Nina versuchte verzweifelt zwischenzuatmen. Den Hund durfte man nicht doof finden, Thorstens Familie liebte ihn über alles.

Das hinterhältige Tier stellte sich unter dem Tisch auf die Beine, legte seine Vorderpfoten links und rechts auf Ninas Knie und hechelte nun im Stehen direkt in Ninas Nase. Nina lehnte sich so weit wie möglich über den Tisch, um die Tischplatte als Aroma-Sperre zu nutzen, aber der Gestank quoll trotzdem unerbittlich hoch. Die Töle hechelte immer schneller, Nina hielt die Luft an.

Es endete mit ihrer Ohnmacht, sehr viel zähem Hundeschleim in ihrem Gesicht, als der Spaniel versuchte, sie wiederzubeleben – und mit dem sofortigen Ende der sowieso todlangweiligen Beziehung. Thorsten wollte immer nur Kassetten hören und konnte nicht küssen.

Das weiße Fellknäuel von Herrn Sörensen schien Ninas Abneigung nicht zu stören. Fröhlich wedelnd starrte es sie an. Es stank. Fand Nina.

Sörensen wischte sich den Schweiß von der Stirn. »Tauwetter für Dicke«, ächzte er, beugte sich herunter und streichelte dem Fellknäuel den Kopf. »Das ist Max. Der Hund meiner Schwester.«

Max, der Tampax, dachte Nina und musste lachen.

»Meine Schwester hat ganz plötzlich eine Hunde-Allergie bekommen und muss ihn abgeben. Die liebe Elli hat sich bereit erklärt, ihn zu übernehmen.«

»Oh nein«, dachte Nina. »Nicht jeden Morgen mit diesem Gekläff aufwachen!« Ihre Abscheu gegen den vierbeinigen O. B. drohte ihre Laune in tiefste Abgründe zu katapultieren, als sie Ellis entzückte Stimme hörte.

»Ach, wen haben wir denn da«, rief sie und klatschte begeistert in die Hände. Sofort trippelte der vierbeinige Tampon zu ihr und begrüßte sie so zuckend und springend wie ein Raver auf Ecstasy.

»Komm, mein Schnuckel, ich zeig dir dein Hundebett!« Vollkommen auf ihren neuen Mitbewohner konzentriert, verschwanden Sörensen, Max und Elli in ihrem Wohnwagen.

Der Hund musste in seinem Leben schon sehr viel gelogen haben, überlegte Nina, wenn er derart kurze Beine hatte. Sie schenkte sich Tee nach. Vielleicht war er in seinem Vorleben ein notorisch unehrlicher Landseer gewesen. Sie grinste. Landseer hatten auch weißes Fell, sehr lange Beine, waren so groß wie Ponys und so schwer wie sie selbst.

Nina schaute auf ihr Handy. Keine SMS, kein Anruf von Alex. Mistkerl!

»Ich muss das Ganze viel professioneller aufziehen«, beschloss sie. Mit ihrem naiven Aschenputtel-Traum würde sie hier nicht durchkommen. Wer von Reichen akzeptiert werden wollte, musste auch selber reich aussehen. *»If you want something you never had, you got to do something you've never done!«* Sie würde sich ziemlich pimpen müssen. Outfit-Upgrade, Tarnkleidung, eine neue Biographie … Aber erst mal würde sie baden gehen und für die richtige Bräune sorgen, beschloss sie. Reiche hatten schließlich immer diesen Urlaub-in-der-Karibik-Teint.

Es war so heiß, dass Nina sich fast die Fußsohlen verbrannte, als sie barfuß über den Strand lief. Ohne

Schattenplatz war es heute nicht auszuhalten, deshalb eroberte sie einen Strandkorb.

Wie immer cremte sie sich nicht ein. Nicht nur sie, auch ihre Mutter und ihre Schwester waren konsequente Sonnencreme-Verweigererinnen und benutzten die UV-Keule nur in Notfällen. Natürlich war das politisch unkorrekt und löste bei Dermatologen regelmäßig hysterische Anfälle aus, dennoch hatte Nina den Verdacht, dass der kosmetische UV-Schutz schädlich war, und stand SF 30 oder 40 dementsprechend misstrauisch gegenüber. Dank dieser Cremes blieb sie schließlich viel länger in der Sonne, als sie natürlicherweise konnte. Wer wusste schon, was da dann alles an Strahlen auf sie einprasselte, die noch gar nicht erfasst worden waren? Da ging sie lieber rechtzeitig aus der Sonne oder zog sich ein Hemd über. Auch Medikamente waren ihrer Familie suspekt und Antibiotika die »Pharma-Falle« schlechthin – eindeutig ein Überbleibsel ihrer Hippie-Kindheit.

Nina genoss die Sonne auf der Haut und die Tatsache, dass ihr Teint zu schnellem Bräunen neigte. Und kurbelten UV-Strahlen nicht die Vitamin-D-Produktion an, die wiederum einen nachgewiesenen positiven Effekt auf zahlreiche Stoffwechselvorgänge und das seelische Befinden hatte?

Abgesehen davon gefiel sie sich braun gebrannt tausendmal mehr als blassweiß. Sie liebte besonders ihre braunen Hände, bei denen die Haut um die Fingernägel derart dunkel wurde, dass ihre Nägel im Kontrast dazu knallrosa aussahen. Jeder buchstäbliche »Handgriff«, alles, was sie anfasste, sah dann elegant aus, wie sie fand. Ihre silbernen Fingerringe glänzten mehr, und auch ihre Stahluhr und das Armband sahen sehr viel besser aus an einem braunen Handgelenk. Selbstverliebtheit gehörte sicher nicht zu Ninas Tugenden, aber so viel Narzissmus musste sein …

Am frühen Nachmittag schlenderte sie am Wassersaum zur berühmt-berüchtigten Buhne 16, an der in den 70ern erst das Nacktbaden und daraufhin jede Art sexueller Exzesse erfunden wurden. Der Laden war bunt, quirlig und laut. Partymusik quoll aus großen Boxen, die überall herumstanden.

Schnösel in Polohemden, Surfertypen mit sonnengebleichten, salzverfilzten Haaren und tiefbrauner Haut und sehr viele blonde Frauen mit langer Mähne und eindrucksvoller Körbchengröße saßen an langen Biertischen, lachten und tranken. Dunkelbraun geröstete 70-Jährige, deren Gesichtshaut an Sattelleder erinnerte, beflirteten alternde Playboys mit schütterem Haar.

»Fangfrische Makrele vom Grill« stand auf einer Tafel und machte Nina Appetit. Der Duft, der in der Luft hing, tat ein Übriges. Die Betreiber fuhren angeblich jeden Morgen aufs Meer, um Makrelen zu fangen, die später auf dem Grill landeten, hatte Nina gelesen. So eine lässige Lebensart. Nina war beeindruckt.

An der Essenausgabe, an der man für Getränke oder Essen anstand, drängelten sich dürre Muttis mit reichen Kindern und unzufriedenem Zug um den Mund, die auffällig unachtsam mit ihren teuren Rolexen umgingen: Die edlen Uhren hingen mit zu weiten Armbändern über ihre Handgelenke und wirkten dadurch so, als hätten sie sie ihren Gatten morgens vom Nachttisch geklaut – ähnlich dem Boyfriend-Jeans-Effekt. Über und unter den Uhren trugen sie tausend klöterige Armbänder, die Gehäuse und Glas zerkratzten. Außerdem waren die armen

Chronometer komplett mit Sonnencreme verschmiert. Ihre Trägerinnen demonstrierten damit offenbar, dass sie es nicht nötig hatten, dieses Luxus-Accessoire zu schonen. Vermutlich hatten sie 20 Stück davon in ihren begehbaren Kleiderzimmern, und wenn eine kaputtging, nahmen sie halt 'ne andere.

Sogar der zauselige, wortkarge Kampener Strand-korb-Wart, der ihr vorhin neun Euro für ihren blauweiß gestreiften Schattenplatz abgeknöpft hatte und aussah, wie der Seeräuber-Papa von Pipi Langstrumpf, trug eine Rolex.

Schon als Kind hatte Nina ein Faible für Schmuck und Uhren entwickelt, da sie den Status-Wert dieser Acces-soires schnell begriffen hatte. Die riesige schwarze Ome-ga-Speedmaster ihres Vaters (die Uhr, die Neil Armstrong auf seinem Mondspaziergang begleitet hatte) hatte ihr stets Ehrfurcht eingeflößt: Die anerkennenden Blicke der Ober und Kellner, wenn sie auf Papas Handgelenk fielen, waren Nina immer aufgefallen. Ihre Mutter dagegen trug Muschelketten und wurde in Restaurants nie bevorzugt behandelt.

Zu gerne hätte Nina damals auch eine schöne Uhr besessen – sie hatte nur leider kein Geld. Und ihr Va-ter durfte ihr keine schenken, da Nina sich nach Mei-nung ihrer Mutter nicht mit »kapitalistischen Status-symbolen« schmücken sollte. Aber wo ein Wille war, war für Nina schon immer auch ein Weg: Sie hatte die Zeitmesser, die ihr attraktiv erschienen, einfach mit der Nagelschere aus dem Quelle-Katalog geschnitten, auf Pappe geklebt und sich um den Arm gebunden. Das war fast so gut wie echt, hatte sie sich damals einge-redet. Wie viel echter echt dann doch war, erkannte sie später, als ihre Oma ihr zu Weihnachten eine Digital-Seiko schenkte.

Mit ihrer gegrillten Makrele auf dem Teller und einer eiskalten Rhabarberschorle in der Hand, setzte sich Nina an einen der langen Holztische, die vor der Bar im Sand standen. Allein zu essen machte ihr schon lange nichts mehr aus – im Gegenteil: Sie fand es inzwischen oft wesentlich entspannter, weil sie dann in Ruhe ihren Gedanken nachgehen oder sich voll auf das Essen konzentrieren konnte.

Nach der Trennung von Sven vor zwei Jahren hatte sie deshalb nicht nur alleine leben, sondern auch »alleine ausgehen« geübt. Während sie die Makrele filetierte und sich an der köstlich-knusprigen Haut und dem tranigen Geschmack erfreute, erinnerte sie sich an ihr erstes Mal alleine im Restaurant:

Als sie im Ono an einem Zweiertisch alleine Platz nahm, hatte sie das Gefühl, alle anderen Gäste würden sie angucken und sich fragen, was um Himmels willen an ihr so schrecklich war, dass niemand mit ihr essen gehen wollte. Die Frage des Kellners, ob er schon Mal die Karte bringen solle oder ob sie noch warten wolle, machte es nicht besser. »Nein, ich esse allein«, hatte Nina tapfer geantwortet und den von ihr als mitleidig interpretierten Blick des Kellners ignoriert.

Sie wusste nicht, wie sie die Zeit überbrücken sollte, bis das Essen kam, trank zu schnell zu viel Wein, surfte sinnlos in ihrem Handy, schrieb unleserliche To-do-Listen in ihr Notizbuch und hatte dabei durchgehend das beklemmende Gefühl, dass die Augen sämtlicher anderer Restaurantbesucher auf ihr ruhten.

Tuschelten die alle über sie?

Klebte ein neonfarbener »Kontaktgestört«-Button auf ihrer Stirn?

Nina bekam hektisch-hochrote Wangen vor Verlegenheit und konnte das leckere Sushi kaum genießen. Das scharf-knusprige »Spicy Tuna Tempura« aus mit Chili verschärftem Thunfisch, die gebackene »Wild Prawn«-Rolle aus wilder Garnele und wildem Lachs mit Kaviar-Buttersoße obendrauf – sie schmeckte nichts davon, sondern schlang die erlesenen Köstlichkeiten nur hastig und mit gesenktem Kopf in sich hinein. Bloß schnell runter mit dem Essen, bloß schnell wieder raus hier.

Man hätte ihr genauso gut ihre frittierte Serviette servieren können – sie hätte es vermutlich nicht gemerkt.

Sie fühlte sich, als wäre sie einen Marathon gelaufen, nachdem sie endlich wieder draußen vor der Tür stand. Stress und Anstrengung pur. Vom Essen hatte sie absolut nichts gehabt – aber wenigstens hatte sie durchgehalten und nicht mitten im Menü das Handtuch bzw. die Serviette geschmissen. Unfrittiert.

Doch so schnell gab sie sich nicht auf. Der nächste Versuch im Block House, in dem zu ihrer großen Erleichterung erstaunlich viele Menschen alleine aßen, lief schon viel besser. Zumindest den Hauptgang konnte sie genießen und gönnte sich zum Abschluss sogar noch eine Portion Rote Grütze mit Sahne.

In der Sushi-Factory, wo einen die Gerichte so lange auf einem Laufband umkreisten, bis man die Beherrschung verlor und zupackte, war sie schon fast ein Profi.

Und im vegetarischen Restaurant bei ihr um die Ecke war das Alleine-Essen schließlich schon selbstverständlich für sie geworden. Ihr Gegenüberersatz – das Handy – blieb in der Tasche.

Übung machte den Meister. Nina fand es mittlerweile schön und angenehm entspannt, mit sich selbst essen zu gehen. Denn das machte sie unabhängig und frei von kulinarischen Zweck-Dates. Sie musste nicht verhungern, wenn sie keine Verabredung hatte, und konnte nach dem Essen sofort nach Hause gehen, ohne sich noch in Gesellschaft zahlreicher Gläser Rotwein die aktuelle Leidensgeschichte ihres Gegenübers anhören zu müssen.

Nina war fertig mit der Makrele und schob den Teller mit dem Fisch-Skelett beiseite. Auf der Damentoilette musste sie laut lachen: Irgendjemand hatte einen DIN-A4-Zettel von innen an die Kabinentür geklebt.

»Benutzung Herrentoiletten: Kleiner Penis, 10 Cent, großer Penis 50 Cent.«

So kann man natürlich auch reich werden, dachte sie, wusch sich die Hände und stieg die Holztreppe hinunter Richtung Strand.

Plötzlich stach ihr eine bekannte Silhouette ins Auge. War das nicht Jan da hinten auf der Terrasse? Ja klar, das war er! Und er umarmte gerade eine sehr hübsche braunhaarige Frau, der er anschließend den Arm um die Taille legte. Nina spürte einen scharfen Stich im Herz und beschleunigte ihren Schritt. Lief ja super für sie hier. Schon der zweite Flirt, der zu ihren Ungunsten ausging …

Pech in der Liebe – Glück im Spiel: Als wolle das Schicksal sie für ihre amouröse Pechsträhne entschädigen, stolperte sie auf dem Rückweg über eine Sonnenbrille, die vor ihr im Sand lag. Sie war von Prada, sah teuer aus und war vermutlich einer der Buhne-16-Blondinen aus den Extensions gefallen.

Schnell googelte Nina das edle Teil auf ihrem Handy: Stolze 300 Euro kostete das Designerstück. Es entstammte einer limitierten Auflage.

»Sachensucher« – das hatte sie als Kind immer gespielt. Hier auf Sylt würde es sich lohnen, denn hier gingen offenbar nur teure Sachen verloren. Sonnenbrillen, Perlenohrringe, Ehemänner. Wie viele Edeluhren wohl bis heute am Strand von Kampen verlorengegangen waren? Im Grunde sollte man sich mal einen Metalldetektor leihen und nachts auf Goldsuche gehen, überlegte Nina.

Die Sonnenbrille steckte sie ein – die würde prima zu ihrer neuen »Ich bin auch reich«-Verkleidung passen.

Das Meer war ruhig und glatt, wie ein österreichischer Bergsee. Hellgrün lockte es Nina bei dieser Hitze, alle zehn Minuten schwimmen zu gehen. Sie pflügte mit langen Zügen ins offene Meer, ließ sich mit ausgebreiteten Armen treiben oder tauchte ab unter die Meeresoberfläche und genoss ihre schwebende Schwerelosigkeit.

Am Nachmittag ließ sie sich abwechselnd vom Meer abkühlen und von der Sonne streicheln. Sie verlebte herrlich entspannte, lesende, dösende und schlafende Urlaubsstunden, die sie mit einem Abendessen im Grande Plage krönte.

Wie eine alte Bekannte wurde sie von der tätowierten Bedienung begrüßt, was sie mit großem Stolz erfüllte. Sie bestellte sich ein Glas Riesling, eine Schafskäse-Quiche und genoss die Abendstimmung aus abflauender Hitze und aufflammender Sonne.

Auf Sylt gingen auffällig viele Frauen alleine essen, fiel ihr auf. Auch die Frau drei Tische weiter genoss beim Essen nur die Gesellschaft von sich selbst und wirkte dabei keineswegs wie ein Beziehungs-Ladenhüter oder eine Sozialversagerin. Ganz im Gegenteil: Sie strahlte Unabhängigkeit und Selbstbewusstsein aus.

Bewundernd beobachtete Nina, wie die etwa 50-Jährige, während sie langsam ihre Scholle verspeiste und dazu ein Glas Rosé trank, sinnierend in die untergehende Abendsonne schaute. Es schien ihr an nichts zu fehlen, sie wirkte weder halb (also nur mit Partner ganz) noch unglücklich.

Und sie war nett zu sich selbst: Zum Espresso gönnte sie sich noch einen fetten Nachtisch.

In ihrem großen, fensterumrandeten, tüllgardinenverhangenen Wohnwagenbett spürte Nina später das warme Nachbrennen der Sonne auf der Haut und fühlte sich bis ins Innerste erwärmt. Das Schwimmen im salzigen Meer war bestimmt urgesund – nicht umsonst sagte man doch, dass Salz entgiftete. War sie hier nicht im Paradies? Ihre Gedanken liefen immer wieder auf dasselbe hinaus: Sie wollte hierbleiben! Für immer!

Entschlossen schnappte sie sich ihr iPhone und drückte die Nummer ihrer Cousine Stefanie. Steffi war ein Glückspilz; vor acht Jahren hatte sie einen schwerreichen Münchner Industriellensohn geheiratet und residierte seitdem in einer Villa am Starnberger See. Nina hatte seit Monaten nicht mehr mit ihr gesprochen.

Ihre halbe Kindheit hatten sie zusammen verbracht, seit Steffis Mutter in ihre Nachbarschaft gezogen war. Nina war sechs, Steffi zwei Jahre älter und immer furchtbar vernünftig. Im Gegensatz zu Nina trug sie pastellfarbene Kleidchen, die nie dreckig wurden, und – zu Ninas großem Entsetzen – Lackschuhe! Nina, das von ihrer Mutter stets stolz präsentierte Hippiekind, trug Flohmarktklamotten und dachte sich unermüdlich »irre kreative« (O-Ton ihrer Mutter) Spiele aus – vor denen sich Steffi beharrlich zierte. Sie wollte weder mit dem Bonanza-Rad durch den See fahren, da sie Ninas Vermutung, man müsse dabei einfach nur die Luft anhalten, könne auf dem Grund weiterfahren und käme dann am anderen Ufer wieder an, nicht vertraute, noch wollte sie in Tarnkleidung (erdfarbene Klamotten, die Nina mit Blättern und Zweigen beklebte) durch die Nachbargärten robben, um durch die Wohnzimmerfenster zu beobachten, wie ihre Nachbarn so lebten.

Dieses Spiel, von Nina »Gartenschleichen« getauft, musste stattdessen Andreas mitmachen, der hornbebrillte Nachbarsjunge. Bei einem ihrer Exkursionen brach er durch das Dach der Gärtnerei ein, woraufhin der wutentbrannte Florist empört Andreas' Mutter anrief. Die wunderte sich am meisten darüber, dass ihr Sohn Tarnkleidung trug …

Auch Ninas Mutproben wie zum Beispiel im kleinen Spar-Markt um die Ecke Überraschungseier zu klauen oder Pupse anzuzünden, lehnte Steffi ab. Mit anderen Worten: Als Kind war sie unerträglich langweilig, und mit ihren heimlichen Leidenschaften, der Barbiepuppen-Sammlung und den Strass-Haarspangen, konnte umgekehrt Nina nicht viel anfangen.

Später, als beide in Hamburg studierten, hatten sie sich sehr gut verstanden, denn Steffi war unschlagbar witzig und konnte quasi jeden imitieren. Es gab kaum ein Treffen, an dem sie nicht tränenüberströmt vor Lachen auf dem Boden lagen und sich die Bäuche hielten. Sie gingen oft zusammen aus und machten das Hamburger Nachtleben unsicher – bis Steffi auf einem ihrer Streifzüge Moritz kennenlernte.

Ab da ging alles ganz schnell: Steffi brach ihr Studium ab, heiratete und zog nach München. Sie hatten sich vollkommen aus Augen und Ohren verloren und telefonierten höchsten noch zwei-, dreimal im Jahr.

»Hey Nina, das ist aber eine Überraschung«, rief Steffi und klang nicht besonders erfreut.

»Hey Steffi«, entgegnete Nina, »störe ich dich gerade?« Das fragte sie immer, wenn sie irgendwo anrief, und ärgerte sich jedes Mal über ihre Devotheit. Die Person am anderen Ende der Leitung hatte gefälligst Zeit zu haben – und wenn nicht, konnte sie es ja sagen. Nina musste wirklich keine Ausrede vorformulieren. Sie nahm sich fest vor, sich diese Frage in Zukunft eisern zu verkneifen.

»Nein, nein, ich sitze vorm Fernseher und warte auf Moritz«, antwortete Steffi. »Eigentlich waren wir um acht bei Freunden zum Essen eingeladen, aber Mo kommt mal wieder nicht aus dem Office los.«

»Mo«, Nina wurde übel. Und Steffi klang deutlich frustriert.

»Warum gehst du nicht alleine schon mal vor?«

»Ach nee«, sagte Steffi. »Seine Freunde sind todlangweilig.« Sie gähnte. »Was gibt's denn?«

»Ich mache gerade eine Reportage auf Sylt für die Zeitung, bei der ich arbeite«, log Nina. »Es geht darum, ob man von Reichen nur dann akzeptiert wird, wenn man auch selbst nach Geld aussieht.«

Steffi lachte. »Klar ist das so!«

»Und da du dich in diesen Sphären ja besser auskennst als ich«, fuhr Nina fort, »wollte ich dich fragen, ob du mir ein paar Tipps geben kannst.«

Die Tatsache, dass sie als Graphikerin und nicht als Schreiberin bei der »Woman« arbeitete, unterschlug sie.

Steffi hatte sich sowieso noch nie für ihren beruflichen Werdegang interessiert.

»Sehr gerne!« Steffi war plötzlich richtig aufgekratzt. Nina hörte, dass sie sich hinsetzte, um sich besser konzentrieren zu können. Es raschelte, ein Feuerzeug schnippte, und Steffi blies Rauch aus.

»Okay, fangen wir mal mit der Optik an: Reiche erkennen sich an den Accessoires, an der Frisur und an den Schuhen. Die Schuhe müssen teuer und bei den Männern maßgefertigt sein, und an den Frisuren muss man deutlich die Handschrift des exklusivsten Coiffeurs der Stadt erkennen. Accessoires für Frauen sind ein Seidentuch, eine 1000-Euro-Handtasche, eine schöne Uhr, echte Ringe, Ohrringe und gegebenenfalls eine Halskette. Wichtig ist, die Schmuck-Materialien nie zu mixen: Gold zu Gold, Silber zu Silber, Platin zu Platin. Asche zu Asche eben!«

Sie lachte kehlig über ihren eigenen Witz. Nina brauchte etwas, bis sie begriff, dass sie mit »Asche« Kohle meinte.

»Wenn du also eine goldene Uhr trägst, müssen auch Halskette, Ohr- und Fingerringe aus Gold sein!«

»Aha«, sagte Nina und überlegte, wo sie die ganzen Juwelen herbekam. Sie besaß nichts aus Gold und auch keine 1000-Euro-Handtasche.

»Du brauchst Maniküre, Pediküre, Make-up, gezupfte, modellierte Augenbrauen und einen exklusiven Duft – ›Molekül One‹ oder so …«

Nina machte sich eine Notiz. Von einem Parfum namens »Molekül One« hatte sie noch nie gehört.

»Im Sommer ist der Nagellack hell, im Winter eher schlammfarben.«

»Nagellack« schrieb Nina auf ihren Zettel.

»Die Kleidung sollte klassisch sein. Immer nur ein Trendteil verwenden, wie zum Beispiel einen auffälligen Strass-Gürtel von HTC oder so. Gedeckte Farben, lässiges Understatement, verstehst du? Du musst so aussehen, als ob du könntest, wenn du wolltest. Und du willst eben gerade nicht. Mit Absicht.«

»Mhm«, sagte Nina. So einen Gürtel hatte sie nicht. Die Absicht schon.

»Speziell für Sylt gilt: weiße Jeans, Polohemd, Tods-Slipper, Loafer von Salvatore Ferragamo oder hochhackige Peeptoes von Diane von Fürstenberg. Dazu eine schöne Strandtasche und natürlich eine tolle Sonnenbrille.«

Nina strahlte auf und dachte an ihren Prada-Fund. Eine »rich proofed«-Sonnenbrille besaß sie ja nun!

»Und natürlich müssen deine Handy-Hülle und dein Portemonnaie exklusiv und auf jeden Fall aus Leder sein! Von Miu gibt's da sehr schöne Sachen …«

»Okay«, sagte Nina.

»Wichtig ist auch, wie du redest und was du sagst! Der Sylter Jetset fliegt zum Beispiel nicht – er ›geht‹: ›Wir waren ein paar Tage in Kitzbühel, sind jetzt zwei Wochen auf Sylt und gehen dann nach Nizza‹ – so würdest du als Industriellengattin sprechen.«

Ein Verb als Statussymbol und Erkennungsmerkmal – darauf wäre Nina sicherlich nicht gekommen.

»Man unterhält sich über Charity-Veranstaltungen, vegane Ernährung, Metabolic Balance, Vernissagen, neue Wellness-Resorts und den und den, den man kennt.«

Nina kannte aber niemanden und war sich nicht so sicher, ob sie eine enge Freundschaft zu Mirja Sachs oder Gloria von Thurn und Taxis vortäuschen sollte.

»Und bevor du etwas Falsches sagst, sag lieber gar nichts, und behaupte, deine neuen Veneers täten beim Sprechen noch so weh.«

»Moment, meine Diamantohrringe sind mir gerade ins Ohr gerutscht. Was hast du gesagt?«, scherzte Nina.

Steffi lachte.

»Ach, weißt du was«, rief sie plötzlich. »Ich schnür dir mal ein Carepaket mit ein paar Klamotten.«

»Echt?«

»Ja klar! Bei mir hängt das ganze Zeug sowieso die meiste Zeit unbenutzt in den Schränken. Das freut sich über ein bisschen Luftveränderung. Wo soll ich es hinschicken?

»Am besten ins »Hotel Fährhaus«, erfand Nina spontan. »Kennst du das?«

»Ja klar! Wunderschönes Haus! Da hast du ja Glück, dass die Redaktion dir das bezahlt!«

Am Hotel Fährhaus war Nina neulich vorbeigefahren. Es lag traumhaft an einem kleinen Yachthafen mit Blick übers Watt, war im Südstaaten-Stil gehalten und sah absolut verlockend aus. Außerdem hatte es fünf Sterne und beherbergte somit jede Menge vermögender Gäste – dort wollte sie sich einmieten.

»Ich fang gleich an zu packen«, schnaufte Steffi atemlos und war offenbar schon auf dem Weg zu ihrem Kleiderzimmer in der oberen Etage. Nina hörte, wie sie quietschende Schranktüren öffnete.

»Ich schick den Koffer morgen los, dann ist er übermorgen da!«

»Das ist aber lieb von dir! Vielen Dank!«

»Keine Ursache, Sweetie«, sagte Steffi. »Mach ich gerne.«

»Wenn ich irgendwann mal wieder in München bin, lad ich dich als Dankeschön zum Essen ein«, versprach Nina im sicheren Wissen, dass das in den nächsten zehn Jahren bestimmt nicht der Fall sein würde. Sie hasste München.

Und eigentlich hasste sie auch Moritz, der ihr Steffi weggenommen hatte.

# 17

Die Rezeptionistin bei »Meyer and Friends«, Sylts angeblich bestem Friseur, hatte zum Glück noch einen Termin frei: »Morgen um 11 Uhr. Wir freuen uns auf Sie, Frau Mertens!«

Schon seit acht Uhr arbeitete Nina sich auf ihrem Laptop durchs Internet, um ihre Optik zu optimieren. Außer dem Friseurtermin hatte sie einen Pediküre-, Maniküre- und Make-up-Termin ausgemacht, im Autoverleih ein Mini Cabrio gebucht und für eine Nacht im Fährhaus eingecheckt. Rund 800 Euro würde sie ihr neues »Ich« kosten – fast alles, was ihr Konto noch hergab. »Wer nicht wagt, der nicht gewinnt«, sagte sie sich und setzte ganz bewusst alles auf eine Karte. Morgen war sie ein neuer Mensch – mit neuem Glück.

Sie wollte gerade zum Strand aufbrechen, als Elli mit dem hechelnden Max an ihre Tür klopfte. »Willst du mit uns spazieren gehen?«, fragte Elli, die wieder in ihren neonfarbenen Nikes steckte.

Max wedelte wie wild mit dem Schwanz, und auch wenn Nina keine Hunde-Physiognomie-Kennerin war, hätte sie schwören können, dass er sie anstrahlte. Es verliebten sich tatsächlich immer die falschen Männer in sie.

»Ja klar«, sagte sie. »Wo wollt ihr denn hin?«

»Ich wollte Mäxchen mal den Wald und das Meer zeigen«, sagte Elli. »Ich dachte, wir gehen durch den Wald zum Wenningstedter Campingplatz und von dort über den langen Dünensteg zum Strand.«

»Prima«, sagte Nina, zog ein Jeanshemd über ihr Trägerkleid, hängte ihre Tasche über die Schulter und schlüpfte in ihre Flipflops.

Gemeinsam spazierten sie über den Campingplatz in Richtung des kleinen Waldweges, der nach Wenningstedt führte. Gut gelaunt hakte Nina sich bei Elli ein. Die Sache mit Alex war doof gelaufen, na und? Sie war eine unbelehrbare »Glas-halbvoll-Finderin«, das war schon als Kind so gewesen. Neues Spiel – neues Glück: War das Gestern auch noch so blöd – für das Heute wurden die Karten stets neu gemischt. Im Grunde wachte sie jeden Morgen gut gelaunt auf und freute sich auf den neuen Tag, der noch frisch verpackt vor ihr lag. Denn der konnte schließlich alles bergen: Wunder, Überraschungen, Spaß, Liebe …

Ihre Mutter und ihre Schwester hatten sie stets um ihr »sonniges Gemüt« beneidet – und waren oft genug genervt davon. Nichts war für Morgenmuffel nerviger als eine penetrant strahlende Optimistin.

»Wie war die Nacht, Elli?«, fragte Nina und war heimlich gerührt, wie zart und zerbrechlich sich der Arm der alten Frau anfühlte. Synchron mit ihr zu laufen war gar nicht so einfach, denn die zierliche Elli machte kleine, schnelle Schritte, und Nina, die es gewohnt war, weit auszuschreiten, musste ihren Rhythmus drastisch anpassen und kam sich mit den Trippelschrittchen, die sie nun machte, wie eine japanische Geisha beim Walking vor. »Hat Max, der Tampax, sich anständig verhalten?«

»Der Tampax?«, fragte Elli. »Was ist das denn?« Mit großen Augen guckte sie Nina an.

»Na, so etwas, wie ein O.B.! Ein Tampon!«

»Um Himmels willen«, rief Elli. »So etwas gab es zu meiner Zeit noch nicht!«

»Nein?«, fragte Nina und hielt Elli fest, die fast über eine Baumwurzel gestolpert wäre.

»Zumindest nicht bei mir«, murmelte sie verschämt.

»Findest du denn nicht, dass Max mit seinem weißen Fell und der hellblauen Leine wie ein Tampon mit Rückhol-Bändchen aussieht?«, fragte Nina und grinste sie von der Seite an.

»Also Nina! Wirklich!!«, rief Elli und blickte sich verschämt um, ob jemand das Gespräch mitbekommen hatte.

»Aber eigentlich hast du ja recht«, gab sie leise zu und kicherte. »Max, der Tampax …«

»Willst du ihn nicht losmachen?«, fragte Nina, nachdem Max Elli bereits fünf Minuten von rechts nach links hinter sich hergezerrt hatte.

»Nein, das ist hier nicht erlaubt«, antwortete Elli. »Da sind sie auf Sylt sehr streng – zumindest in der Hauptsaison.«

Max beschnüffelte und markierte begeistert jeden Baum. Wo speicherte der kleine Kerl bloß die ganze Flüssigkeit ab?

Interessiert blieb Max vor einem Baum stehen, der eine derart verdrehte Rinde hatte, als hätte ihn ein Riese ausgewrungen. »Meinst du, das kommt davon, weil der sich immer in die Sonne gedreht hat?«, fragte Nina.

»Durchaus möglich«, sagte Elli. »Ach Nina«, rief sie plötzlich. »Dabei fällt mir ein: Kannst du mir, wenn du nächstes Mal zum Einkaufen fährst, etwas Erde für meine Töpfe mitbringen?«

»Klar!« Nina zog ihren Notizblock aus der Tasche und ergänzte ihre Einkaufsliste um die Position »Erde für Elli«.

Ein Paar mit Hund kam ihnen entgegen. Die Frau rief ihnen aufgeregt etwas zu, aber sie war noch zu weit weg, als dass sie sie hätten verstehen können. Im Laufschritt rannte die Dame auf sie zu. »Entschuldigen Sie«, rief sie, als sie nur noch etwa zehn Meter entfernt war, »mein Mann ist etwas ängstlich: Sind Sie von der Behörde?«

»Wie bitte?« Elli und Nina guckten die näher kommende Frau, der sie solche Sprinter-Qualitäten gar nicht zugetraut hätten, verblüfft an.

»Ja, weil Sie da gerade was auf den Block geschrieben haben ... Und weil unser Hund ja nicht angeleint ist ...«

»Ich habe nur etwas notiert«, erklärte Nina.

Die Frau stand jetzt vor ihnen. »Und meine Freundin guckt den Baum an«, ergänzte sie überflüssigerweise.

»Ja, der Baum ist wunderschön«, fand auch die Frau. »Findet man ganz selten so, mit so verdrehter Rinde ...«

Nina und Elli nickten.

»Na, dann ist ja gut, ich dachte schon«, sagte sie, drehte sich wieder um und marschierte zurück zu ihrem Mann.

»Sie hat sich nur etwas notiert«, hörte Nina die Frau ihm zurufen, und er winkte Nina und Elli daraufhin zu. Die beiden winkten zurück, als würden sie gute Bekannte verabschieden.

»Was Sie mit Ihrem Hund machen, ist uns völlig egal«, rief Nina ihnen hinterher. Die Frau lachte und rief etwas von »schlechte Erfahrungen gemacht in letzter Zeit ...«

Nina resümierte kurz die bizarre Situation: Sie stand vor einem Baum mit verdrehter Rinde und winkte zwei verängstigten Hunde-Eltern zu. »Wenn ich wirklich von der Behörde gewesen wäre, hätte ich das Paar doch irgendwie erfassen müssen«, sagte sie zu Elli im Weitergehen.

»Frau mit unangeleintem Hund!« – was wäre das bitte für ein schlampiges Täterprofil? Das würde doch gar nichts nützen, wenn ich mir so etwas Unkonkretes aufschreiben würde!«

Das hatte sie offenbar zu laut gesagt. Eine Frau mit frei laufendem Pudel bog nervös vor ihnen ab. Loriot-reife Szenen im Wenningstedter Wald …

Lachend gingen sie über den Campingplatz, bewunderten die dortige »Hunde-Waschanlage« – einen erhöhten Käfig mit einem Duschschlauch, vor dem der Vierbeiner nicht fliehen konnte – und spazierten schließlich über die wunderschöne Brückenkonstruktion durch die Dünen zum Kliff.

Auf dem Kliffrand über dem Wonnemeyer setzten sie sich auf eine Bank und bewunderten die Brandung. »Ich liebe dieses Meer und die Luft«, sagte Elli, lehnte sich ans Geländer und sog mit geschlossenen Augen die salzige Gischt ein.

»Ich auch«, sagte Nina und tat es ihr gleich.

Bestimmt zwei Minuten lang standen sie so da – und als sie die Augen wieder öffneten, war Max weg. Elli hatte versehentlich die Leine losgelassen, und sie sahen nur noch einen weißen Wattebausch den Steilhang runterfliegen, sich dabei mehrfach überschlagen und schließlich Richtung Brandung stürmen.

»Oh nein«, schrie Elli außer sich und zitterte vor Aufregung. »Moment, du bleibst hier«, befahl Nina und sprintete die Treppen hinunter.

Atemlos kam sie am Wassersaum an und stürzte sich ohne zu zögern in voller Montur in die Fluten. Von Max war nur noch die blaue Leine zu sehen, ansonsten verschmolz das weiße Fellknäuel komplett mit der weißen Gischt. Nina kämpfte gegen die Brandung, tauchte durch zwei brechende Wellenkämme und kriegte endlich die Leine zu fassen. Mit aller Kraft, die sie aufbieten konnte, zog sie an der Leine, die sich anfühlte, als hätte sich Max in einen tonnenschweren Kreuzfahrtschiffsanker verwandelt. Sein Fell hatte sich offenbar derart voll Wasser gesogen, dass er zwanzig Kilo schwerer war.

Nina kämpfte permanent gegen die Wellen; endlich gelang es ihr, den kleinen Hund an Land zu ziehen.

Max lag japsend im Sand, stand aber schnell wieder auf, schüttelte sich mehrfach – und strahlte Nina in gewohnter Verliebtheit an. Sie grinste gerührt, streichelte ihm über den nassen Kopf und war beeindruckt von seinem Mut und seiner Toughness.

Plötzlich schob sich ein bekanntes Gesicht, ein bekannter Körper in ihr Sichtfeld. Jan! Mit einem Surfbrett unter dem Arm.

»Hallo, Nina, interessante Badekleidung«, rief er beim Näherkommen und deutete auf ihre volle Montur. »Ich wusste gar nicht, dass du einen Hund hast!«

»Hab ich auch nicht«, antwortete Nina schmallippiger, als sie wollte. »Der gehört mir nicht!«

»Oh«, sagte Jan und guckte erstaunt auf das nasse Fellknäuel. »Du rettest einen Hund, der dir nicht gehört? Wow! Das finde ich toll!«

»Mhm«, sagte Nina und wünschte sich, sie wüsste, in

welch desaströsem Zustand ihre Frisur gerade war, und fragte sich, ob ihr Kajal verlaufen war und sie aussah wie Ozzy Osbourne nach einem sehr langen Konzert.

»Geht's gut?«, fragte Jan und küsste sie zur verspäteten Begrüßung auf die Wange. Und wieder roch er so herrlich nach Salz, Sonne und Meer.

»Ja«, antwortete sie verwirrt. »Und dir?«

»Mir auch«, sagte er. »Bei dem Wetter?«

»Oh, da hinten winkt Ole, ich muss los! Bis bald!« Er strahlte sie an und rannte Richtung Wellen.

»Was war denn das für ein junger Mann?«, hörte Nina eine Stimme hinter sich. Sie gehörte Elli.

»Wo kommst du denn her?«, fragte Nina empört. »Du solltest doch oben bleiben!«

»Meinst du im Ernst, ich gucke in aller Seelenruhe zu, wie mein Hund und meine beste Freundin ertrinken?«, entgegnete die, und Nina freute sich im Stillen darüber, dass Elli sie zur Freundin geadelt hatte.

»Du hast meine Frage noch nicht beantwortet«, stellte Elli fest, während sie zum Wonnemeyer gingen und Nina sich die Haare auswrang.

»War der junge Mann nicht neulich bei dir im Wohnwagen?«

Nina schnaubte. Elli lächelte verschmitzt.

»Ja, aber du kannst den Weichzeichner und die Geigenuntermalung gleich wieder abstellen«, sagte sie schnippisch. »Der hat eine Freundin!« Das klang zickiger, als sie beabsichtigt hatte. Dieser bekloppte Jan! Gab es eigentlich irgendeinen Tag, an dem sie ihn nicht traf?

»Ich wusste gar nicht, dass Nina so eine hübsche Schwester hat« – niemand war so charmant zu älteren Menschen wie Südländer. Die Art und Weise, wie Luis

Elli begrüßte, war einfach entzückend. Mit einer Verbeugung nahm er Ellis Hand und hauchte einen angedeuteten Kuss darauf. Elli strahlte wie ein junges Mädchen.

Zum Glück hatte Luis Ersatzklamotten für Nina – und auch ein Handtuch. Mit einem Frotteeturban um den Kopf, in zu großen Hosen und zu weitem Pulli setzte sie sich, nachdem sie sich in der Personal-Umkleide umgezogen hatte, zu Elli und Max ins Restaurant. Der fürsorgliche Luis hatte ihnen zwei »Tote Tanten«, den friesischen heißen Kakao mit Schlagsahne und Rum, servieren lassen, damit sie sich aufwärmten.

Nina bestellte dazu noch Mojo, eine kanarische Soße, die es in rot und grün gab – je nach Gewürzzutaten – und Kartoffeln. »Es sind zwar keine Pommes …«, zwinkerte sie Elli zu, als die kleinen kanarischen Salzkartoffeln und die beiden Töpfchen mit Mojo Verde und Rojo serviert wurden, »… aber immerhin Kartoffeln!«

»Ich liebe Kartoffeln«, rief Elli und tunkte eine in die Mojo. »Und so eine Soße habe ich ja noch nie gegessen! Wie lecker!«

Elli grinste, und Nina hätte schwören können, dass sie einen kleinen Schwips hatte.

Max tänzelte auf den Hinterbeinen und versuchte, über den Tischrand zu gucken. Nina erwischte sich dabei, das niedlich zu finden.

Irgendwann gab er das Gebettel auf und legte sich auf ihre Füße. Sie spürte die Wärme des kleinen Hundekopfes auf ihren Zehen und wagte es nicht, sie zu bewegen, um ihn nicht zu stören.

»Und du kanntest tatsächlich weder Pizza noch Spaghetti?«, fragte sie Elli kauend.

»Du musst bedenken, dass es in meiner Kindheit noch

keine italienischen Restaurants gab. Pizza, Spaghetti, Eiscreme – das waren alles böhmische Dörfer für mich. Und Fastfood gab es natürlich auch noch nicht. Obwohl ich heute gerne ab und zu einen Hamburger esse«, kicherte Elli.

»Und was ist mit Haute Cuisine? Mit komplizierteren Gerichten wie Haifischknödel an papua-neuguinesischer Limettensoße? Oder gebackenes Sushi?«

Elli lachte. »So was hab ich natürlich auch schon gegessen. Das ist nett und interessant, Aber nicht wirklich wichtig.«

Sie nahm einen Schluck Kakao.

»Weißt du, wie gut eine einfache Flasche Bier in der richtigen Situation schmecken kann? Oder ein Käsebrot, wenn man wirklich Hunger hat? Entscheidend sind doch immer die Umstände!«

»Aber auch die Qualität«, ergänzte Nina, die es nicht egal fand, ob sie Aldi-Fusel oder einen guten Wein trank. Einfach weil der eine Kopfschmerzen machte und der andere nicht.

»Ich gebe aber zu, dass mir der gute alte Filterkaffee immer noch am besten schmeckt«, sagte sie. »Das ganze Nespresso, Tassimo, Flavored-frozen-Latte-Macchiato-Gedöns kann mir gestohlen bleiben!«

»Mir auch«, sagte Elli. »Essen muss pur sein, finde ich. Rein. Kartoffeln mit Olivenöl und Salz, Spaghetti mit Knoblauch und Peperoni, ein Huhn im Backofen. Statt Sushi ess ich lieber Matjes – der ist auch roh und kommt aus der Nordsee. Unkompliziert und echt ist es mir am liebsten.«

Da war es wieder – das Echte. Nur das Echte war das Wahre!

»Weißt du, Nina«, sagte Elli. »In diesen Zeiten des totalen Überflusses finde ich es wichtig, sich wieder auf das Wesentliche zu reduzieren, sonst wird man ja noch ganz wuschig. Ich war als Kind froh, wenn überhaupt etwas zu essen da war. Wenn ich heute bei Feinkost Müller durch die Reihen gehe, wird mir ganz schlecht. Dann weiß ich gar nicht mehr, was ich will. Und diesen ganzen Technik-Kram«, sie zeigte auf Ninas iPhone, »den brauch ich auch nicht!«

Nina musste lächeln. Elli hatte recht. Eine große Auswahl machte das Leben nicht gerade leichter. Man musste sich mehr mit den Dingen beschäftigen, überlegen, ob man auch tatsächlich das Beste hatte. Gäbe es zum Beispiel nur eine Sorte Käse, hätte man mehr Zeit für etwas anderes. Zum Beispiel dafür, sich mit weisen alten Menschen wie Elli zu unterhalten.

»Ich habe den Eindruck, dass heute alles furchtbar spektakulär sein muss«, sagte Elli. »Der Sex, das Essen, der Beruf, die Wohnung, das eigene Leben – ich bin da ja zum Glück schon raus, aber ich bin schon erschöpft vom Zugucken! Irgendwie tut ihr mir leid. Diese permanente Suche nach dem Optimum – ist die nicht schrecklich anstrengend?«

Nina wusste nicht, was sie darauf sagen sollte, und zog nur die Schultern hoch.

»Ein bescheidenes Leben ist gar nicht mal das Schlechteste, Nina,« sagte Elli. »Es muss gar nicht immer alles sensationell sein. Nur eines darfst du nie tun«, sagte sie und schenkte Nina ein sanftes Lächeln. »Die Stimme deines Herzens verleugnen!«

Luis fuhr sie mit dem »Wonne-Mobil«, einer Art Golf-Caddy, nach Hause. Während der Fahrt durch die mondbeschienene Dünenlandschaft dachte Nina über Ellis Worte nach. Was sagte die Stimme ihres Herzens? Und wollte sie sie überhaupt hören? Nein! Ihr Plan war, reich und glücklich zu werden, nicht arm und verliebt! Sie beschloss, ihr Herz in Bezug auf Jan auf »Flight Modus« zu schalten – wie beim Handy: Lautstärke und Empfang aus. Keine Stimme mehr, die sich Gehör verschaffen könnte.

»Morgen muss ich kurz nach Hamburg«, log Nina, als sie Elli und Max an ihrer Wohnwagentür verabschiedete. »Wundere dich also nicht, wenn ich über Nacht nicht da bin.«

Es tat ihr weh, ihre weise Freundin zu belügen, aber die Wahrheit konnte sie ihr auf keinen Fall sagen. Und es ging sie schließlich auch gar nichts an. Sie kannten sich ja gerade mal zwei Wochen.

# 18

Der Mini machte Spaß, aber der Fahrtwind im offenen Auto zerzauselte ihre teure Frisur.

Rund vier Stunden war Nina mit der Renovierung ihrer Optik beschäftigt gewesen. Nun waren sowohl ihre Füße als auch ihre Nägel lackiert, ein 150-Euro-Bob mit Highlight-Strähnen krönte ihr Haupt, und ihre »wunderschönen Augen« und ihr »selten schön geschwungener Mund« (O-Ton der »Make-up-Artistin«) wurden durch dezenten Lippenstift und »smokey eyes«-Lidschatten betont. Concealer, Filler, Puder, Foundation, Rouge, Eyeliner, Lippenkorrektur, Abdeckstift – die komplette Armee kosmetischer Hilfsmittel hatte in Ninas Gesicht Verwendung gefunden: Ihre Augenbrauen waren nur noch dünne, korrekt positionierte Striche und genau wie ihre Wimpern blauschwarz gefärbt. Ums Zahnbleaching war sie gerade noch mal herumgekommen, da ihre Zähne von Natur aus sehr weiß waren und sie stets Whitening-Zahncreme benutzte, um Rotwein-, Kaffee- und Tee-Ablagerungen den Garaus zu machen.

Bis vor vier Stunden hatte sie gar nicht gewusst, wie man sich »richtig« schminkte. Selbstverständlich hatte sie Erfahrung mit Kajalstift, Rouge und Mascara – aber wie und wo man das alles korrekt platzierte, hatte ihr nun gerade erst die nette Dame gezeigt.

Ninas Blick fiel auf ihre manikürten, sorgfältig lackierten Fingernägel. Sie mochte das Gefühl von Nagellack nicht, weil sich ihre Fingerspitzen dann so taub anfühlten, als hätte sie sie in Uhu getaucht. Das Make-up juckte auf ihrer Haut. Sie hasste Schminke, und von zu viel Parfum wurde ihr übel.

Über kosmetische Sanierungsmaßnahmen hatte sie sich in der Vergangenheit nie besonders viel Gedanken machen müssen: In der Redaktion war es egal, wie sie rumlief, und Sven hatte stets geschworen, sie »natürlich« am liebsten zu mögen. Dazu hatte sie das Glück, in eine Zeit hineingeboren worden zu sein, in der Frauen ungeschminkt und ohne BH herumliefen – eine Zeitlang sogar explizit mussten –, um in Intellektuellenjobs wie ihrem ernst genommen zu werden!

Sie hatte auch nie eine richtige »Frisur« gehabt. Beim Friseur hatte sie immer einen unkomplizierten Stufenschnitt verlangt, den sie morgens nur kurz schütteln musste, damit er saß. Keine Strähnchen, kein Haarspray, keine Wickelbürste. Diese Zeiten waren nun vorbei: Der schwule Coiffeur bei Meyer & Friends hatte sie mit Engelsgeduld in die Kunst des »Haare-per-Wickelbürste-Glattziehens« eingewiesen und ihr sowohl Schaumfestiger als auch Haarwachs angedreht.

Ninas Haare waren genauso antiautoritär aufgewachsen wie sie selbst: Auch ihre Schambehaarung hatte sie erst spät choreographiert. Sie gehörte noch der Generation an, die Naturdreieck, Achselhaare und unrasierte Schienbeine nicht sofort in heillose Panik versetzten. Als Teenager war sie immer stolz auf ihre Intimbehaarung gewesen, war sie doch eindeutiger Beweis ihres Erwachsen-Werdens.

Sie erinnerte sich noch gut an ihr ängstliches Zaudern, als ihre beste Freundin ihr zeigte, wie man sich mit einem Nassrasierer und Unmengen von Schaum die Beine epilierte. »Aber dann wachsen die doch ganz schwarz nach«, hatte Nina damals gezögert. »Ach was«, hatte ihre Freundin gemeint und den Aldi-Rasierer angesetzt. »Das ist ein Ammenmärchen!«

War es leider nicht. Seit dieser ersten Rasur sprossen an ihren Unterschenkeln tatsächlich schwarze Härchen nach, über die jeder halbstarke Jüngling selig gewesen wäre. Und seitdem war sie gezwungen, sich künftig einmal wöchentlich zu rasieren, zu wachsen oder zu epilieren.

Auch in punkto Schambehaarung war sie zögerlich gewesen. »All nude« war ihr entschieden zu pädophil, und auch ein »Brazilian Cut« oder »Landing Strip« sagten ihr nicht zu. So beließ sie es einfach dabei, das Dreieck einzudämmen und die Haarlänge mit der Nagelschere zu trimmen. Sie war ein erwachsenes Vollweib und wollte weder wie ein Pornostar noch wie ein Kind aussehen.

Während sie vom Munkhoog in den kleinen Heefwai einbog, in dem das Hotel Fährhaus lag, überlegte sie, ob die Profi-Reichen ihren Mini wohl als Leihwagen enttarnen könnten. Sie suchte die Frontscheibe ab: War da irgendwo ein Aufkleber der Verleihfirma angebracht? Würde sie sich nicht sowieso sofort durch tausend kleine Fehler entlarven, weil sie den Geheimcode der Reichen nicht kannte? Wie sollte sie sich gegenüber dem Ober verhalten? Wie sollte sie sich überhaupt verhalten?

Sie parkte den Mini, stieg aus und fragte sich, in welcher Körperhaltung und Attitude man wohl zum Empfang schritt.

An der Rezeption wurde Nina überraschend herzlich begrüßt. »Hallo, Frau Mertens! Schön, Sie als Gast bei uns zu haben. Dies wurde vorhin für Sie abgegeben.« Die blonde Rezeptionistin reichte ihr einen Briefumschlag. »Und Ihr Gepäck ist auch schon eingetroffen«, sagte sie und zog einen riesigen Rimowa-Alu-Koffer hinter dem Tresen hervor. »Soll unser Page es auf Ihr Zimmer bringen?«

»Das wäre sehr freundlich«, sagte Nina, erledigte das Kreditkarten-Procedere und nahm ihre Zimmerkarte entgegen.

Das Zimmer war ein Traum: Hell und freundlich, mit einem kleinen Balkon, der einen herrlichen Blick über den Yachthafen und das Wattenmeer bot. Eine Flasche Begrüßungschampagner und ein Obstkorb hießen sie willkommen. Nina inspizierte das große Badezimmer mit den exklusiven alten Terrakotta-Fliesen und der freistehenden Regendusche, vergrub ihr Gesicht im flauschigen Bademantel und freute sich über den Duft der edlen Molton-Brown Duschgels und Kosmetika. Ach, es war schon herrlich, ein bisschen mehr Geld zu haben, entschied sie. Dies war ein deutlich angenehmerer Komfort, als sie ihn aus ihren sonstigen Hotel-Kategorien kannte.

Sie öffnete die Balkontür, setzte sich an das kleine Tischchen der Holzterrasse, blickte zufrieden aufs Meer und öffnete den Briefumschlag.

Er war von Steffi und enthielt die Zahlenkombination für das Kofferschloss. »Schick mir die Sachen einfach zurück, wenn du fertig bist«, schrieb sie. »Ich bin sehr gespannt zu hören, wie es war. Viel Glück!«

Nina ging zurück in ihr Zimmer, schnappte sich den

Champagner, schenkte sich ein Glas ein, stieß mit sich selber an und öffnete den Koffer.

Es war, als hätte sie den Deckel einer Schatztruhe aufgeklappt: Traumhafte Manolo-Blahnik-Peeptoes lagen neben Velvet-T-Shirts, weißen und blauen Citizens of Humanity-Jeans, pinkfarbenen Ralph-Lauren-Polohemden, Loafern von Salvatore Ferragamo, wildledernen, sandfarbenen Pistol-Ankle-Boots von ACNE und einem dunkelblauen Boss-Blazer. Nina wühlte sich weiter nach unten und förderte zwei Diana-von-Fürstenberg-Seidentücher, einen HTC-Gürtel mit glitzernden Nieten und Steinen, »Molecule One«-Parfum, seidene »La Perla«-Dessous, eine Louis-Vuitton-Handtasche und eine braune Tom-Ford-Sonnenbrille zutage.

Dazu funkelten eine goldene Cartier-Uhr mit Perlenohrringen und zwei Wellensteyn-Ringen um die Wette.

Und all diese wertvollen Sachen hatte Steffi einfach so im Koffer verschickt? Sie schien ja keine besondere Angst zu haben, dass er verlorengehen könnte, dachte Nina, während sie die Schätze aus dem Koffer nahm, Stück für Stück begutachtete und auf das King-Size-Bett legte. Vielleicht war es Steffi auch egal, weil ihre Kleiderkammern sowieso vor Überfüllung zu platzen drohten.

An dieser Stelle überlegte Nina kurz, ob sie nicht vielleicht lieber ihre Cousine heiraten sollte, verwarf den Gedanken aber wieder, weil gleichgeschlechtliche Ehen unter nahen Verwandten kompliziert – und Steffi zudem ja bereits verheiratet war.

Sie stellte den leeren Koffer auf die Ablage und probierte sich begeistert Stück für Stück durch ihre neue Garderobe.

Steffis Klamotten passten erstaunlicherweise alle wie

angegossen, was letztlich kein Wunder war, denn Nina und sie hatten beide die gleiche »nordische Bauernfigur«. Für die zarten Stücke in Size Zero, die die Edelboutiquen ihren gazellenartigen Kundinnen bereithielten, war Nina stets viel zu kräftig gebaut gewesen. Zu groß, zu breithüftig, zu stark. Auch Steffis Körper entsprach eher XL als XS, trotzdem passte Ninas Hintern kaum in ihre Skinny Leg-Jeans, dem einzigen Teil aus dem Koffer, das sie auf dem Bett und im Liegen anziehen musste.

Die Edelboutiquen, die Nina in ihrem Leben bislang betreten hatte (und das waren nicht viele) schienen sich sklavisch nach dem neuen Jetset-Gebot zu richten: Als wirklich Reiche war man nicht dick! Auch die Männer nicht! Dünnsein war die neue Rolex. Ihr Hintern würde Nina immer verraten.

Diät-Drinks, »iss die Hälfte«, Weight Watchers, abends Kohlenhydrate weglassen – keine Diät hatte jemals funktioniert, denn Nina hatte – lästige Spätfolge ihrer Hippie-Erziehung – null Frustrationstoleranz. Alles musste Spaß machen, und wenn mal etwas keinen Spaß machte: Frust. Diät-Ende.

Nina aß viel zu gern viel, als dass sie es durchhielt, sich dauerhaft – also länger als fünf Stunden – zu kasteien. Sie liebte die Konsistenz bestimmter Gerichte, die Geschmacksvielfalt auf der Zunge, das Entdecken neuer Aromen und Kombinationen und die satte, warme Befriedigung, die gutes Essen in ihr hervorrief.

In ihrer Kindheit waren sie oft bis zu 15 Personen am Tisch, und wer als Erstes die Kelle ergatterte, hatte die größten Aussichten auf eine zweite Portion. Es galt, das Essen möglichst schnell und ohne lange zu kauen runterzuschlingen, um sich den Nachschlag zu sichern.

Diese »Buffet-Panik« hatte sie stark geprägt. Noch heute fiel es ihr schwer, langsam zu essen. Die Ruhe und Nahrungsmittelsicherheit der Einzelkinder hatte sie nie für sich adaptieren können.

Bei den wenigen, äußerst seltenen Restaurant-Besuchen, bei denen Nina theoretisch ein gesichertes eigenes Gericht serviert worden wäre, wollte ihre Mutter, die unter einer Bestell-Entscheidungs-Neurose litt, grundsätzlich immer Ninas Gericht haben, sobald es auf dem Tisch stand. Stets musste sie als Erste ihre Gabel in die Gerichte der anderen piken und probieren. Nina war ihre ganze Kindheit lang im Nahrungs-Verteidigungs-Modus – kein Wunder, dass sie sich als Erwachsene nicht mit einer Mohrrübe pro Tag begnügen wollte.

Jeans, weißes T-Shirt, Tuch, Perlenkette. Nina war ausgehfertig. Die edle goldene Uhr, die sich um ihr Handgelenk schmiegte, der perfekt sitzende Blazer, die teuren Loafer – Steffis Klamotten fühlten sich fremd, aber dennoch gut an. Eine zweite Haut, die zwar nicht zu Nina passte, aber erstaunlich bequem war.

»Gut so?« Bevor sie auf den »Laufsteg«, also ins Hotelrestaurant, ging, schoss sie sicherheitshalber noch ein Selfie für Steffi – von oben, um ein Doppelkinn zu vermeiden. »Kinn hoch« war das neue »Brust raus«. Nina mochte Doppelkinne so wenig wie Doppelhäuser oder Doppelkorn.

Steffi schickte prompt einen »Gefällt mir«-Daumen zurück, unter den sie »go for gold« geschrieben hatte. Super Kalauer.

Während sie den Hotelflur, dessen dicker Teppich vornehm jedes Geräusch schluckte, Richtung Restaurant entlangschritt, kam Nina sich vor wie eine Mogelpackung. Ihre Verwandlung fühlte sich so konstruiert an, als hätte man versucht, ein Schaf in ein Rassepferd zu verwandeln. Sie war ein Fake, ein rich-girl-Imitat, eine gefälschte Marke – wie ein Mann in Frauenklamotten.

Aber war das nicht eigentlich scheißegal, fragte sie sich. Es würde schon niemand am Restaurant-Empfang überprüfen, ob ihr Vermögen tatsächlich so groß war, wie sie aussah.

Der Speisesaal war in genau demselben spießigen Tirolgrün gehalten wie das Haus von Alex' Schwiegereltern. Schwere Deckenbalken, viel Holz, konservative Gemütlichkeit mit Tüllgardinen. Das schien wohl der traditionelle Sylter Upperclass-Geschmack zu sein, der auf jeden Fall nicht Ninas war.

Im Saal saßen zu Ninas großer Enttäuschung nur ältere Paare: Herren in blauen Blazern mit goldenen Knöpfen saßen Gattinnen gegenüber, die wahlweise aussahen wie Dagmar Berghoff oder Gertrud Höhler. Kein Millionärs-Single weit und breit. Nina bildete sich ein, dass die Paare komisch guckten, als der Ober sie an ihren Tisch führte. Mit gesenktem Kopf setzte sie sich auf die Eckbank und überlegte, ob wohl auch die Bedienung trotz ihrer Verkleidung merkte, dass sie nicht wirklich dazugehörte.

Das dreigängige Halbpensions-Menü, das im Zimmerpreis inkludiert war, schmeckte hervorragend. Doch nach zwei Gläsern Riesling und einem ernüchternden Ausflug in die Hotelbar, in der auch nur ältere Paare saßen, sank Nina in ihrem Zimmer ziemlich enttäuscht auf ihr King-Size-Bett.

Mit nur einer Hotel-Nacht-Buchung würde sie offenbar nicht automatisch ihre reiche große Liebe catchen, schon gar nicht, wenn der Altersdurchschnitt der Gäste genau an diesem Abend mindestens 20 Jahre über ihrem lag. Sie hatte alles auf eine Karte gesetzt – und sich verzockt.

Nina zog die Schuhe aus und massierte sich die Füße.

Egal. Es gab ja noch genug Sterne-Restaurants auf der Insel, in denen sie mit ihrer reichen Verkleidung bei einem preisgünstigen Glas Wein von Amor ins Herz getroffen werden konnte. Das Glück ließ sich eben nicht erzwingen, und so hatte sie zumindest schon mal einen Vorgeschmack auf den Komfort ihres künftigen Lebens erhascht.

Nina öffnete die Balkontür, betrat barfuß das noch warme Holz und blickte in die sternenklare Nacht. Am Horizont blinkten Schiffe und Leuchtfeuer, und die Luft roch herrlich nach Meer. Nina sog sie tief ein.

Einigermaßen mit dem Leben versöhnt, kroch sie wenig später unter die weichen, gestärkten Laken. Sie genoss den angenehmen Luxus ihres Zimmers und ließ sich so lange vom Flachbildschirm berieseln, bis sie einschlief.

Morgen war auch noch ein Tag.

# 19

Die Nacht war ein Traum! Obwohl ihr Hotelbetten sonst immer suspekt waren, hatte sie hervorragend geschlafen. Eigentlich, überlegte Nina, war das Prinzip »Hotel« ja total eklig: Jeder Mensch verlor pro Nacht mindestens einen halben Liter Schweiß. War eine Hotelmatratze also fünf Jahre im Dienst, waren in dieser Zeit rund 900 Liter Schweiß von fremden Menschen durch sie hindurchgeflossen. Man schlief also in Strömen von anderer Leute Schweiß. Brrrrr …

Doch das Bett, in dem sie heute so königlich geschlafen hatte, war anders: sauber, blütenweiß, mit glatten Laken bezogen, die sich nicht nachts zu einer Knitterwurst unter Ninas Rücken zusammenrollten – und angenehm hart. Und wenn hier jemals ein Tropfen Schweiß verloren worden war, dann ja nur der von gepflegten, wohlriechenden, gutsituierten Menschen, die sich vorher im Hotel-Spa gesäubert hatten.

Erfrischt und gut gelaunt zog Nina die Vorhänge zur Seite und blickte in einen knallblauen Himmel. Sie öffnete beide Balkontüren weit und machte sich mit dem Teekocher und einem der Instantpulver-Tütchen, die über der Minibar bereitlagen, einen Kaffee, mit dem sie sich zurück ins noch warme Bett verkroch.

Es war erst acht, also beschloss sie, eine Runde im

Spa-Bereich schwimmen zu gehen und anschließend das Hotel-Frühstück zu erkunden, das im Netz mehrfach als hervorragend angepriesen worden war.

Mit Bademantel und Hotelpuschen tapste sie durch die Lobby zum Fahrstuhl, der sie hinab in den Spa-Bereich befördern sollte. Während sie auf den Lift wartete, fiel ihr Blick auf die Äpfel, Handtücher und Mineralwasser-Fläschchen, die am Ausgang für die Jogger bereitstanden. Das wäre ihr jetzt entschieden zu anstrengend, unterstützte aber ihre These, dass Reiche möglichst dünn und durchtrainiert sein wollten. Wie hatte schon Wallis Simpson, die dürre Herzogin von Windsor, gesagt: »Man kann nie reich oder dünn genug sein.« Statt in Geld zu baden, ging Nina schwimmen. Aber dabei nahm man ja auch ab, tröstete sie sich.

Nach ein paar erfrischenden Runden im Pool nahm sie eine Dusche in ihrem traumhaften Badezimmer und genoss dabei den erlesenen Geruch der Molton-Brown-Pflegeserie. Es gab ihn also tatsächlich, den Duft der Besserverdiener, dachte Nina und beschloss, alle Fläschchen und Pröbchen davon mitzunehmen.

Das rosa Polohemd, die weiße Jeans, die Perlenkette, die Uhr und die Loafer müssten fürs Frühstück reichen, entschied sie, frisierte sich und legte Make-up auf, wie sie es gestern gelernt hatte.

Auf der Frühstücks-Terrasse herrschte erstaunlich viel Betrieb. Breakfast-Rushhour. Nina erwischte gerade noch den letzten freien Tisch.

»Grüezi! Darf ich mich zu Ihnen setzen?«, hörte sie eine tiefe Bassstimme fragen, als sie gerade ihren ersten Schluck Tee nehmen wollte. »Es ist nichts anderes mehr frei!«

Ein grauhaariger Mann um die 50, der aussah wie eine Mischung aus George Clooney und Richard Gere, wies mit einer schwenkenden Armbewegung über die vollbesetzte Terrasse.

»Gerne«, antwortete Nina, nahm ihre Handtasche vom anderen Stuhl und strich sich eine Haarsträhne zurück. Auf den zweiten Blick sah der falsche George nicht mehr ganz so gut aus wie der echte: Die grauen Augen, mit denen er sie kurz musterte, bevor er sich setzte, waren seltsam kühl, und sein Mund war hart und schmal. Ansonsten aber war er durchaus ansehnlich: groß, gute Figur, braungebrannte Hände mit schlanken Fingern – und kein Ehering. Weißes Polohemd, weiße Hose, Tods-Slipper.

George entfaltete seine Serviette und legte sie sorgfältig auf seinen Schoß.

Die Bedienung kam und nahm seinen Wunsch nach Kaffee und einem Spiegelei »sunny side down«, also beidseitig gebraten, auf.

Nina aß ihr Kräuterrührei und bemühte sich, sich von ihrem Gegenüber dabei nicht irritieren zu lassen.

»Wunderschöner Tag heute – ideal zum Golfen«, sagte George mit deutlichem Schweizer Akzent. »Spielen Sie auch?«

Das Einzige, was Nina jemals an Golf interessiert hatte, war der Rasen. Wie kriegten die den so hin, dass er aussah wie ein Meckischnitt? Oder ein flauschiger Teppich? Als Kind wollte sich Nina am liebsten immer sofort draufwerfen. Heute auch noch. Was sollte Golf sonst für einen Reiz haben? Man ging in schrecklichen Klamotten endlos lange spazieren und schlug dabei ab und an auf einen weißen Ball ein. So what? Dass dieser »Sport« unter den reichen »Bestimmern« so beliebt war, erschloss sich ihr nicht.

»Golf ist dicker als Blut«, sagte man. Wichtige geschäftliche Deals wurden bevorzugt auf dem »Green« geschlossen. Das war alles, was sie über Golf wusste. Ein Gespräch über Handicaps, Scores oder Pitching- und Putting-Techniken würde sie schnell entlarven.

»Nein«, antwortete Nina deshalb, »ich bin geschäftlich hier.«

George überhörte höflich die Tatsache, dass das ja kein Widerspruch war, und schwärmte weiter vom Wetter: »Ein bisschen Wind – das ist ideal für den Platz in Morsum. Kennen Sie den? Dort spiele ich am liebsten!« Sein Blick blieb kurz an Ninas Uhr hängen und richtete sich dann wieder auf den Yachthafen mit seinem klimpernden Bootswimpeln.

»Pardon, ich hab mich ja noch gar nicht vorgestellt«, rief George plötzlich, stand auf und gab ihr die Hand. »Gestatten, Ferdinand Tüchli!«

»Janina van Bargen«, erfand Nina, weil »Mertens« eindeutig zu un-blaublütig klang. Wenn schon, denn schon. Der Plan war ja, nicht zu kleckern, sondern zu klotzen.

»Ach, sind Sie Holländerin?«, fragte Herr Tüchli.

»Ja«, antwortete Nina, »aber meine Familie lebt schon lange in Hamburg.«

»Ach, Hamburg! Wunderschönes Städli!«, rief Herr Tüchli begeistert. »Da bin ich auch sehr oft!«

Die Bedienung servierte sein Spiegelei-li, und während er aß, schwärmte er vom Hamburger Hotel Vier Jahreszeiten und seinem Gestüt in der Nähe von Zürich.

»Reiten Sie auch?«, fragte er, während er eines der knackfrischen Brötchen mit Butter bestrich.

»Ja«, gab sie zurück und betete, dass Tüchli nicht nachhaken würde.

Der lächelte sie an. »Es ist sehr nett, in Ihrer Gesellschaft zu speisen! Ich weiß, es ist vermessen, aber ich habe in meinem langen Leben gelernt, Gelegenheiten beim Schopf zu packen: Haben Sie nicht Lust, mich später zu einem Essen in den Rantumer Stuben zu begleiten? Ich bin dort zum Menü eingeladen und esse nicht gerne allein.« Tüchlis graue Augen fixierten sie wie ein Adler seine Beute.

»Oh«, sagte Nina. »Das kommt jetzt tatsächlich etwas überraschend. Da muss ich erst in meine Agenda schauen!« Sagte es und scrollte sinnfrei in ihrem Handy auf und ab.

»Gegen sechs würde mir passen«, sagte sie schließlich, und Tüchlis Strichmund verzog sich zu einem stolzen Strahlen.

»Prima! Treffen wir uns um halb sechs in der Bibliothek?«

»Gern!«

Um dieses ungeplante Rendezvous zu verdauen, stand Nina auf und verabschiedete sich von ihrem Gegenüber. »Ich muss mich leider entschuldigen. Ich habe einen Termin. Bis später!«

Tüchli erhob sich, nahm ihre Hand, machte eine Verbeugung und hauchte einen angedeuteten Kuss auf ihren Handrücken. »Adieu! Ich freue mich!«

Wie unter Schock ging Nina auf ihr Zimmer und musste sich erst mal aufs Bett setzen. Nun hatte es also doch noch geklappt. Der Koi-Karpfen zappelte am Haken. Jetzt musste sie die Angel einholen, ob sie wollte oder nicht.

Natürlich hätte sie auch kneifen und Tüchli zum Mond schießen können, aber das hätte sie sich nie verziehen. Sie wollte dieses Experiment machen, und nun musste sie es auch durchziehen.

»Wie läuft's, Hase?« Eine SMS von Steffi piepste auf ihrem Handy – dem einzigen Objekt, das sie nicht verkleidet hatte. Den allgemein grassierenden Smartphone-Schon-Wahn hatte sie noch nie verstanden. Was sollten all die Silikon-Kondome und Schutzhüllen, wenn man das Handy nach zwei Jahren sowieso wieder verkaufte – und die ganze Zeit praktisch nie im Original-Zustand in den Händen gehalten hatte. Statt den vollen haptischen Genuss dieser technischen Meisterleistung genossen zu haben, hatte man dann nur auf Plastikschutzfolien rumgewischt und den stumpfen Silikon-Bumper gefühlt. Nie das Hightech-Wunderwerk, das sich darunter verbarg. Nie die kühle Alu-Oberfläche, nie das sowieso schon kratz-resistente Glas.

Nina schonte ihre Sachen durchaus – aber dieses nicht, da sich die Technik ja sowieso dauernd selbst überholte.

Ihre Großtante hatte stets ihre weißen Blusen geschont, die sie sich von einem sündhaft teuren Senioren-Moden-Versand schicken ließ. Gebügelt, gestärkt und sorgsam in Plastikfolie verpackt, hingen diese »Sonntagsblusen« in Tante Marthas Schrank. Nach ihrem Tod landeten sie allesamt beim Roten Kreuz. Hätte sie sie doch bloß öfter getragen.

Seit dieser Erkenntnis schonte Nina nichts mehr. Sachen sollten für sie da sein – und nicht umgekehrt.

»Gut«, schrieb sie an Steffi zurück, der sie von ihrem eigentlichen Plan ja nichts erzählt hatte. »Der Königin neue Kleider scheinen tatsächlich einen Unterschied zu machen. Halte dich auf dem Laufenden. Bis später.«

Danach rief sie an der Rezeption an und vereinbarte einen »Late Check Out«, um sicherzugehen, dass Koi Tüchli dann schon zu seinem Golfturnier unterwegs war.

Um die Wartezeit zu überbrücken, schnappte sie sich ihr iPhone und googelte ihr Rendezvous: Tüchli war 54, geschieden, hatte eine Tochter und war Geschäftsführer eines der größten Pharmakonzerne der Schweiz. Bingo!

Und der Golfclub Morsum, in dem er gerade über den gepflegten Rasen schritt, galt als exklusivster Golfclub Deutschlands und hatte angeblich nur knapp über zweihundert Mitglieder, die sich aus dem hochkarätigen Industrie- und Medien-Adel rekrutierten.

Ziemlich eingeschüchtert warf Nina etwas später den Koffer in ihren Mini und fragte sich, wie sie ihr Spielchen überstehen sollte. Wie lange würde es dauern, bis Tüchli ihre Verkleidung aufdeckte? Sie musste dringend dafür sorgen, dass er dann bereits rettungslos in sie verliebt war.

# 20

Das komplizierte Auto-Getausche, mit dem Nina den Nachmittag verbrachte, hätte jedem Agentenfilm zur Ehre gereicht: Damit Elli und Sörensen keinen Verdacht schöpften, stellte sie den Mini in Westerland beim Autoverleih ab und stieg wieder in ihren alten Mercedes. Auf dem Campingplatz parkte sie ausnahmsweise direkt vor ihrem Wohnwagen, damit sie möglichst ungesehen aus- und wieder einsteigen könnte.

Bevor sie die Autotür öffnete, um den Koffer herauszuholen und sich in den Wohnwagen zu schleichen, sah sie sich nach Elli um. Vor deren Wohnwagen war zum Glück alles leer, und auch Max war nirgends zu sehen. Vermutlich waren die beiden spazieren.

Während sie hektisch nach links und rechts schaute, eilte Nina in ihrem pinken Polohemd in den Wohnwagen und schmiss den Koffer auf die Sitzgruppen-Bank. Ihr Handy blinkte: Eine SMS von Anne. »Nina, bitte melde dich! Brauchen deine Hilfe!« Mist, das hatte ihr jetzt gerade noch gefehlt. Entnervt wählte sie Annes Nummer.

»Nina! Schön, dass du dich so schnell meldest«, rief Anne erfreut. »Geht's dir gut?

»Ja, alles prima«, antwortete Nina, stellte das Handy auf Lautsprecher-Funktion, legte es auf den Tisch und öffnete den Koffer. »Was gibt's denn?«

»Ach, wir haben hier ein dickes Problem mit dem Layout fürs aktuelle Heft! Miriam ist krank und Vera vollkommen überlastet. Könntest du einen Blick auf die Entwürfe werfen, Johanna ein paar Fragen beantworten und ihr die nötigen Profitipps geben?«

»Puh«, sagte Nina und fragte sich, warum Johanna, ihre Vertretung, immer noch nicht richtig klarkam. »Okay. Aber dann jetzt gleich!«

»Super! Geht sofort los!« Und schon hatte Anne den Hörer aufgeknallt.

Nina tauschte Steffis Polohemd gegen eins ihrer eigenen, klappte ihr Powerbook auf und setzte sich an den Tisch.

Drei Stunden und etliche Telefonate mit »Jo«, wie sich Johanna nannte, später, richtete Nina sich bei verschlossenen Türen und heruntergelassenen Gardinen her und ließ sich dabei fernmündlich von ihrer Cousine coachen:

»Steffi, heute Abend ist ein Essen in einem Gourmet-Tempel in Rantum angesagt. Was soll ich anziehen?«, fragte sie und ließ damit zum ersten Mal ihre Standard »Stör ich?«-Frage aus.

»Ach, du gehst in die Rantumer Stuben?«, rief Steffi begeistert. »Deinen Job möcht ich haben! Zieh dich bloß nicht overdressed an. Eher sportlich-elegant! Nimm den Blazer, eins von den Tüchern, die weiße Jeans, die Peeptoes und den Glitzergürtel. Außerdem alles, was ich dir an Schmuck in den Koffer gepackt habe: Das volle Ornat!«

Nina tat wie ihr geheißen und spähte kurz darauf als schwarzhaariges Caroline-von-Monaco-Imitat vorsichtig aus ihrer Wohnwagentür. Die Luft schien immer noch rein, und so sprintete sie hastig in ihr Auto und knallte ihr Louis-Vuitton-Tussi-Täschchen auf den Beifahrersitz.

Seltsam, dass Elli nirgends zu sehen war. Hoffentlich war Max nicht wieder ins Meer gerannt.

Positiv denken! Nina verbot sich ihre Sorgen, startete den Benz und fuhr zurück nach Westerland, um ihn wieder gegen den Mini zu tauschen.

Pünktlich um fünf fuhr sie im Fährhaus vor, parkte, setzte sich auf die Terrasse und bestellte erst mal einen Cappuccino. Ganz schön stressiger Tag für die Performance, die ihr jetzt gleich bevorstand.

»Ach, hier sind Sie!« Schon wieder hinderte sie Ferdinand Tüchli sie am ersten Schluck ihres Heißgetränkes.

»Grüezi«, sagte er, nahm ihre Hand und hauchte einen Kuss darauf. »Freut mich sehr!«

Gut sah er aus in seinem fliederfarbenen Lauren-Pulli, der seine Bräune aufs vorteilhafteste unterstrich. Wenn da nur der stechende Blick und die buschigen schwarzen Augenbrauen nicht wären. Die eiskalte Härte, die man brauchte, um im Haifischbecken »Pharmaindustrie« zu bestehen, konnte er kaum verbergen.

»Hier, schöne Frau«, sagte er und drückte Nina einen Blumenstrauß in die Hand.

»Oh, das ist aber nett von Ihnen«, rief sie mit zusammengebissenen Zähnen und schluckte ihren Ärger runter. Er konnte ja nicht wissen, dass sie Blumensträuße hasste. Sie fand es einfach furchtbar, dass die schönen Blumen schon in der Sekunde, in der sie geschnitten wurden, zu welken begannen. Blumensträuße deprimierten sie, weil sie nichts mehr für sie tun konnte, außer ihnen beim Zusammenschrumpfen und Blütenverlieren zuzusehen. Kein Wässern, kein Düngen verhinderten den Verfall. Hätte man sie doch bloß auf ihrer Wiese weiterleben lassen.

»Würden Sie die Kellnerin um eine Vase bitten?«, fragte Nina und beschloss im Stillen, den Strauß auf dem Tisch stehen zu lassen.

»Selbstverständlich«, sagte der, gab einer Angestellten ein Zeichen und setzte sich Nina gegenüber.

»Wie war Ihr Tag?«, begann er höflich die Konversation, während er hör- und riechbar ein Pfefferminzdragee lutschte und sie anlächelte.

»Erfolgreich«, antwortete Nina und bemühte sich, wie eine souveräne Business-Frau zu wirken. »Und Ihrer?«

»Ganz wunderbar«, sagte Ferdi und schwärmte von seinem soeben absolvierten Golfturnier. Über seinem rechten Eckzahn glänzte ein merkwürdiger silberner Haken, an dem offenbar eine oder mehrere Kronen befestigt waren. ›Hatten die in der Schweiz keine guten Dentisten?‹, fragte sich Nina, während unbekannte Turnierbegriffe sie wie Golfbälle umflogen. Vielleicht hatte Ferdi ja auch Angst vorm Zahnarzt …

Nachdem sie ihren Cappuccino ausgetrunken hatte, führte Ferdi sie zu einem anthrazitfarbenen Bentley und hielt ihr die Beifahrertür auf. Nina nahm Platz auf den edlen Ledersitzen und wunderte sich insgeheim darüber, dass sie nun schon zum zweiten Mal innerhalb kurzer Zeit in einem 200 000-Euro-Auto saß.

Schwebend surrte sie das Luxusgefährt durch die Landschaft, und Ferdi wollte plötzlich ganz viel von ihr wissen:

»Erzählen Sie doch mal ein bisschen von sich«, forderte er sie auf, während er konzentriert lenkte. »Was machen Sie? Wo kommen Sie her? Wie sind Sie aufgewachsen?«

»Das sind aber viele Fragen auf einmal«, lachte Nina

und versuchte, Zeit zu schinden. »Ich arbeite in der Reederei meines Vaters und wohne in Hamburg.«

Die Jeans kniff ihr in den Bauch, es fühlte sich entsetzlicherweise so an, als würden sich dort Blähungen stauen.

»Wo denn?«, fragte Ferdi. »Hafencity, Alster oder Blankenese?«

»Blankenese«, antwortete Nina. »Meine Eltern wohnen an der Elbchaussee.«

Ferdi nickte ihre Antwort so selbstverständlich ab, als gäbe es als Adresse sowieso keine andere Option.

»Und wo sind Sie zur Schule gegangen?«, führte er sein unangenehmes Interview fort. Nina fühlte sich zunehmend wie in einem Verhör. Hatte er etwa ihre bekloppte Namenserfindung gegoogelt? Aber »van Bargen«-Familien gab es in Hamburg tatsächlich, das hatte sie noch kurz im Netz gecheckt.

»Louisenlund oder Salem?«, fragte Ferdi. Das waren beides sauteure Elite-Internate.

»Louisenlund«, antwortete Nina so barsch und einsilbig wie möglich und hoffte, ihn dadurch von der Fortsetzung seiner Befragung abzubringen, bevor sie ins Schleudern geriet.

»Ach«, rief Ferdi begeistert und schenkte ihr ein strahlendes Silberhaken-Lächeln. »Das ist ja toll! Welche Lehrer hatten Sie?«

Nina wurde zunehmend unwohl. Panik flammte in ihr hoch. Im Internet hatte sie nicht besonders viel über Louisenlund und Salem gefunden. Das Internat Louisenlund lag an der Ostsee, Salem in Süddeutschland. Beides waren weißgetünchte Schlösser, die aussahen wie Militärkasernen aus dem 18. Jahrhundert. Die Unterbringung dort kostete rund 32 000 Euro im Jahr, also 2600 Euro im Monat. Eine astronomische Summe, deren Hauptsinn vermutlich darin bestand zu gewährleisten, dass die *rich kids* auch tatsächlich unter sich blieben. In der Regel wurden hier schon die Ehen beschlossen, die den Unternehmer-Eltern später aussichtsreiche Firmen-Fusionen oder interessantes Spekulationskapital sichern sollten.

Manchmal spielte auch Liebe eine Rolle, und Magnaten-Söhnchen und Milliardärstöchterchen versprachen sich tatsächlich aus Zuneigung (oder zumindest dem, was sie dafür hielten) den Bund fürs Leben.

Die Lehrkörper waren leider nicht gelistet, notgedrungen erfand Nina deshalb mehrere Namen.

»Ach wirklich?«, fragte Ferdi verwundert und seine Augen wurden zu misstrauischen Schlitzen. »Von denen habe ich noch nie gehört! Komisch. Meine Tochter war auch dort. Die müsste in Ihrem Alter sein. Eigentlich müssten Sie sich kennen: Friederike Tüchli? Sagt Ihnen der Name etwas?«

»Nein, tut mir leid«, antwortete Nina, der mittlerweile der Schweiß ausgebrochen war und ihr den Nacken hinunterlief. »Aber ich war auch nur kurz in Louisenlund. Ich bin dann auf eine Hamburger Privatschule gewechselt.«

»Aha«, brummte Ferdi.

»Ich war sehr unglücklich mit dem Internatsleben, hatte schreckliches Heimweh und nahm meine Umwelt kaum noch wahr. Ich erinnere mich auch nicht mehr an Namen und Gesichter«, schob sie erklärend nach. »Wie alt ist denn Ihre Tochter?«

»28.«

Nina lachte erleichtert. »Na, dann sind wir mit Sicherheit nicht zur selben Zeit in Louisenlund gewesen. Ich bin 39!«

»Oh«, sagte Ferdi. »Da haben Sie sich aber sehr gut gehalten.« Er klang enttäuscht, und Nina meinte zu bemerken, dass er etwas von ihr abrückte. Sie schwor sich, sich sofort Steffis Make-up zu kaufen. Das Zeug wirkte ja Wunder und spachtelte offenbar jede Falte zu.

»Und Sie sind glücklich verheiratet«, nutzte Nina die Chance, in die Befrager-Rolle zu wechseln und gleichzeitig etwas über seinen Beziehungsstatus zu erfahren. Google hatte ihr ja bereits verraten, dass er geschieden war, aber vielleicht war auch er schon neu verlobt, genau wie Super-GAU-Alex.

»Ich war es mal«, antwortete er. »Meine Scheidung ist jetzt fünf Jahre her und hat mich die Hälfte meines Vermögens gekostet.«

»Oh«, sagte Nina.

Ferdi schaute schlecht gelaunt in die Vergangenheit, und Zornesfalten verdüsterten seine Stirn.

»Aber zum Glück ist trotzdem noch genug da«, sagte er, riss sich vom Gestern los und zwinkerte Nina zu.

»Und Sie? Sind Sie verheiratet? Haben Sie Kinder?«, wollte er nun wissen.

»Nein, beides nicht«, antwortete Nina und kramte nervös in ihrer Tasche.

»Was haben Sie für Hobbys?«, bohrte Ferdi weiter. »Hockey? Segeln? Tennis?«

»Dressurreiten. Das sagte ich Ihnen doch schon«, antwortete sie so zickig wie möglich und fühlte sich allmählich, als hätte sie ein Date mit ihrem Mathelehrer. Zum Glück näherten sich endlich die Rantumer Stuben.

Ferdi parkte den Bentley vor einem großen Reetdachgebäude und eilte ums Auto, um Nina die Tür aufzuhalten.

Ihr fiel plötzlich auf, was für kleine Füße er hatte. Seine Slipper sahen winzig aus. Männer mit kleinen Füßen waren ihr suspekt. Sie wirkten nicht standfest. Männerschuhe in Größe 40 waren irgendwie uncool. ›Egal, jetzt, reiß dich zusammen‹, ermahnte sie sich. Wie war das noch: »*Ein weises Mädchen küsst, aber liebt nicht, hört zu, aber glaubt nicht, und verlässt, bevor sie verlassen wird.*« Die Erkenntnis stammte von einer Frau, die es wissen musste: Von Mrs. »Wie angelt man sich einen Millionär« herself – der sagenhaften Marilyn Monroe. Das »*Diamonds are a girls best friend*«-Zitat von ihr war natürlich bekannter.

»Guten Abend, Herr Tüchli!« Am Empfang wurden sie freundlichst von einer stewardessartig aussehenden Rezeptionistin begrüßt. »Wie schön, Sie wieder einmal bei uns zu haben!«

Die nette Dame reichte auch Nina die Hand. »Darf ich Sie zu Ihrem Tisch führen?«

Sie durfte und geleitete sie in einen beeindruckendedlen Speisesaal. Ninas Blick fiel auf gestärkte weiße Tischdecken, Kerzenlicht, Kronleuchter und viel weißgekalktes Holz.

Der Ober, der Nina formvollendet den Stuhl unter den Hintern schob, als sie sich anschickte, sich zu setzen, reichte die Karte des aus acht Gängen bestehenden Degustationsmenüs.

Seltsam, in der Haute Cuisine schien man die Gerichte nicht mehr zu beschreiben, sondern nur noch stichwortartig anzureißen, fiel Nina auf, als sie die Karte studierte:

»Sommergemüse«, »Fjordforelle«, »Nordsee Kabeljau«, »Jacobsmuschel« hieß es da stakkatoartig knapp. Die Meer-Einheit wurde gefolgt von »Spanferkelbauch« und »Rehrücken« und abgerundet durch »Estragon« und »Renekloden«. Schwülstige Formulierungen à la »Zartrosane Kalbsfiletspitzen auf einem Bett aus Steinpilzen an Erdapfelstroh« waren wohl unmodern geworden.

Sie war froh, dass den einzelnen Schlagworten immerhin noch ein paar ergänzende Informationen wie »Romanesco«, »Buttermilch«, »Meerrettichsenf« oder »weiße Schokolade« hinzugefügt worden waren.

Die Beschreibung war spartanisch, der Preis weniger: Rund 280 Euro kostete das Menü pro Person, inklusive begleitender »großer Weinreise«.

Während der Ober den Champagner einschenkte, mit dem Ferdi auf einen »schönen Abend« anstoßen wollte, schaute Nina sich im Saal um. »Essen ist der Sex des Alters«, sagte man doch. Dann war man hier aber schon ziemlich jung alt, dachte sie, als sie die anderen Gäste taxierte. Es waren überwiegend Paare und überwiegend um die 40.

Der erste Gang wurde serviert.

Erwartungsgemäß eine Mikro-Portion. Nina mochte es, wenn man dem Essen ansah, was es mal war. Ein Fisch, eine Erbse, ein Stück Fleisch. Was sie hier serviert bekam, waren Würfel oder kleine Häufchen, garniert mit irgendwelchen Soßenklecksen. Die Würfel bestanden aus verschiedenen, zum Teil geleeartigen Schichten, und Nina konnte nur raten, welche davon Fisch, Fleisch oder Gemüse waren.

Sie hatte absolut nichts gegen gutes Essen – im Gegenteil. Aber diese Performance hier war irgendwie pervertiert. Over the top. Nur noch die Idee einer Jeans und keine handfeste Jeans mehr.

Erst hier im Upperclass-Speisesaal merkte sie, was für einen furchtbaren Hunger sie hatte. Seit dem Frühstück hatte sie nichts mehr gegessen. Vom ersten Gang nicht im mindesten gesättigt, stürzte sie sich gierig auf den Brotkorb. Eigentlich musste man sich ein Brot auf den kleinen Teller legen, mit der Hand ein Stück davon abbrechen und dieses dann mit dem kleinen Messer mit Butter bestreichen, hatte Nina im Benimmkurs, den sie vor langer Zeit mal belegt hatte, gelernt. Aber dazu hatte sie jetzt keine Zeit. Sie hatte furchtbaren Hunger und schmierte sich das Brot wie eine Stulle – und zwar gleich vier auf einmal, bevor Ferdi sie aß.

Ferdi guckte irritiert. Aber Benimmregeln zu ignorieren machte den wahren Magnaten doch erst aus, oder? Wer die Wirtschaft anführte, buckelte doch nicht vor dem Restaurantknigge, sondern bewies mit seiner Unangepasstheit Unabhängigkeit und Innovation!

Die Pausen zwischen den Gängen dauerten ewig. Ferdinand redete über Golf, die besten Plätze der Welt und mit wem er wo wann gespielt hatte. Nina langweilte sich dabei derartig, dass sie die »korrespondierenden« Weine, von denen man vornehmerweise vermutlich immer die Hälfte im Glas ließ, komplett exte. Da ihr Magen – im Gegensatz zu ihr – noch nüchtern war, war sie schnell ziemlich betrunken.

Gastrosexuell nannte man Menschen, die leidenschaftlich gerne kochten oder aßen. Dann war das hier Tantra-Sex. Leidenschaft in kleinen Einheiten. Sehr, sehr lecker, aber für Ninas Bedürfnisse viel zu wenig. Die Portionen waren wie guter Sex, der immer dann abbrach, wenn es gerade heiß wurde und die Lust hochloderte. Und es dauerte ewig, bis es weiterging. Befriedigung interruptus.

Inzwischen deutlich beschwipst, spießte Nina das nächste Mini-Quadrat einfach mit der Gabel auf und schob es sich im Ganzen in den Mund, statt es mit chirurgischer Präzision im Zeitlupentempo zu filetieren. Das war Essen für Schachspieler, für Mikado-Profis, für Menschen mit zu viel Zeit und zu wenig Impulsivität. Hunger war schließlich ein unbezwingbares Urgefühl. Nina würde nie verstehen, wie Menschen es schafften, es zu beherrschen. Und warum. Nahrung war der Treibstoff des Lebens – wie Benzin für Autos. Ohne Sprit fuhren sie nicht – ohne Essen überlebte man nicht. Der menschliche Lebenswille war so stark und das Gefühl von Hunger, das Nahrung und damit das Weiterleben garantierte, so existentiell, dass Schiffbrüchige sich in Rettungsbooten gegenseitig aufaßen. Ob sie allerdings beherzt in Ferdis behaarte Wade beißen würde, bezweifelte sie. Sie musste lachen. Ferdi guckte schon wieder irritiert. Dieses Date hier lief garantiert nicht so, wie er es sich vorgestellt hatte.

Nina entschuldigte sich und wankte auf die Toilette. Die Seife, die lecker nach Aprikosen roch, ließ ihr das Wasser im Mund zusammenlaufen und befeuerte ihren Appetit.

Umso erfreuter stellte sie auf dem Rückweg fest, dass bereits der nächste Gang serviert worden war und verzehrbereit auf ihrem Platz stand. Sie beschleunigte ihren Schritt, zog den Stuhl zurecht und wollte sich gerade setzen, ohne den Blick dabei vom Teller zu lassen. »Moment«, sagte Ferdi, der gar nicht Ferdi war, wie sie jetzt bemerkte. Er hatte von hinten allerdings genau so ausgesehen. »'tschuldigung«, murmelnd, wankte sie zum richtigen Tisch und bedauerte sehr, den leckeren Teller bei Fake Ferdi wieder verlassen zu müssen.

Als sie sich setzte, nahm sie aus den Augenwinkeln das entrüstete Kopfschütteln ihres Fast-Tischnachbarn wahr, der seiner zurückgekehrten Tischdame offenbar gerade von Ninas Fauxpas berichtete. Der richtige Ferdi hatte die Szene zum Glück nicht mitbekommen, weil er konzentriert und mit Lesebrille verziert auf sein Handy eintippte.

Der Ober brachte den dritten Brotkorb und schenkte Ninas Glas nach. Warum war es hier eigentlich so still? Und warum dauerte alles so verdammt lange? Und warum tippte der doofe Ferdi immer noch auf sein Handy ein? Nina nahm einen tiefen Schluck Grauburgunder. Es nervte sie, dass Ferdi vornehm-schweigend hinnahm, wie viel Wein sie trank, und sich vermutlich heimlich seinen Teil dachte. Sie wollte nicht rücksichtsvoll verurteilt werden – schon gar nicht von ihm.

Trotzig leerte sie ihr Glas. Der Promillegehalt in ihrem Blut machte sie nicht nur hungrig, sondern auch erlebnishungrig – und deshalb übermütig.

»Haben Sie noch Sex, oder spielen Sie schon Golf?«, fragte sie Ferdi. »Welches Handicap haben Sie denn? Ejacula Praecox? Oder eher Erektionsprobleme?« Nina kicherte. Leider wurde sie immer entsetzlich albern, wenn sie betrunken war.

Doch Ferdi ließ sich nicht provozieren. Ein müdes Grinsen umspielte seinen rechten Mundwinkel. »Ich habe in meinem Leben schon sehr viele Rosen pflücken dürfen«, antwortete er und trank betont langsam einen

Schluck Wein. »Mit dem Sex ist es wie mit dem Wein: Ein richtig guter Liebhaber braucht viel Erfahrung.«

»Und Sie sind ein richtig guter Liebhaber?«

»Ich denke schon.«

»Warum denken Sie das?«

»Ich glaube, die Frauen kamen bei mir immer auf ihre Kosten«, antwortete er, umkreiste mit der Fingerspitze langsam den Rand seines Glases und schaute sie bedeutungsschwer an.

»Warum sind Sie so sicher, dass die Frauen Ihnen nichts vorgespielt haben?«

Ferdi nahm einen tiefen Schluck, guckte auf die Tischplatte – und dann direkt in Ninas Augen. »Ich verrate Ihnen das Geheimnis eines guten Liebhabers: Beim Orgasmus der Frau zittern ihre Lippen leicht und werden blass!«

Ferdi guckte sie so eindringlich und triumphierend an, als würde ihm für diese Erkenntnis Beifall zustehen. Aber anstatt zu applaudieren, stellte Nina sich vor, wie Ferdi beim Sex mit seinen harten Augen akribisch ihre Lippen beobachtete. Kein besonders reizvoller Gedanke. Und sie hielt es durchaus für möglich, dass die »gepflückten Rosen« aufgrund seines immer hektischer ausgestoßenen Mundgeruchs nahe der Ohnmacht gewesen waren – und deshalb so blass um die Oberlippe. Von einem akuten Blutverlust im Mundbereich als sicheres Climax-Indiz hatte sie jedenfalls noch nie gehört. Und dieses Phänomen auch nie bei sich selbst festgestellt.

Der Ober schenkte nach, und sie leerte das vierte Glas Wein.

Wie der Sex mit Ferdi wohl war? Zärtlich oder brutal? War er ein Hände-Festhalter und Bezwinger – oder wollte er dominiert werden? War er ein »Deine Brüste sind wie Rehkitze, die unter Lilien weiden«-Sager, oder war er ein »Du Hure«-Rufer?

Nina kicherte in sich hinein. Sie war sich ziemlich sicher, dass mit ihm zu schlafen vermutlich eher eine Beschlagnahmung als ein sinnlicher Akt war.

»Man muss das Gleiche mögen«, starrte Ferdinand sie eindringlich an und legte seine Hand auf ihre. Aber Nina wollte gar nicht wissen, was Ferdinand mochte – sie wollte weg. Weg zu Elli und Max, dem Tampax. Weg in die gemütliche Höhle ihres Wohnwagens. Weg zu einer eiskalten Flasche Bier und einem leckeren Käsebrot. Und nicht mehr hier sein und einem graumelierten Finanzhai bei Sex-Prahlereien und Über-sich-selbst-Gerede zuhören.

Was machte sie hier eigentlich? Ging es noch? Wie weit war es mit ihr gekommen? Warum saß sie hier mit diesem Pharma-Heini und ließ sich von ihm angeifern?

Nina zog ihre Hand weg und Ferdi eine Augenbraue hoch.

Der Ober brachte den fünften Gang.

»Aber erzähl doch lieber noch etwas mehr von dir«, forderte Ferdi »Wie hieß noch mal deine Lehrerin in Louisenlund?« Ein Stückchen schwarzer Pfeffer hing zwischen seinem Schneide- und seinem Eckzahn fest und erweckte den Eindruck, als ob er dort ein riesiges Karies-Loch hätte.

Das hier war eindeutig der falsche Film, und Nina hatte keine Lust, ihn zu Ende zu sehen. Wenn ihre antiautoritäre Erziehung irgendwas gebracht hatte, dann zumindest die Absolution, nicht machen zu müssen, was man nicht wollte. So einen Reichen wollte sie nicht. Er sollte sexy, sein, locker und lustig. So wie dieser kernige Profikicker eben. Und das Ex-Model würde sich bestimmt auch nicht mit diesen Mini-Portiönchen begnügen. Echte Frauen brauchten echtes Essen ...

Der Refrain eines Songs von Nena schoss ihr durch den Kopf. Selten hatte er auf eine Situation besser gepasst, als auf diese:

*»Dann fiel mir auf, ich kenn dich gar nicht*
*Dann fiel mir auf, dass ich lieber gar nicht bei dir wär*
*Dann fiel mir auf, mich langweilt dein Gesicht*
*Dann fiel mir auf, ich liebe dich nicht«*

Langsam legte sie Messer und Gabel nieder, tupfte sich mit der Serviette den Mund ab, faltete sie und platzierte sie neben ihrem Teller. Dann erhob sie sich und reichte dem verblüfften Ferdi die Hand. »Es war sehr nett mit dir, aber jetzt muss ich leider gehen«, sagte sie und drehte sich um. Einfach so.

Ferdi hielt sie nicht zurück, als sie leicht schwankend den Saal durchquerte.

»Wo ist denn hier die nächste Bushaltestelle?« Die Rezeptionistin guckte sie so entgeistert an, als hätte sie gefragt, ob sie mal eben den Arm eines Ermordeten hinter ihrem Tresen verwahren könne. Es gab mit Sicherheit nicht viele Gäste, die sich in den Rantumer Stuben nach dem nächsten »Unterschichtbeschleuniger« erkundigten, wie Busse im Jetset-Jargon hießen. Genaugenommen vermutlich niemand. Nie.

Erleichtert wartete Nina in dem kleinen Bushaltestellenhäuschen auf die »Sozialraupe«. Sie hatte sich nicht selbst verleugnet. Mit einem Ferdi mit Zahnhaken und

Mundgeruch wollte sie nicht leben. Was machte sie bloß für einen Quatsch.

Glücklich, wieder zum »normalen« Volk zu gehören, stieg sie in den fast leeren Bus. Ferdi war mit Sicherheit einer dieser Nuancen-nicht-Versteher. Einer, der grob anfasste und keine Rücksicht nahm. Bestimmt riss er das Papier von Geschenken einfach auf und fetzte liebevoll drapierte Schleifchen und sorgsam verklebte Seiten weg, ohne sie überhaupt wahrgenommen zu haben. Originalkarton-Aufbewahrer, Toilettenpapier-Knüller, Wunschkennzeichen-Fahrer, Feuchtnieser, Schlafzimmer-Heizer – die lautlose Schimpfkanonade, die Nina ihm hinterherschickte, war unfair und ungerecht, das war ihr vollkommen klar. Aber trotzdem fand sie besser, wenn er schuld an dem misslungenen Abend war, als sie. Denn eins war klar: Die Ferdisierung ihrer selbst hatte eindeutig nicht geklappt.

In der Bank hinter ihr erzählte ein Paar einem anderen seine Urlaubserlebnisse: »… unsere Tochter ist Stewardess, deshalb kriegt sie Luxushotels immer um die Hälfte billiger. Nur Luxushotels – normale nich! In Mexiko hatten wir 'ne Tswiet. Da ist der Strand so weiß, dass ich mir erst mal 'ne Sonnenbrille kaufen musste. Dagegen sieht der Sand hier aus wie Dreck …«

Nina musste lachen und erfuhr, dass der Stewardess-Vater sich von jedem neuen Strand ein Fläschchen Sand mitnahm – und mittlerweile stolze 72 Fläschchen im Regal stehen hatte.

In Westerland stieg sie aus, ging zu McDonald's und biss hochzufrieden in einen Burger. Vielleicht war sie doch nicht so reiche-Welt-geeignet, wie sie gedacht hatte.

# 21

»Ist es bedenklich, wenn man gerade geträumt hat, man solle gemeinsam mit Dieter-Thomas Heck einen Volksmusiksong aufführen, wofür man vorher die dazugehörigen Tanzschritte mit ihm einstudiert, die man einfach nicht behält?«, fragte sie Steffi am nächsten Morgen per SMS.

»Ja«, kam es umgehend zurück. »Geht's dir gut?«

Nina drehte sich in ihrem Bett auf den Bauch, um besser schreiben zu können. »Nein«, schrieb sie. »Reiche sind doof!«

»Danke für die Blumen«, schrieb Steffi zurück. »War der Abend so schrecklich?«

»Ja«

»Warum?«

»Geld macht nicht automatisch sexy«, schrieb Nina. »Und teures Essen nicht satt.«

Mit diesen etwas kryptischen Lebensweisheiten entließ sie Steffi und schaltete nach einem hinterhergeschickten »Muss jetzt los! Später mehr!« ihr Handy auf lautlos.

Sie wollte nichts hören, weder von Steffi noch von Ferdi, noch von sonst jemandem.

»Na, min Deern? Du siehst ja so zerknittert aus«, begrüßte Elli sie mit einem sonnigen Lächeln, als sie zu den Duschen ging. Max leckte begeistert ihr nacktes Bein ab.

»Komm doch nach der Dusche zum Frühstück zu mir. Wir haben Brötchen geholt.« Elli hielt eine Papiertüte hoch, Max strahlte.

»Gerne«, sagte Nina.

In der Dusche zog sie ein Resümee: Ihr Geld ging dem Ende entgegen, und bislang gab es nicht die geringsten Aussichten, dass sich ihr Lebensstandard in nächster Zeit drastisch erhöhen würde.

Obwohl sie sie als erbsenzählende Geizkragen klassifizierte, war Nina im Grunde ihres Herzens neidisch auf Menschen mit Sparbuch, die mit ihrem Geld auskamen. Sie selbst hatte noch nicht mal den Überblick, was monatlich an Miete, Wasser und Strom von ihrem Konto abging und was ihre Versicherungen kosteten. Und um die billigsten Tarife bei der Telekom oder ihrem Stromanbieter hatte sie sich auch noch nie gekümmert.

Stiefeletten, Jacken, teure Gerichte im Restaurant – sie erfüllte sich gerne jeden Wunsch, wenn es schon niemand anders tat. Als Kind war sie immer zu kurz gekommen, durfte im Restaurant nie von der Fleisch- oder Fischkarte bestellen – und schon gar keine Vorspeise. Seit sie erwachsen war, gönnte sie sich, was ihr als Kind verboten war. Leider leuchtete Herrn Hansen, ihrem Bankberater, ihre Großzügigkeit gegenüber sich selbst nicht ganz so klar ein. Einzig ihrer Festanstellung war es zu verdanken, dass er bei ihren ständigen Dispoüberziehungen noch nicht zum Trinker geworden war. (Obwohl: Roch er in letzter Zeit nicht immer ein bisschen nach Alkohol?). Nina selbst nahm ihre Überziehungen erstaunlich gelassen. Waren ja nur Zahlen auf dem Papier. Die Schuhe in ihrem Schrank dagegen waren echt. Nun ja, diese Logik hatte noch nie jemand verstanden – außer Nina.

Sie war nicht ignorant, sie konnte nur einfach mit nichts haushalten, weder mit Gefühlen noch mit Geld. Und sie fand, dass zu viel »Spar-Beschäftigung« und »Zahlengerechne« ihre Kreativität hemmten.

Vielleicht sollte sie den Ist-Zustand einfach akzeptieren, dachte sie, statt weiterhin Hirngespinsten nachzujagen und sich als Caroline-von-Monaco-Double zu prostituieren – da schoss ihr eine Idee in den Kopf:

»Warst du schon mal in einer Spielbank?«, fragte sie Elli, als sie am Frühstückstisch Platz nahm.

»Nee«, lachte die.

»Hast du Lust?«

»Ich??«

»Ja, zusammen mit mir!« Es war höchste Zeit für effektive Maßnahmen, und vielleicht hatte sie ja Glück im Spiel, wenn sie in der Liebe nur Nieten zog.

Elli schenkte Nina dampfend heißen Kaffee ein und überlegte. »Warum nicht«, sagte sie schließlich. »Ich habe ja beschlossen, alles in meinem Leben auszuprobieren, was sich noch bietet!«

Nina lächelte. »Gut so!«

Auf den Anblick von Elli im Abendkleid war sie allerdings nicht im mindesten vorbereitet. Einfach umwerfend sah ihre betagte Freundin in dem schwarzen bodenlangen Paillettenkleid aus. Die weißen Haare hatte sie zu einer eleganten Hochfrisur aufgesteckt, um den Hals trug sie eine wunderschöne Bernsteinkette. »Alle selbst gesammelt«, sagte Elli, als sie Ninas Blick bemerkte. »Hübsch, nicht?«

»Ja«, stammelte die und hatte noch nicht ganz verarbeitet, wie elegant Elli aussehen konnte.

Sie selbst steckte wieder in ihrem Steffi-Tarndress: Blazer, Stiefeletten, Jeans. Sie half Elli in den alten Mercedes und bemerkte dabei ihre zierlichen Samtballerinas. »Die sind ja niedlich, Elli«, rief sie entzückt.

»Die sind schon ganz alt«, antwortete die. »Aber mit meinen Füßen kann ich nix Hochhackiges mehr tragen.«

Max nahm auf dem Rücksitz Platz, und Nina hoffte inständig, dass er ihn nicht in einen Hundehaar-Flokati verwandeln würde.

Die Spielbank war im imposanten Westerländer Rathaus untergebracht. Nina parkte am Rathausplatz und half Elli aus dem Wagen, die sich eine gehäkelte Stola umgelegt hatte. »Die hab ich auch selbst gemacht«, sagte sie stolz, als sie beieinander eingehakt zum Eingang schritten.

»Ich bin ganz aufgeregt«, flüsterte Elli ihr zu, als sie die Spielbank betraten und Nina beschloss, ihre Nerven erst mal mit einem Gläschen Prosecco zu beruhigen.

»Ich weiß gar nicht, wie man das macht«, sagte Elli, als sie zwischen den Tischen hindurchgingen, die Black Jack, Poker oder Roulette anboten.

»Ich auch nicht«, tröstete Nina. Roulette schien ihr noch am vertrautesten, deshalb zog sie Elli an den Rand des großen Tisches und schaute zu.

»Rien ne va plus«, rief der Croupier, und die Kugel begann zu rollen, genau wie im Film. Sie stoppte auf der 18, nicht gerade die Zahl, auf die Nina gesetzt hätte.

50 Euro hatten sie sich jeweils als Einsatz gestattet. Wenn die weg waren, wollten sie aufhören – das war versprochen.

Sie setzten sich an den Tisch und tauschten ihr Bargeld beim Croupier gegen bunte, runde Plastikchips. Der Mindesteinsatz betrug einen Euro, aber damit konnte man ja nichts gewinnen, beschloss Nina und setzte 10 Euro auf »ungerade Zahlen«. Würde sie gewinnen, würden aus den 10 Euro 20 werden.

Es wurden leider null, die Kugel fiel auf die 6. Aha, es fielen also offenbar nur kleine Zahlen, meinte Nina, erkannt zu haben, und setzte weitere 10 Euro auf die »Zahlen von 1 bis 18«. Auch hier war die Gewinnchance einfach.

Die Kugel rollte, Elli und Nina hielten die Luft an. Die 27 fiel, und Nina hatte von ihrem Budget damit nur noch 30 Euro übrig.

Sie nahm einen Schluck Prosecco und probierte es mit Rot. Die Kugel fiel auf Schwarz, und sie fühlte einen Wutanfall in sich aufsteigen. Sie war schon immer ein schlechter Verlierer gewesen.

Gut, dann jetzt eben auf Schwarz. Rot fiel, und Nina blieben nur noch 10 Euro.

Elli beobachtete das Ganze und nippte versonnen an ihrem Prosecco. »Willst du gar nicht setzen?«, fragte Nina sie.

»Doch, aber ich warte noch«, sagte Elli.

Auch Warten gehörte nicht zu Ninas Stärken. Wenn sie sowieso nur noch 10 Euro hatte, konnte sie auch alles auf eine Karte setzen, sich auf nur eine Zahl festlegen und damit den 36-fachen Gewinn herausfordern. Nina setzte auf ihre Lieblingszahl, die 33.

Die 21 kam, und Nina schlug vor Ärger mit der Faust auf den Tisch. Die Location hier würde ihr offenbar auch keine goldene Zukunft bescheren. »Ruhig, Mädchen«, flüsterte Elli und legte ihr ihre Hand auf den Arm. Nina exte ihren Prosecco. Das Universum wollte offenbar partout nicht, dass sie reich wurde.

Elli erhob sich, setzte ihre gesamten 50 Euro auf Rot, und bevor Nina eingreifen konnte, rollte schon die Kugel. Rot fiel und machte aus Ellis 50 Euro 100. Elli sprang auf und klatschte wie ein kleines Mädchen vor Freude in die Hände. Nina ließ sich von ihrer Freude anstecken und fiel ihr um den Hals.

»Komm, wir hören auf«, sagte Elli, nachdem ihr der Croupier ihren Gewinn zugeschoben hatte.

»Warum?«, fragte Nina.

»Man soll immer aufhören, wenn es am schönsten ist, weißte doch«, antwortete Elli und ging Richtung Kasse. »Die Kunst besteht nur darin, das zu bemerken.«

»Was zu bemerken?«, fragte Nina begriffsstutzig. Sie stand offenbar auf dem Schlauch.

»Na, wann es am schönsten ist«, sagte Elli grinsend, während die Kassiererin ihre Jetons in Bargeld wechselte. »Danke sehr«, sagte sie und nahm ihre zwei 50-Euro-Scheine entgegen. Einen davon reichte sie an Nina weiter. »Hier, der ist für dich! So haben wir beide nichts gewonnen – aber auch nichts verloren.«

»Danke, Elli«, sagte Nina etwas beschämt und steckte das Geld ein.

»Weißt du was, Elli«, sagte Nina, während sie das Auto aufschloss, in dem Max, der auf der Rückbank gewartet hatte, haarverlust-intensive Freudensalti aufführte, »eigentlich bin ich ganz froh, dass ich verloren habe.«

»Warum?«

»Na, Pech im Spiel, Glück in der Liebe!«

»Glaubst du, man kann nicht beides haben, mein Kind?«

Da war es wieder, dieses weise »Du-machst-mir-nix-vor«-Lächeln, von dem Nina sich sofort durchschaut fühlte und das schon alles gesehen zu haben schien – und alles verzieh. Elli war echt cool, auf eine ganz souveräne, selbstverständliche und sehr, sehr bescheidene Weise.

»Ich lad dich von dem Gewinn auf ein Glas Champagner ein«, beschloss Nina, als sie sich Kampen näherten, und bog, nachdem sie Ellis »Meinst du wirklich?« als Ja gewertet hatte, Richtung Sturmhaube ab.

Der Abend war traumhaft. Die Sonne ging gerade unter, und dazu war es lau und windstill. Sie fanden auf der Terrasse einen schönen Tisch mit Blick aufs Meer, und Nina staunte ein zweites Mal, wie elegant sich Elli in ihrem Abendkleid in das Ambiente einfügte.

Die untergehende Sonne färbte den Abendhimmel dramatisch purpur, und das Meer sah so aus, als wäre rosa Farbe vom Himmel ins Wasser getropft. »Eigentlich müssten wir jetzt noch mal schwimmen gehen – das ist bestimmt traumhaft in diesem Licht«, sagte Nina versonnen und stieß ihr Lanson-Glas an Ellis.

»Ich kann nicht schwimmen«, sagte die.

»Was?« Nina glaubte, sich verhört zu haben.

»Ich kann nicht schwimmen«, wiederholte Elli und lächelte Nina dabei nachsichtig an. »Ich habe es als Kind nie gelernt – und später war es mir zu peinlich, einen Schwimmkurs zu belegen.«

»Meine Güte, Elli«, rief Nina. »Da hast du aber tatsächlich was verpasst! Kein guter Sex, nie gut geküsst – und jetzt auch noch nie das herrliche schwerelose Schweben erlebt. Das samtige Element Wasser.«

Dass Elli mit all diesen sinnlichen Genüssen bislang zu kurz gekommen war, tat Nina schmerzlich leid.

»Ach was«, meinte Elli. »Es nützt nix, Dinge zu bedauern!«

Da war sich Nina nicht so sicher.

»Ich gehe oft am Wassersaum spazieren und lasse meine Füße überspülen – das ist genauso gut.«

»Das ist überhaupt nicht genauso gut, Elli!« rief Nina empört. »Die ›Was ich nicht weiß, macht mich nicht heiß‹-Regel gilt hier nicht!«

»Ach, Deern«, sagte Elli. »Nun mach mal halblang. Einem alten Pferd bringt man keine Kunststücke mehr bei. Für mich ist es gut so.«

# 22

»Wie alt ist denn das Kind?«, fragte die Verkäuferin im Sportgeschäft.

»83«, antwortete Nina, und der guten Frau fiel die Kinnlade runter.

»Meine Oma möchte ins Meer«, schob Nina erklärend nach.

»Ach so …« Diese Erklärung schien der Fachkraft offensichtlich keineswegs einzuleuchten, denn sie sah so aus, als überlegte sie, welche Drogen Nina wohl genommen hätte. Und ob sie die vielleicht auch mal probieren sollte.

»Im Ernst«, erläuterte Nina der verwirrten Frau. »Meine Oma ist 83 und kann nicht schwimmen. Deshalb braucht sie Schwimmflügel, einen Rettungsring – das ganze Pipapo eben!«

»Ach so«, lachte die Verkäuferin erleichtert. »Warum haben Sie das denn nicht gleich gesagt?«

»Hab ich doch«, rief Nina der Fachkraft empört hinterher, doch die war bereits auf dem Weg ins Lager, um ein 83-jährigen-Schwimmanfänger-Equipment zusammenzustellen.

So bepackt, dass Nina gerade noch ihren Scheitel erkennen konnte, kam die Verkäuferin wenig später zurück.

»Hier haben wir Schwimmbretter, Schwimmgürtel, Schwimmkragen, Schwimmscheiben und Schwimmwesten«, sagte sie und breitete das Angebot auf dem Tresen aus. Nina hatte nicht gewusst, dass es derart viele Krücken zum Schwimmenlernen gab. »Und besonders effektiv sind diese Schwimmschlangen«, sagte die Verkäuferin und zog eine etwa zwei Meter lange hellblaue Schaumgummiwurst hervor. »Die kann man sich um den Körper legen!«

Als stolze Besitzerin eines gelben Styropor-Schwimmbrettes, eines aufblasbaren Schwimmringes und eines heruntergesetzten Badeanzuges verließ Nina wenig später den Laden.

Schon früh am Morgen hatte sie beschlossen, dass heute der ideale Seepferdchen-Tag war: Kein Wind, keine Brandung. Das Meer lag so ruhig da, als wäre es über Nacht versteinert. Das »Seepferdchen« war das Schwimmabzeichen für Kleinkinder und der bislang einzige Orden in Ninas Leben.

Vom Auto aus rief sie Luis an, der glücklicherweise heute seinen freien Tag hatte, und berichtete ihm von ihrem Plan, Elli das Schwimmen beizubringen. »Hast du Lust, uns dabei zu helfen?«, fragte sie ihn. Luis war sofort dabei, und sie verabredeten, dass Nina ihn jetzt gleich in Wenningstedt einsammeln sollte.

Sie erwischten Elli gerade noch, bevor sie mit Max hinter dem Dünenkamm verschwunden war. »Elli!!«, rief Nina ihr atemlos zu, während sie ihr auf dem kleinen Dünenweg hinterhersprintete. »Willst du heute die Schwerelosigkeit kennenlernen?«

Elli drehte sich irritiert um. »Nina, Mädel! Warum rennst du denn so? Was ist denn los?«

Endlich war Nina bei ihr angekommen. Max sprang an ihrem Bein hoch und leckte danach hingebungsvoll ihre Wade ab.

»Luis und ich wollen mit dir schwimmen gehen«, japste Nina und beschloss, dringend mal wieder was für ihre Kondition zu tun.

»Aber ich kann doch nicht schwimmen, Kind!«

»Ich weiß. Deshalb bringen wir es dir bei!«

Elli guckte verständnislos.

»Im Meer?«

»Ja! Ich habe einen Schwimmring, ein Schwimmbrett und einen Badeanzug für dich gekauft! Du brauchst nur noch ja zu sagen!«

»Ja«, sagte Elli wie aus der Pistole geschossen. Eine solche Spontaneität hätte Nina ihr gar nicht zugetraut.

Von hinten sah Elli aus wie ein sehr altes Kind, als sie mit Schwimmring um die Hüften und Badekappe an Ninas Hand zum Wassersaum ging. Luis stand bereits hüfttief im Wasser und hielt das gelbe Schwimmbrett bereit.

»Kindchen, ist das kalt!«, zuckte Elli zurück, als sie bis zu den Knien im Wasser stand.

»Da gewöhnt man sich dran – und wenn man wieder rauskommt, fühlt man sich ganz wunderbar«, sagte Nina, dirigierte Elli sanft weiter und bemerkte gerührt, wie die Hand der alten Frau zitterte.

»Hast du Angst?«

»Nein. Ich bin nur so aufgeregt!«

Vorsichtig, Schrittchen für Schrittchen und immer an der Hand von Nina, wagte sich Elli immer tiefer ins Wasser.

»Huch!!!« rief sie plötzlich als der Wasserspiegel ihre

Hüfte überstieg, der Schwimmring sie plötzlich trug und ihre Füße schwebten. Luis hielt ihr sofort das Schwimmbrett vor den Oberkörper, damit sie sich festhalten konnte.

»Darf ich?«, fragte er, legte seine Arme unter ihren Bauch und hielt ihren Oberkörper dadurch in der Schwebe. »Schön am Brett festhalten. Und jetzt mit den Beinen einen Kreis bilden, den du öffnest und wieder schließt! So«, sagte er, ließ ihren Oberkörper los und formte mit ihren Beinen die gewünschte Bewegung.

Das »alte Pferd« lernte das Kunststück erstaunlich schnell. Strahlend, wie ein kleines Kind, setzte sie sich Richtung Horizont in Bewegung und konnte die Schwerelosigkeit kaum fassen. »Kinder, ist das schön!«, jauchzte sie und schwamm begeistert hin und her.

Max umkreiste sie, als wäre er der weiße Hai und nicht der weiße Hund, und schien ebenfalls total euphorisch.

Der japsende Hund, das klare grüne Wasser, die strahlende Elli, von der sie nur noch die geblümte Badekappe und den Rücken sah, und der stolz lächelnde Luis – Nina stand hüfttief im Wasser und war plötzlich unendlich gerührt. Ein warmes, sprudelndes Gefühl breitete sich in ihrem Bauch aus. Glück konnte so einfach sein.

Erfüllt machte sie einen Sprung, tauchte Kopf voran ins klare Grün und glitt unter Wasser zur Schwimmanfänger-Gruppe. Max benutzte sie sofort als Verschnauf-Insel, Elli eroberte weiter den Horizont.

»So! Jetzt müssen wir wieder raus!«, rief Nina ihr nach, »damit du nicht zu kalt wirst.«

Nur widerwillig kehrte Elli um. Stolpersicher bei Luis eingehakt, platschte sie aus dem Wasser Richtung Ufer und wunderte sich darüber, wie schwer sich ihr Körper plötzlich anfühlte, seit er dem salzigen Element wieder entzogen war. »Da merkt man mal, wie viel Gewicht die armen Beine tragen müssen«, lachte sie und ließ sich in das große Handtuch hüllen, das Nina bereithielt.

»Ich hol uns mal drei Becher heißen Kaffee«, sagte Luis und setzte sich Richtung Grande Plage in Bewegung. Nina und Elli gingen zu ihrem Strandkorb, drehten ihn in die Sonne und machten es sich auf den blauweiß gestreiften Polstern bequem.

In einen flauschigen Bademantel gekuschelt, strahlten Ellis Augen wie Scheinwerfer. »Das war einer der schönsten Tage meines Lebens!« Selig nahm sie Ninas Hand. »Danke!«

Nina schossen vor Rührung die Tränen in die Augen. Sie liebte nicht nur Wasser, sie war auch sehr nah daran gebaut. »Meines Lebens auch«, sagte Nina und meinte es auch so.

Im Laufe des Nachmittags verzehrten sie etliche Matjes- und Krabbenbrötchen, leerten mehrere Becher Kaffee und Cola und gingen noch zwei weitere Male schwimmen. Elli konnte einfach nicht genug bekommen vom Meer, das sie zwar immer schon geliebt, aber nie gespürt hatte.

Sonnenverbrannt und glücklich erschöpft, machten sie sich abends schließlich wieder auf den Heimweg. Nachdem sie in den Sanitärräumen lange und heiß geduscht hatten, fühlte sich Nina fit und erfrischt. »Wollen wir noch etwas zusammen essen?«, fragte sie Elli, als sie mit Handtüchern um den Kopf nebeneinander zurück zu ihren Wohnwagen gingen. »Nein, mein Kind. Es war ein aufregender Tag für mich. Jetzt bin ich richtig schön müde und möchte nur noch ins Bett.«

»Ich finde es schrecklich, wie in Deutschland mit den Alten umgegangen wird«, empörte sich Luis, mit dem sie sich noch auf ein Glas Wein bei Manne Pahl verabredet hatte. Seit einer halben Stunde saßen sie auf Barhockern an einem Zweiertisch auf der Straße, beobachteten das wuselige Treiben in den umliegenden Restaurants, ließen sich vom Vollmond bescheinen und den Tag Revue passieren.

»Vielen Dank, dass du mir heute geholfen hast«, hatte sich Nina zuvor bei ihm bedankt.

»Das ist doch eine Selbstverständlichkeit«, hatte er geantwortet und daraufhin seine Gesellschaftskritik vorgebracht.

»In meiner Heimat Portugal ist das ganz anders«, erzählte er nun. »Da leben wir noch das Prinzip ›Großfamilie‹, und unsere Alten werden absolut geachtet und geehrt. Die wichtigste Person am Tisch ist dort immer die Älteste, und deren Lebensweisheit wird großer Respekt gezollt. Ich habe die Geschichten von früher, die die Älteren erzählten, immer total genossen.«

Er nahm einen Schluck Rioja, angelte eine Gitanes aus der Packung und steckte sie in den Mundwinkel.

»In den südlichen Ländern hat Familie noch einen großen Stellenwert«, sagte er, ließ sein Zippo aufschnappen und hielt die Flamme an die aufglühende Zigarettenspitze, »aber ich habe das Gefühl, je weiter man nach Norden kommt, desto frostiger wird das Klima. In Hamburg sitzen immer mehr Frauen kinderlos in ihren Altbauwohnungen rum – und die Großeltern im Heim. Schrecklich ist das!«

»Stimmt«, gab Nina nachdenklich zu. »Ich seh es eigentlich auch überhaupt nicht ein, dass man seine

Familie auf jeden Fall doof finden muss, um psychisch zu gesunden. Wenn man mit denen schon nicht klarkommt – mit wem denn dann? Die lieben einen doch wenigstens wirklich!«

»In Portugal ist es ganz normal, sehr an seiner Familie zu hängen«, stimmte Luis zu.

»Genauso doof finde ich es, Alte blöd zu finden«, fuhr Nina fort. »Omas sind so wichtig für Kinder. Brandneu lernt von sehr erfahren – warum kapiert niemand dieses geniale Prinzip?«

»Man muss sich doch nur mal anschauen, wie viele Fußballspieler nach einem gewonnenen Match zur Zuschauertribüne rennen, um ihre Omas zu umarmen«, hakte Luis ein. »Und nicht etwa ihren Vater oder ihre Mutter. Das beweist doch, wie sehr Enkel an ihren Großeltern hängen!«

»Stimmt«, rief Nina. »Dieser Kramer hat doch nach der gewonnenen WM auch nur vom Geburtstag seiner Oma geredet, als er zum Sieg befragt wurde. Das Einzige, was ihm wichtig war, war, ihr zu gratulieren.«

»Und Ronaldo, der ja auch Portugiese ist, war untröstlich, als seine Großmutter letztes Jahr starb«, ergänzte Luis. »›Oma, du bist immer in meinem Herzen‹ oder so ähnlich hat er in seinen Instagram-Account geschrieben. Und öffentlich geweint.«

Nina dachte an ihre eigene, so geliebte Oma, die vor zehn Jahren gestorben war, und Schmerz durchzuckte sie.

»Es ist wirklich ein großer Fehler, dass man in den Industrieländern Jugendlichkeit über Weisheit stellt«, fuhr Luis fort. »Es ist eine Unverschämtheit, dass man in dieser Leistungsgesellschaft diejenigen, die ›nichts mehr leisten‹ und keine Steuern mehr bringen, wegpackt und in diese furchtbaren Seniorenghettos steckt.«

Aufgebracht drückte er seine Zigarette aus und blies den letzten Rauch durch die Nase. »Krass, einen so großen Teil der Bevölkerung auszuklammern bzw. abzuschieben, nur weil er nicht mehr 20 ist.«

Er griff sich die Riojaflasche und schenkte ihnen nach.

»Ich liebe alte Gesichter«, sagte er. »Wenn ich mir ältere Leute angucke, die eindeutig nichts haben machen lassen, aber glücklich sind, einen wachen Geist haben und ein erfülltes Leben hinter sich, finde ich die oft wunderschön. Dieser Jugendkult und die damit verbundene Angst vorm Älterwerden sind doch total ungesund. Frauen sollten endlich damit aufhören, sich zwanghaft jünger zu machen und Jahre ihres Lebens zu verleugnen! Falten erzählen schließlich vom Leben, das der Mensch geführt hat und können sehr spannend oder sogar sexy sein. Jutta Speidel ist ein gutes Beispiel!«

Nina dachte an die vielen zurechtgezurrten und überoperierten Gesichter, die sie auf dieser Insel umgaben. Louis hatte recht, letztendlich sahen die doch alle aus wie erstarrte Zombies! Und wer sollte denn einem Michael Douglas oder einer Jane Fonda die faltenlose Gesichtshaut mit über 70 eigentlich noch abnehmen? Das war doch alles Quatsch!

»Ein Hoch auf Falten«, rief Nina und stieß ihr Glas gegen das von Louis. »Und auf Elli«, sagte der.

# 23

Auch der nächste Tag war wieder strahlend schön. Blauer Himmel und kleine Schäfchenwolken.

Es war bereits nach 11 Uhr, und die Vorhänge in Ellis Wohnwagen waren immer noch zugezogen. Nina machte sich allmählich Sorgen und klopfte beherzt an die Tür. Nichts rührte sich, nur Max bellte. Sie klopfte noch mal – wieder nichts.

In höchstem Maße alarmiert, rannte sie zu Sörensen. »Sie müssen Ellis Wohnwagen öffnen«, rief sie atemlos. »Da stimmt was nicht! Ich habe schon etliche Male an ihre Tür geklopft, aber sie macht nicht auf.«

»Oh nein«, rief Sörensen, sprang sofort von seinem Stuhl auf und ließ das verblüffte Paar, das sich gerade anmelden wollte, einfach stehen.

»Dann mal los«, rief er, als er mit einem Werkzeugkoffer in der Hand zur Tür stürmte. Nina folgte ihm.

Türen knacken konnte er – das musste man Sörensen lassen. Schon der dritte Schlüssel seines »Zauber-Bunds«, einem Stahlring, an dem etwa hundert verschiedene Schlüssel hingen, passte. Max sprang ihnen japsend entgegen, als sie die Tür öffneten, und verschwand in den Heckenrosen. Offenbar musste er dringend.

Nina war schlecht vor Angst, als sie die Stufen zum Wohnwagen hochstieg und um die Ecke auf Ellis Bett guckte. Sie wusste nicht, ob sie vorbereitet wäre auf das, was sie jetzt eventuell würde sehen müssen.

Elli lag in ihrem Bett und hatte sich tief in ihre Decken vergraben. Ihre Wangen waren hochrot. »Nina, Kind, was machst du denn hier?«, fragte sie mit schwacher Stimme, und ihre Augen waren ganz klein und trüb. Ninas Erleichterung, dass ihr nichts passiert war, wich sofort großer Sorge. Sie legte ihr die Hand auf die Stirn. Ellis Gesicht glänzte vor Fieber, ihre Stirn war kochend heiß. »Du hast ja Fieber, Elli«, rief sie entsetzt.

»Mensch, Elli, was machst du denn für Sachen?« Sörensen war hinter sie getreten und schaute seine Freundin besorgt an.

»Ach, das ist morgen wieder vorbei«, sagte die. »Lass mich einfach ein bisschen ausruhen, Kind.«

»Komm«, flüsterte Sörensen Nina zu und zog sie am Ärmel Richtung Tür. »Wir müssen uns besprechen.«

»Sie muss ins Krankenhaus«, sagte Nina und war außer sich vor Sorge. Das war alles ihre Schuld. Hätte sie die arme Elli doch bloß nie ins kalte Wasser gelockt.

»Das macht sie nicht mit«, sagte Sörensen. »Ich musste ihr versprechen, dass, wenn sie jemals krank würde, ich sie auf keinen Fall ins Hospital bringen lasse.«

Nina schluckte. »Aber …«, setzte sie an.

»Wir haben verabredet, dass ich dann Dr. Petersen anrufe«, unterbrach Sörensen sie.

»Dr. Petersen?«

»Ja, das ist ein alter Freund von Elli, dem sie voll vertraut. Ein Hausarzt, der nicht mehr praktiziert.«

»Okay«, sagte Nina. »Dann aber schnell! Wie ist die Nummer?«

»Das mach ich schon«, sagte Sörensen. »Sorg du lieber

dafür, dass Elli was trinkt, und mach ihr ein paar Waden-wickel!«

Nina tat wie ihr geheißen, presste Orangensaft aus und kochte eine heiße Brühe auf. »Ich mag nichts trin-ken«, wisperte Elli, als Nina den Arm unter ihren Na-cken schob, ihren Kopf anhob und das Saftglas an ihre Lippen setzte.

»Du musst aber, Elli«, befahl Nina. »Vorher nehme ich das Glas nicht weg!«

Artig trank Elli drei Schlucke, dann fielen ihr die Au-gen zu. »Ich bin so müde, Kind. Lass mich etwas schla-fen …«

Doch das wurde von Dr. Petersen, einem kleinen weißhaarigen Mann mit runder Brille, verhindert, der in diesem Moment in den Wohnwagen trat. »Elli!«, rief er. »Das gefällt mir ja gar nicht!«

Der alte Arzt setzte sich zu Elli ans Bett und befahl ihr, sich aufzurichten und den Oberkörper freizumachen. Nina half ihr, sich aufzusetzen, und fühlte mit ihr, als sie dabei vor Anstrengung ächzte. Als Dr. Petersen ihr das kalte Stethoskop auf den Rücken hielt, um sie abzuhor-chen, lief ein Schauer durch den zerbrechlichen Körper. »Und jetzt bitte mal husten, Elli! Wunderbar. Und nun bitte mal tief ein- und wieder ausatmen.«

Der Arzt zog besorgt seine Stirn in Falten und packte schweigend das Stethoskop wieder ein. Er schaute in ih-ren Hals, leuchtete in ihre Augen und maß abschließend Fieber.

Betroffen guckte er auf das Thermometer, säuberte es und packte seine Untersuchungsgeräte zurück in den Koffer.

»Du hast vielleicht eine Lungenentzündung, Elli«,

sagte er schließlich. »40,5 Grad Fieber. Eigentlich müsstest du ins Krankenhaus, Mädchen, in deinem Alter!«

»Das will ich nicht, Alfons«, sagte Elli matt. »Du hast es mir versprochen!«

»Hm.« Der Arzt guckte nachdenklich zu Boden.

»Was soll ich denn da«, schob Elli nach. »Da gehe ich doch sofort ein!«

»Na gut«, willigte Petersen ein. »Ich verschreibe dir ein Antibiotikum. Das musst du zweimal am Tag nehmen – das ist wichtig, hörst du?«

»Ja«, wisperte Elli.

»Und Sie müssten mir versprechen, gut auf sie aufzupassen«, wandte er sich an Nina. »Sonst kann ich das nicht verantworten.«

Nina nickte. Es war schließlich ihre Schuld, dass es Elli so schlechtging, also musste sie nun auch dafür geradestehen und für ihre Genesung sorgen. Aber auch sonst hätte sie nicht gezögert, die Pflege der alten Dame, die ihr so ans Herz gewachsen war, zu übernehmen.

»Sie sollte viel schlafen und vor allem viel trinken«, mahnte Petersen eindringlich und zeigte Nina den »Faltentest« auf dem Handrücken. Man nahm dazu ein bisschen Haut zwischen Daumen und Zeigefinger und ließ die so entstandene Falte dann wieder los. Verschwand sie sofort und glättete sich, hatte man genug Flüssigkeit im Körper, blieb sie stehen, musste man schleunigst etwas trinken.

Nina besorgte das Antibiotikum und packte anschließend ein paar Sachen zusammen, um zu Elli in den Wohnwagen zu ziehen. Sie wollte rund um die Uhr bei ihr sein, um sofort einschreiten zu können, falls sich ihr Zustand verschlechterte oder das Fieber stieg.

Den Nachmittag verbrachte sie lesend vor der Tür und schaute immer wieder nach der alten Dame, die ununterbrochen schlief. Das Antibiotikum hatte sie widerstrebend geschluckt, Brühe oder Saft jedoch verweigert.

Abends schmierte Nina sich ein paar Brote, drehte eine kurze Runde mit Max und baute sich danach Ellis Sitzecke zum Bett um. Nun lag sie der alten Dame am anderen Ende des Wohnwagens gegenüber und konnte ihre Atemzüge hören. Max kuschelte sich an Ninas Füße, und ihr fielen vor Sorge und Erschöpfung schnell die Augen zu, obwohl sie sich nicht erinnern konnte, wann sie das letzte Mal schon um 21 Uhr ins Bett gegangen war.

Am nächsten Morgen wurde sie durch prasselnden Regen geweckt, der wie aus Eimern aufs Dach schüttete. Der Wind peitschte Schauer um den Wohnwagen, als spiele er Fangen mit ihnen. Sofort schreckte Nina hoch, um nach Elli zu schauen. Die schlief ruhig, hatte aber immer noch hohes Fieber, wie es schien.

Nina machte Frühstück, doch Elli, deren Augen noch kleiner, röter und fiebriger geworden waren, wie es Nina schien, wollte weder Kaffee noch Brötchen. »Lass mich noch ein bisschen schlafen Kind«, murmelte sie schwach. »Morgen bin ich wieder gesund!«

Die Sorge um Elli schnürte auch Nina den Magen zu. Sie konnte nichts essen und musste sich zwingen, ihren Kaffee zu trinken. Die Angst peitschte sie auf und schoss Adrenalinwellen durch ihren Körper. Wenn sie bloß irgendetwas tun könnte …

Gerührt betrachtete sie Ellis Steinsammlungen und Muschelarrangements und studierte die Bilder, die an den Wänden hingen: Zarte Farben und Pinselstriche zeigten die Sylter Landschaft. Eine sanfte, vorsichtige, achtsame Weltsicht sprach daraus. Bescheiden und nachsichtig.

Was hatte sie sich bloß eingebildet, Ellis Leben nach ihren Maßstäben optimieren zu wollen? Das war anmaßend und ignorant. Wie eine Planierraupe war sie in Ellis System gebrettert. Trampelig und unachtsam. Nina tat ihr Verhalten unendlich leid.

Als Elli am Nachmittag immer noch nichts getrunken hatte, wurde Nina vehement und blieb so lange gouvernantenhaft streng neben ihr sitzen, bis sie das Glas Brühe geleert hatte. Später schaffte sie es, ihr auch noch zwei Becher Atemtee aufzuzwingen. Die alte Dame begann immer häufiger zu husten, was Nina große Sorgen machte. Sollte das Antibiotikum nicht allmählich anschlagen?, fragte sie sich.

Mitten in der Nacht schreckte Elli hoch. Ein Hustenanfall durchschüttelte ihren Körper. Nina eilte zu ihr. »Ich fühle mich nicht so gut, Kind«, wisperte Elli mit heiserer Stimme. »Mein Rücken juckt ganz wahnsinnig!« Nina erschrak furchtbar, als sie Ellis Nachthemd anhob: Ihr ganzer Rücken war mit roten Pusteln und Flecken übersät. Außerdem schien es Nina, als wäre das Fieber noch weiter gestiegen, denn Elli erschauerte immer wieder von Schüttelfrostschüben. Aufs Äußerste besorgt, fühlte sie Ellis Puls, der raste, als wäre sie gerade einen Marathon gelaufen. Es reichte. Nina rief den Notarzt.

Der Regen prasselte, Blitze zuckten durch die schwarze Dunkelheit, und der Donner krachte so laut, als würde jemand Felsen vom Himmel schmeißen. Nina streichelte beruhigend Ellis Hand und bemerkte erschrocken, wie pergamentartig ihre Haut aussah. Der Faltentest fiel negativ aus – auch das noch!

Mit Blaulicht fuhr der Rettungswagen vor, eine junge Ärztin eilte in den Wohnwagen und klopfte sich den Regen von der Jacke. Ohne lange Konversation ging sie zu Elli und untersuchte sie geübt mit der Souveränität des Profis, der genau weiß, was zu tun ist und bei dem deshalb jeder Handgriff sitzt. Schweigend legte sie ihr einen Tropf und zog zwei Spritzen auf.

»Ihre Oma hat eine schwere Penicillinallergie. Sie haben uns gerade noch rechtzeitig gerufen. Eine halbe Stunde später und sie wäre in einen anaphylaktischen Schock gefallen!«

Nina schluckte. Tränen traten ihr in die Augen, und sie begann zu zittern. Ihre Nerven!

»Ich gebe ihr jetzt ein starkes Cortison – und ein anderes Antibiotikum. Und dann möchte ich sie mitnehmen. Können Sie ihr ein paar Sachen zusammenpacken? Ich rufe jetzt gleich im Krankenhaus an und organisiere ein Bett.«

»Nein, halt«, rief Nina. »Sie kommt nicht ins Krankenhaus!«

Die Ärztin schaute sie irritiert an.

»Sie will nicht ins Krankenhaus – das musste ich ihr versprechen.«

»Hören Sie«, sagte die Ärztin, deren Pager piepsend einen weiteren Einsatz signalisierte. »Ihre Oma hat eine schwere Lungenentzündung und hohes Fieber …«

»Egal«, unterbrach Nina, »ich werde sie auf jeden Fall hier pflegen. Vergessen Sie die Klinik!«

Das musste so resolut geklungen haben, dass die Ärztin aufgab. »Gut, ich habe leider nicht die Zeit, hier lange mit Ihnen zu diskutieren. Ich muss direkt zum nächsten Notruf. Lassen Sie die Infusionskanüle bitte in ihrem

Arm, und wechseln Sie den Beutel, sobald er leer ist. Ich lasse Ihnen drei Beutel hier, die lassen Sie bitte alle durchlaufen!«

Die Ärztin wies Nina in die Technik des Infusions-beutel-Wechselns ein, befestigte einen Beutel an der Schranktür über Ellis Bett, verschrieb ein Antiallergikum und ein neues Antibiotikum und ließ Nina unterschreiben, dass Elli auf eigenen Wunsch hierbleiben wollte.

»Denken Sie daran, dass Ihre Oma möglichst viel gehen und aufrecht sitzen muss, sobald es ihr bessergeht, damit sich kein Wasser in der Lunge sammelt«, gab die Ärztin Nina abschließend mit und verschwand in die ungemütliche Nacht.

Nina wischte Elli mit einem warmen Lappen den Schweiß von der Stirn und hielt ihre Hand.

Die Blitze zuckten weiterhin durch den schwarzen Himmel, und Nina hatte furchtbare Angst um die alte Dame, die nur noch weggetreten ächzte und hüstelte. Selten in ihrem Leben hatte sie sich so einsam, hilflos und verloren gefühlt. So klein und machtlos.

Was war bloß mit ihr los gewesen? Dies hier war existentiell! Wie konnte sie die wirklich wichtigen Dinge so aus den Augen verlieren, um als schlecht getarnte Jägerin einer Beute nachzustellen, die sie gar nicht essen wollte?

»Wenn Elli das hier übersteht, hör ich auf mit dem Quatsch«, bot Nina in ihrer Verzweiflung dem Universum an. Sie hatte schon öfter Deals mit dem Großen und Ganzen versucht – aber dieser war mit Abstand der ernsteste.

Die nächsten Stunden massierte Nina Ellis Füße, weil es die alte Frau zu beruhigen schien und sie dann gleichmäßiger atmete, wischte ihr immer wieder den Schweiß von der Stirn, wechselte die Infusionsbeutel, kochte Tee, bezog eine Ersatzdecke mit neuer Wäsche, weil Elli ihre Decke durchgeschwitzt hatte, und las ihr aus einem Buch vor. Auf dem Höhepunkt der Verzweiflung summte Nina ein Kinderlied, bis sie selbst vor Erschöpfung an Ellis Fußende einschlief.

Der nächste Morgen weckte sie mit strahlendem Sonnenschein, der Nina ins Gesicht schien. Besorgt schaute sie nach Elli, die sie mit einem schwachen »Guten Morgen, mein Kind« begrüßte und dazu tatsächlich lächelte. Nina liefen vor Erleichterung die Tränen über die Wangen. »Geht es dir besser?«, fragte sie und schluchzte.

»Ach, Mädchen«, sagte Elli und streichelte Nina über den Kopf. »Hab doch nicht so eine Angst um mich!«

Müde fielen ihr die Augen zu, und sie schlief wieder ein.

»Ein Mensch ist die beste Medizin für einen Menschen«, stand auf dem Fähnchen, als sie eine neue Kanne »Atemtee« kochte. Das Teebeutel-Orakel schien wieder mal recht zu behalten: Am Nachmittag ging es Elli schon etwas besser. Sie trank ein paar Schlucke Saft und Tee – und nippte sogar an einem Becher Brühe. Das neue Antibiotikum und die Infusionen schlugen offenbar an.

Obwohl sie vollkommen erschöpft war, schlief Nina selbst kaum. Immer wieder schreckte sie auf, weil sie meinte, ein Geräusch gehört zu haben, und achtete auf jeden Atemzug von Elli. Endlose Stunden in Daueranspannung.

Auch der nächste Tag verlief ruhig. Ellis Fieber sank langsam, aber stetig, und der Husten ging zurück. Abends kochte Nina ihr Kartoffeln und Kabeljaufilet mit Chili und Knoblauch, um ihrem Kreislauf wieder etwas auf die Sprünge zu helfen. Elli aß tatsächlich drei Happen, Nina dagegen konnte immer noch nichts essen. Ihr Magen war wie zugeschnürt. Dafür war sie mittlerweile aber so übermüdet, dass sie synchron mit Elli früh in einen tiefen, erschöpften Schlaf fiel.

Der herrliche Duft frisch gebrühten Kaffees weckte Nina am nächsten Morgen. Erstaunt schlug sie die Augen auf. Elli stand im Bademantel am Herd und schüttete sich gerade eine Tasse der heißen braunen Flüssigkeit ein.

»Elli, bist du wahnsinnig!«, rief Nina empört und hastete aus ihrem Bett. »Leg dich sofort wieder hin!«

»Ist ja gut, Kind«, lächelte Elli. »Ich war nur schon so lange wach und hatte fürchterlichen Kaffeedurst.« Sie setzte sich zu Nina aufs Bett und streichelte ihr übers Haar. »Und ich wollte dich nicht wecken. Du hast so tief geschlafen …«

»Sofort ins Bett!«, befahl Nina barsch. »Marsch! Marsch!«

»Ist ja gut«, sagte Elli, watschelte in Puschen zu ihrem Bett, zog den Bademantel aus und legte sich wieder hin.

Die Sonne schien, der Himmel war knallblau, und Nina zog die Gardinen auf.

»Lass doch mal ein bisschen frische Luft rein«, bat Elli.

»Aber nur kurz«, gestand Nina ihr zu und öffnete die Eingangstür. »Du hattest immerhin fast eine Lungenentzündung!«

»Hatte«, sagte Elli. »Es geht mir schon sehr viel besser.«

In der Tat schien das Fieber gesunken zu sein. Hungrig verspeiste Elli zwei Brötchen mit Honig und trank drei Tassen Kaffee.

Nina duschte und machte sich dann fertig zum Einkaufen.

»Soll ich dir irgendetwas Besonderes mitbringen? Hast du auf etwas Spezielles Hunger?«

»Ja! Bring mir doch bitte diese Thea Thiemes mit, die ess ich so gerne!«

»Thea was?«

»Thea Thiemes! Diese leckeren Kekse!«

»Ach, du meinst ›Tea Times‹«, lachte Nina, schüttelte den Kopf und griff sich ihren Autoschlüssel.

# 24

»Mensch, Ingrid!! Endlich trifft man mal 'ne Einhei-
mische! Wie geht's denn so?«, rief die resolute Dame mit
der betonierten Dauerwelle und der Funktionsjacke vor
dem Gemüseregal.

»Na ja, mal so, mal so …«, antwortete Ingrid.

»Und heute?«

»So!«

Nina musste laut über die zwei Sylterinnen lachen.
Die Friesen verloren wirklich nicht zu viele Worte.

Sie stand im Keitumer Bioladen und kaufte ein. Zu
Ellis Genesung wollte sie ihr etwas Besonderes kochen
und hatte dafür im Buchladen in Westerland mehrere
Kochbücher gewälzt. Während sie durch die Werke von
Jamie Oliver, Tim Mälzer und Sarah Wiener blätterte,
hatte sie sich gefragt, wann genau man eigentlich Kochbücher lesen sollte. Beim Kochen war es ja schon zu spät.
Da war man bereits mittendrin und konnte nicht mehr
losgehen, um »einen Teelöffel Rosenwasser« oder »vier
frische Stangen Zitronengras« zu kaufen. Und wenn man
sie als Abendlektüre – im Bett kurz vorm Einschlafen –
las, bekam man so einen Hunger, dass man sich sofort
etwas zu essen machen musste. Weil die Fotos einfach
so lecker aussahen und die Beschreibungen einem das
Wasser im Mund zusammenlaufen ließen.

Tagsüber war das übrigens genauso. Mit anderen Worten: Kochbücher machten Nina nervös! Auch vorhin wieder. Ratlos blätterte sie die Seiten durch und konnte sich nicht entscheiden. Wahrscheinlich, weil sie es im Grunde doof fand, etwas nach Anleitung zu kochen. Das war wie Tanzen nach festgelegten Schritten. Wie in der Tanzschule. Freestyle lag ihr mehr – in jeder Hinsicht.

Nina beschloss, Elli eine Hühnersuppe zu brühen, denn die galt in ihrer Familie als der Gesundmacher schlechthin und wurde seit Generationen von den Frauen für die Kranken gekocht. Nur leider hatte Nina sich nie das Rezept geben lassen. Sie kaufte ein Suppenhuhn, Ingwer, Knoblauch, Lauch, Petersilie, Sellerie und Sternchennudeln – Zutaten, die sie ihrer Meinung nach für die »Zaubersuppe« brauchte.

Im Regal bei den Milchprodukten blieb sie bei den Joghurts hängen und konnte sich nicht entscheiden, ob sie 1,8-prozentigen oder 3,5-prozentigen nehmen sollte. Lustig, dass »Fett-Arm« und »fettarm« eine vollkommen konträre Bedeutung haben, dachte Nina. Genau wie »Feindesinfektion« und »Feindes-Infektion«. »Komm wir essen, Opa« – Satzzeichen konnten Leben retten.

Zurück im Wohnwagen, drehte Nina Ellis altes Röhrenradio auf und kochte bei Mozart und Mineralwasser die Hühnersuppe ihres Lebens. Elli löste dabei Kreuzworträtsel und fragte sie immer mal wieder nach einem Wort.

»Elektrogerät mit fünf Buchstaben?«

»Toaster?«

»Nein, Ninchen! Das sind doch sechs!«

»Ach, so … Dann vielleicht Radio?«

»Mhm … Mal sehen …«

Max gierte geduldig nach den Hühnerknorpeln und -knochen, die Nina ihm beim Abpulen des Huhns immer wieder zuwarf. Es war gemütlich und warm – in jeder Hinsicht.

Die Suppe wurde erstaunlich lecker, und nachdem Elli unfassbare drei Portionen davon verzehrt hatte, legte sie sich hin, um sich »gesund zu schlafen«.

Nina machte sich mit Max auf den Weg zum Strand. Es war ein heißer, windstiller Tag, und sie brauchte dringend eine Erfrischung.

Fröhlich hechelnd lief der kleine Hund hinter ihr auf dem Dünenpfad her und war offensichtlich sehr glücklich, endlich ein bisschen Bewegung zu bekommen.

Im Meer entpuppte er sich als echtes Schwimmtalent: Wie eine Albino-Mini-Robbe pflügte er mit seinen kurzen Beinen durchs Wasser und störte sich offenbar überhaupt nicht daran, dass es unter ihm mehr als zwanzig Mal so weit in die Tiefe ging, wie er groß war.

Mit erstaunlicher Konditionsstärke umkreiste er Nina wie eine Spionagedrohne, während sie mit langen Zügen ins Meer schwamm, und sie konnte nicht umhin, von dem kleinen fröhlichen Wesen gerührt zu sein.

Nach dem Schwimmen setzte er sich neben Nina in den Sand und schaute, genau wie sie, Richtung Horizont.

Von hinten mussten die beiden ein sehr süßes Bild abgeben: Der kleine Hunderücken neben Ninas, beide verträumt aufs Meer blickend.

Nina streichelte Mäxchen über den Kopf und packte ihre Sachen zusammen. Sie wollte Elli nicht zu lange alleine lassen.

Am frühen Abend las Nina Elli aus einem Buch ihres Lieblingsschriftstellers W. Somerset Maugham vor. Kaum hatte sie drei Seiten vorgelesen, fielen Elli die Augen zu, und sie schlummerte tief.

Nina löschte das Licht, setzte sich an das kleine Tischchen draußen vor der Tür, zündete eine Kerze an und schenkte sich ein Glas Wein ein.

Der würzig-erdige Geschmack des Riojas auf der Zunge und seine beschwingende Wirkung, der Sternenhimmel, die zirpenden Grillen, der Duft von Heckenrosen und Heide in der Luft, das Rauschen des Meeres im Ohr und der warme Hundekörper auf ihren Füßen – Nina schickte ein Dankesgebet für Ellis Genesung gen Himmel und beschloss, am nächsten Morgen ihr Versprechen einzulösen und Steffi ihren Koffer zurückzuschicken.

Haben oder sein. Nina wollte sich nicht mehr verkleiden. »Man darf dem Geld nicht hinterherrennen, sonst flüchtet es«, hatte ein ziemlich exzentrischer Modeschöpfer mal gesagt. Natürlich brauchte sie immer noch eine fette Finanzspritze, um für immer hierbleiben zu können – aber vielleicht sollte sie dazu lieber versuchen, das Geld anzuziehen statt sich selbst. Das funktionierte – laut den Eso-Profis – mit Menschen, Lebensumständen oder Dingen, indem man die Fixierung auf sie aufgab. Und positiv-optimistisch blieb.

Das Schicksal hatte sowieso einen besseren Geschmack als sie. Mit Menschen, Projekten oder Plänen, die sie sich selbst ausgesucht oder ausgedacht hatte, hatte es nie geklappt. Aber was ihr über den Weg gestolpert war – das hatte stets hervorragend gepasst.

Also würde Nina eben loslassen: Den Koffer – und ihren Millionär-Grabbing-Plan.

Erleichtert löschte sie die Kerze auf dem kleinen Tischchen und schlich in ihr Bett, ohne Elli zu wecken.

Max kuschelte sich an ihre Füße und fiel sofort in tiefen Schlaf. Nina hörte ihm beim Atmen zu und fand seine gleichmäßigen Luftzüge extrem beruhigend. Ab und an streckte er sich und brummte dabei wohlig. Nina konnte es nicht leugnen – allmählich gewöhnte sie sich an ihn.

# 25

»Für kraftloses, strohiges Haar« – wer sollte so etwas eigentlich kaufen? Verärgert las Nina die Klassifizierungen der Shampooflaschen durch, die im Supermarktregal zur Auswahl standen. Kein Mann würde sich ein Produkt kaufen, das als effektiv »für schlappe Mini-Penisse« etikettiert wäre. Und keine Frau eines »für hängende Brüste mit Schwangerschaftsstreifen«. Warum also versahen die Shampoohersteller ihre Produkte mit demütigenden Einstufungen à la »für brüchiges, strapaziertes, schlaffes borstiges oder glanzloses Haar«, die sich allesamt nach einer verbalen Ohrfeige anhörten? Was war denn bloß mit den Herstellern los? Wollten die ihren Kunden selbstbewusstseinsmäßig gezielt den Rest geben? Kooperierten sie mit der Schnapsindustrie, weil man unweigerlich zur Flasche griff, sobald man erkannt hatte, dass das eigene Haar unter die Kategorie »schlapp und strohig« fiel? Warum schrieben die nicht mal: »Für zwar etwas dünnes, aber ein Leben lang treues Haar« oder »Für Haar mit hohen inneren Werten« oder »Für Haar, das von jemandem geliebt wird«? Wütend warf Nina eine Packung für »normales Haar« in ihren Einkaufskorb.

»Ups!« Nina war so konzentriert auf das Kosmetikregal, dass sie fast einen Mann umgestoßen hätte.

»Sorry, tut mir leid«, murmelte sie.

»No problem«, antwortete der. »Ich habe gerade beobachtet, dass Sie sich offenbar gut mit Shampoos aus-
kennen. Können Sie mir eines empfehlen? Ich kaufe
sonst nie selber ein!«

Nina lächelte. Der Mann war um die 50 und sah aus
wie Jürgen Drews mit grauen Haaren und normalen Klamotten. Etwas faltig und verlebt, aber durchaus kernig
und gut aussehend.

»Hier, nehmen Sie das, damit machen Sie nichts
falsch«, riet Nina ihm und nahm eine weitere Flasche für
»normales Haar« aus dem Regal.

»Vielen Dank! Darf ich Sie dafür zum Kaffee einladen?«

Das kam wirklich unerwartet. Nina steckte in einer
verbeulten Jogginghose, trug ein verknittertes T-Shirt
und sandige Flipflops. Ihre Haare hatte sie ungekämmt
zum Mini-Pferdeschwanz gebunden, und geschminkt
und parfümiert war sie auch nicht. Und das alles mit
voller Absicht: Seit sie beschlossen hatte, mit dem Reich-
werden-Quatsch aufzuhören und sich nicht mehr zu
verkleiden, lief sie nur noch in ihren Lieblings-Schlunz-
klamotten rum. Genau diese Art »Loslassen« trug nun
offenbar Früchte.

Nina fühlte sich fachmännisch beflirtet, ganz klassisch
good old English Gentleman-Style. Neil, so hatte er sich
nach Ninas Kaffeezusage vorgestellt, trug ihr den Korb,
hielt ihr die Tür auf und war glaubhaft erstaunt, so eine
»pretty woman« mit »sparkeling eyes« und »such a
beautiful smile« hier zu treffen.

Sie setzten sich auf einen Cappuccino auf die Terrasse
des »Gourmet-Ecks«, und das Gespräch war sofort erstaunlich offen – und lustig.

Neil war ein in Dublin geborener Ire, der »schon seit

Jahrzehnten« in Deutschland lebte. Nina war fasziniert von seinem verbeulten und dadurch so charmant klingenden Deutsch. Die Tatsache, dass es offenbar unmöglich war, eine Sprache nachträglich akzentfrei zu lernen, erstaunte sie immer wieder.

Als er erzählte, dass er wegen seines Erfolgs als Investmentbanker kaum zum Luftholen käme und die kurzen Atempausen auf Sylt, das ihn an seine Heimat erinnerte, deshalb immer besonders genieße, ploppte eine Idee in Ninas Kopf auf, genau wie die SMS-Sprechblasen auf ihrem iPhone: Warum sich eigentlich an jemand Vermögenden dranhängen? Wäre es nicht viel sinnvoller, selbst reich zu werden? Vor ihr saß jemand, der es wissen musste – warum ihn also nicht einfach fragen, wie er zu seinem Geld gekommen war?

»Sie sind ja Profi«, begann Nina und rührte dabei etwas Zucker durch den Milchschaum in ihrer Tasse. »Darf ich Ihnen eine Frage stellen, die mir schon seit längerer Zeit unter den Nägeln brennt?«

»Ja, gerne.«

»Wie wird man eigentlich reich?«

Neil lachte. »Na, Sie sind ja sweet!«

Er schaute Nina an, die sich an den lustigen Lachfalten freute, die seine Augen schraffierten.

»Ich bin Investmentbanker und kann Ihnen nur von diesem Weg erzählen. Es gibt sicherlich tausend andere.«

»Bitte«, bat Nina.

»Okay«, sagte Neil, lächelte und nahm einen Schluck Kaffee. »Ein schlauer Aktienanleger wartet auf die Katastrophe. Er wartet darauf, dass der Markt zusammenbricht. Dann kauft er jede Menge Aktien, und nachdem sie sich wieder erholt haben, verkauft er sie wieder.

»Das ist der ganze Trick?«

»Ich kann Ihnen nicht sagen, wie man schnell reich wird; ich kann Ihnen aber sagen, wie man schnell arm wird: indem man nämlich versucht, schnell reich zu werden.«

Nina nickte betreten. Wenn Sie ihren aktuellen Kontostand betrachtete, hatte Neil damit eindeutig recht.

»Aber im Ernst«, sagte Neil, der Ninas Verlegenheit offenbar bemerkt hatte. »Grundsätzlich geht es darum, Gewinne zu potenzieren. Ich stecke Geld in Immobilien und schaffe dadurch Mehrwert, weil ich die Mieteinnahmen nicht brauche und deshalb in neue Immobilien investieren kann.«

»Verstehe«, sagte Nina und war dankbar, dass Neil sich wieder ernsthaft dem Thema widmete.

»Mehrfamilienhäuser, Wohnblocks, Hochhäuser, Einkaufszentren. Man kauft eine Immobilie mit der anderen – und so geht es dann von selbst«, fuhr Neil fort.

»Aber wie kauft man die erste Immobilie?«, fragte Nina, die praktisch veranlagt war. »Wenn ich Sie richtig verstehe, braucht man dazu ein gewisses Ausgangsbudget.«

»Das ist richtig«, antwortete Neil. »Das verschafft man sich durch Aktiengewinne, Firmenumsatz – oder man ist von Haus aus vermögend.«

»Wenn man Millionär werden möchte, muss man es also erst mal schaffen, die erste Million zu kriegen – ist das richtig?«

»Genau! Obwohl eine Million heute eigentlich nichts mehr wert ist …«

Das leuchtete Nina nicht besonders ein. Eine Million auf ihrem Konto wären sehr viel wert: Tausende Paare neuer Schuhe, etliche Luxusreisen, teure Restaurantbesuche. »Also ohne Million wird man kein Millionär?«, fasste sie zusammen.

»Ja, so ungefähr. Denn man braucht ja ein bestimmtes Grundbudget, um Immobilien zu kaufen. Mit den Mieteinnahmen sichert man sich dann ab und investiert einen Teil davon neu. And so on, and so on ...« Neil machte eine kreisende Bewegung mit seiner Hand.

»Aber das ist ja furchtbar«, rief Nina. »Dann kann man als Otto-Normalverdiener die Aussicht, jemals zu Geld zu kommen, ja komplett vergessen!«

»Im Prinzip schon«, sagte Neil. »Es sei denn, Sie erfinden etwas, haben eine geniale Geschäftsidee oder kreieren eine neue Internetplattform.«

»Hmpf«, machte Nina. »Das ist genau wie beim Schach: Ein Bauer hat auch keine Aussicht, jemals zum Turm oder zur Dame zu werden, egal, wie sehr er sich anstrengt. Bauernopfer – kommt das daher?«

»Das kann ich Ihnen nicht sagen«, lachte Neil. »Wie Sie vielleicht verstehen, kenne ich mich mit deutschen Redewendungen nicht besonders gut aus. Aber im Gegensatz zum Schach gibt es im echten Leben ja auch noch Lotto.« Das Lächeln verschwand plötzlich aus seinem Gesicht, und er fixierte Nina.

»Aber warum regt Sie das eigentlich so auf?«

»Ach, nur so ...«, murmelte Nina und ärgerte sich, dass auch die Möglichkeit, selbst reich zu werden, in weite Ferne rückte. Sie saß in der Mittelschichtfalle, und Männer wie Neil winkten ihr von oben zu. No way out.

»Haben Sie Lust, etwas zu essen?«, fragte Neil und leerte seine Tasse.

»Gerne«, sagte Nina, und Neil winkte nach der Karte.

»›Wenn du kein Geld hast, bist du frei, wenn du viel

Geld hast, auch – alles dazwischen ist Quälerei‹, hab ich neulich gelesen«, sagte Nina, während sie sich durch die Karte blätterte. »Wird der Großteil der Menschheit nicht eigentlich komplett verarscht, wenn er angestellt arbeitet? Weil er auf diese Weise nie richtig reich wird?«

»Nein, das glaube ich nicht«, sagte Neil und legte die Karte beiseite. »Sie müssen die Mentalität der Menschen sehen. Jeder Mensch muss da abgeholt werden, wo er steht. Nicht jeder eignet sich zum Unternehmer. Es gibt eine ganze Reihe von Leuten, die gut sind, wenn sie geführt werden, und nichts mehr taugen, sobald sie alleine entscheiden sollen. Viele wollen gelenkt und geleitet werden. Deswegen glaube ich, dass die mit ihrem Leben ganz zufrieden sind.«

»Nach dem Motto: ›Was ich nicht weiß, macht mich nicht heiß?‹ Geben Sie zu, Neil, dass es ziemlich viele Blöde geben muss, die die Drecksarbeit tun, damit die Reichen in Ruhe reich sein können!«

»Das mag so sein, aber ich finde es verkehrt, Lebensqualität am Geld aufzuhängen. Diejenigen, die nicht so gut verdienen, sind doch nicht automatisch unglücklicher!«

»Meinen Sie?«

»Ja! Ich sehe nicht, dass ich, nur weil ich ein paar Millionen besitze, deswegen automatisch ein erfolgreiches Leben habe. Wie viele Leute haben ein Milliardenvermögen und sind innerlich ganz arm? Die sind doch nicht glücklich!«

»Nein?«

»Nein! Zu einem erfolgreichen Leben gehören doch auch Freunde, auf die man sich verlassen und mit denen man Spaß haben kann. Und eine gute Familie.«

»Aber das ist doch überhaupt kein Widerspruch«, warf Nina ein. »Das kann man doch alles auch als Reicher haben!«

»Das ist nicht, was ich meinte«, sagte Neil und dachte nach. »Die Intensität dieser Art des Glücks ist für Arm und Reich gleich, verstehen Sie? Geld macht ein bisschen sicherer, okay – aber mit Glück hat Geld nichts zu tun.«

»Das wahre Glück wird also gerecht verteilt? Meinen Sie das?«

»Das glaube ich, ja! Eine gute Familie, ein ausgeglichenes Sexualleben und ein paar gute Freunde. Das ist meine Definition von Glück, und dazu fehlt mir nichts.«

»Außer etwas zu essen«, setzte er nach, lachte und winkte nach dem Kellner.

»Möchten Sie auch diese Trüffeltagliatelle und einen gemischten Salat dazu?« Nina nickte, und Neil orderte die Speisen und eine Flasche Weißwein.

»Ich habe es zum Beispiel gar nicht gemerkt, als ich die erste Million hatte«, sagte Neil, als der Ober sich entfernte.

»Nein?« Nina war erstaunt. Diese Nachlässigkeit würde ihr mit Sicherheit nicht passieren.

»Ich zähle mein Vermögen ja nicht jeden Tag nach. Und ob Sie 30 Millionen haben oder 100, ist letztlich egal.«

»Warum?«

»Weil ab einem gewissen Standard Lebensqualität nicht mehr steigerungsfähig ist«, sagte Neil und guckte ihr mit einem charmanten Lächeln in die Augen.

»Sehen Sie, Sie können nur eine bestimmte Menge Entenbrust und Kaviar pro Tag essen und nur begrenzt Champagner trinken. Dieses Level ist auch mit relativ geringem Vermögen zu erreichen. Ob Sie 100 oder 300 Millionen haben, ändert an Ihrem Leben überhaupt nichts.«

In diesen Größenordnungen hatte Nina noch nie gedacht und konnte es deshalb nicht beurteilen.

»Es ist natürlich schön, wenn man sich jedes Auto kaufen kann, das einen interessiert«, fuhr Neil fort. »Und es dazu noch vollkommen egal ist, wie viel Benzin es braucht oder wie viel Steuern es kostet.«

Auch das konnte Nina nicht beurteilen.

»Es sicherlich ein momentanes Glücksgefühl, bei 230 Sachen noch mal aufs Gas drücken zu können – es ist aber sehr vergänglich! Wenn ich mit einem neuen Auto dreimal nach Südfrankreich gefahren bin, habe ich die Schnauze voll und rühre es nicht mehr an.«

»Verstehe«, sagte Nina und verstand es natürlich nicht. Das war eindeutig dekadent. Der reiche Junge, der sofort von jedem neuen Spielzeug gelangweilt ist.

»Die Kunst besteht darin, irgendwann zufrieden zu sein«, sagte Neil. »Und die Gier zu stoppen, nicht genug kriegen zu können. Der Manager, der aus Langeweile Oldtimer sammelt, die Millionärsgattin mit 2000 Paar Schuhen, die Witwe mit 14 Ferienhäusern – genug ist nie genug, Nina! Luxus ist wie Meerwasser: Je mehr man davon trinkt, desto durstiger wird man!«

Das leuchtete ihr ein.

»Neuer Besitz ist ein kurzer Rausch, den man nicht festhalten kann«, sagte Neil. »Aber eine tolle Familie mit wunderbaren Kindern, die das Leben bereichern und begleiten – das kann man festhalten! Das ist Glück!«

»Also, Hauptsache, man ist glücklich, meinen Sie«, fasste Nina zusammen. »Und wie, ist egal?«

»Genau, das ist das Wichtigste. Nur darum geht es!«

Der Ober servierte das Essen und entkorkte den Wein, den Neil fachkundig prüfte und absegnete. Der Ober schenkte die Gläser ein und stellte die Flasche, um deren Hals er eine weiße Serviette band, in einen silbernen Kühler – ein Anblick, der Nina schon als Kind fasziniert hatte. Eine Flasche Wein im Restaurant zu kaufen war für ihre Mutter immer undenkbar gewesen. Viel zu teuer. Nina hatte Gäste, die sich eine Flasche Rotwein auf dem Tisch oder eine Flasche Weißwein in einem Kühlerständer leisten konnten, stets glühend beneidet.

»Halten Sie mich für reich, Neil?«, fragte Nina, während sie eine Gabel Tagliatelle aufdrehte.

»Das kann ich nicht sagen. Dazu weiß ich zu wenig von Ihnen«, antwortete er höflich und schob sich ein Salatblatt in den Mund.

»Wenn Sie einen Menschen in Badehose treffen und nichts von seinen Lebensverhältnissen wissen, würden Sie erkennen, ob er reich ist oder nicht?«, fragte Nina und bemerkte erfreut, wie phantastisch lecker die Tagliatelle waren.

»Vielleicht würde ich es an der Frisur merken, an der Körperhaltung. An der Attitude und an den Manieren. Aber vielleicht auch daran, dass richtig Reiche nie über Geld reden«, sagte er und lächelte Nina an. »Was wo wie viel kostet, darüber unterhält sich nur die Mittelschicht.«

Er grinste sie frech an. »Richtig getippt«, sagte Nina. »Ich bin nicht reich.«

»Dann betrachten Sie sich als eingeladen«, sagte Neil. »Sind Sie denn glücklich?«

Nina überlegte und dachte an ihre Euphorie im Meer.

Sie dachte an Elli. An Max. Und – ja – auch an Jan. »Manchmal schon«, antwortete sie.

»Manchmal ist schon ziemlich viel«, sagte Neil und lächelte sie an. »Dann sind Sie also doch reich!«

Er stieß sein Glas gegen ihres.

»Das Rindercarpaccio ist phantastisch!«, empfahl der Ober einem Gast am Nebentisch.

»Ich bin Veganer!«, antwortete der.

»Aber Huhn essen Sie doch, oder?«, fragte der Ober.

Nina und Neil mussten sich zusammenreißen, nicht laut loszulachen.

»Bringen Sie uns bitte auch noch das vegane Huhn«, rief Neil dem Ober hinterher, der das zum Glück überhörte. Und Nina musste doch noch lachen.

Sie mochte Neil. Er war so abgeklärt. So klug. Ein weiser Mann wurde in einer Fabel mal gefragt, welche Menschen ihm lieber seien: Die Armen oder die Reichen, erinnerte sich Nina. »Die Reichen«, hatte er geantwortet, »weil die wenigstens schon wissen, dass Geld nicht glücklich macht.« Genauso kam Neil ihr vor. Und das war eine ausbaufähige Ausgangsposition, fand sie.

»Eigentlich ist es anstrengender, Geld zu haben, als kein Geld zu haben«, sagte Neil und nahm einen Schluck Weißwein. »Ohne Geld lebt man im Grunde besser.«

»Das bezweifle ich«, sagte Nina.

»Doch«, setzte Neil nach. »Denn dann hat man diesen schrecklichen Druck nicht. Je mehr Geld man hat und verwaltet, desto mehr Sorgen hat man auch. Und das Schlimme ist, dass man immer mehr Angst bekommt, es wieder zu verlieren.«

Nun sah er traurig aus, und sein Blick verlor sich in der Ferne. Er zuckte leicht zusammen und guckte auf seine Uhr. »Oh shit«, rief er entsetzt. »Es ist ja schon vier! Ich muss dringend meinen Mann abholen. Entschuldigen Sie, Nina. Es war schön, Sie kennengelernt zu haben!«

Sagte es, warf zwei 100-Euro-Scheine auf den Tisch, gab Nina eilig die Hand, schnappte seine Einkaufstasche und eilte telefonierend über die Straße.

Weg war er.

Nina blieb zurück und konnte es nicht fassen. Neil war also schwul. Nun konnte sie ihre Flirtliste um einen weiteren gescheiterten Versuch ergänzen.

Nina ließ sich 50 Euro zurückgeben, weil sie fand, dass zehn Euro Trinkgeld durchaus reichten, und ging zum Strand. Sie brauchte jetzt dringend ein reinigendes, klärendes Bad im Meer.

Sie legte sich in den noch warmen Sand, schloss die Augen und lauschte dem Wellenrauschen. Neil hatte vollkommen recht: Glück war ganz einfach, weil es die ganz einfachen Dinge waren, die glücklich machten. Freunde, Natur, Gesundheit, Liebe. Sie ließ sich von der Sonne streicheln und von Max die Füße ablecken. Da war es wieder, dieses Glücksgefühl, das manchmal wie ein Schluckauf in ihr hochschoss. In der Sonne liegen, das Meer rauschen hören und nichts müssen müssen – war das nicht einfach herrlich?

Auf dem Rückweg zum Campingplatz hatte sie eine Idee: Elli schwärmte doch immer so von ihren österreichischen Wanderurlauben mit Albert und verlor sich dann mit verklärtem Blick in Erinnerungen an das »faszinierende Bergpanorama« und die »himmlische Küche«. Sie sollte doch zur Genesung viel gehen und sich bewegen – warum also nicht mit ihr in die »Berge« fahren?

»Komm«, rief Nina, als sie wieder am Wohnwagen war. »Wir machen einen Ausflug!«

Elli saß mit geschlossenen Augen vor dem Wohnwagen und genoss die Sonne. »Deine Lunge und dein Kreislauf sollen doch trainiert werden«, sagte Nina. »Also lass uns ein bisschen wandern!«

»Wandern?«, wunderte sich Elli.

»Ja«, sagte Nina. »Zieh dir feste Schuhe an, nimm etwas zu trinken mit – und dann los!«

Elli sah wirklich aus wie eine zünftige Wandersfrau, als sie ein paar Minuten später mit umgebundenem Kopftuch auf Ninas Beifahrersitz Platz nahm. »Gegen die Sonne«, erklärte sie auf Ninas verwunderten Blick.

»Wo fahren wir denn hin?«, fragte Elli und schaute neugierig aus dem Fenster. »In die Lister Dünenlandschaft«, verriet Nina. »Ich finde, da sieht es fast so aus wie im Gebirge!«

Elli lachte, »Ach Kind! Du hast einfach zu viel Phantasie!«

Als sie durch die mit Heidekraut bewachsenen Dünen wanderten, musste Elli jedoch zugeben, dass zumindest eine entfernte Ähnlichkeit mit einem flachen Alpenpanorama bestand. Die Sandkronen, die manche Dünenkämme zierten, sahen aus wie weiße Schneegipfel, und Heidekraut und Moos tauchten die Hügel in schillernde Farben wie Almwiesen.

Etwa eine Stunde wanderten sie auf den sandigen Pfaden, machten ab und an auf einer Bank Rast und kehrten schließlich in das österreichische Restaurant ein, das Nina bei ihrem Ausflug mit Alex aufgefallen war.

Das war natürlich der Höhepunkt des Ausflugs, und Elli freute sich wie ein Kind über die Speisekarte. Österreichische Wanderurlaube reloaded – ihre Überraschung war gelungen.

Sie bestellten Frittatensuppe und Tafelspitz, Elli erzählte von ihren Touren mit Albert und trank dabei ein Achtel Veltliner.

»Danke, Nina«, sagte Elli nach dem Essen, das sie mit Marillen-Palatschinken gekrönt hatten, nahm ihre Hand und schaute verträumt lächelnd in die »Lister Berge«.

Das war der Moment, in dem Nina verstand, dass Glück auch ist, andere glücklich zu machen.

# 26

Die hektischen House-Beats, die aus den ear-ins des Jungen dröhnten, der ein paar Meter entfernt neben ihr lag, drangen bis zu Nina. Und nervten sie. Sie hatte noch nie verstanden, warum man dauernd Musik in den Ohren haben musste. Dauerbeschallung, als wäre das Leben ein endloser Film, für den man einen durchgehenden Soundtrack benötigte. Einkaufen, Busfahren, Spazierengehen – alles mit musikalischer Untermalung, als lebte man in einem niemals endenden Videoclip. Aber was Nina am meisten an der grassierenden iPod-Sucht störte, war, dass man, sobald man sich eingestöpselt hatte, die Umwelt nicht mehr hörte. Quasi keinen Anschluss mehr hatte. Als würde man alleine und abgekapselt auf einem Schlauchboot durch den endlosen Ozean treiben. Das gefiel ihr nicht. Sie befand sich lieber mit allen anderen auf dem lärmenden Kreuzfahrtschiff.

Früher hatte sie viel Musik gehört, in stundenlanger Arbeit ausgeklügelte Mixtapes erstellt, bei denen die Hauptkunst darin bestand, rechtzeitig die Plattennadel von der Rille zu nehmen, damit die Songs nicht leiser wurden oder mit einem stimmungskillenden »Rumms« endeten.

Ja, sie gehörte der Generation an, die noch einen Kassettenrekorder im Auto hatte – und später den CD-

Player. Heute stöpselte man ja nur noch sein iPhone an und ließ die Songs per MP3 ertönen. Der altmodischen Kassetten-Aufbewahrungskasten war immer noch auf der Mittelkonsole ihres Mercedes angebracht – und es steckten sogar Kassetten drin.

Natürlich wollte sie als Teenie auch mal Popstar werden – so wie Nena. Sie hatte zu diesem Zweck eigens Keyboard-Unterricht genommen, und der bebrillte Geschichtsstudent, der ihre Finger an die Tasten gewöhnte, hatte ihr sogar eine besondere Begabung bescheinigt. Ob das nur ein geschickter Schachzug war, um sie zu mehr Stunden zu bewegen, hatte Nina nie hinterfragt.

Leider war ihr Weg ins Showbiz an fehlenden Möglichkeiten, ins Scheinwerferlicht zu treten, gescheitert – damals gab es noch keine Castingshows.

In ihrer coolsten Zeit mit Ende 20 hatte Nina sogar mal Platten in einem kleinen Club aufgelegt, aber in den letzten Jahren hatte sich das gegeben. Immer seltener schmiss sie im Auto den CD-Player an oder in der Küche das Radio. Eine Alterserscheinung? Erschrocken über diese Erkenntnis, nahm Nina sich vor, künftig wieder mehr Musik zu hören.

Hatte sie sich nicht neulich auch dabei erwischt, wie sie gegenüber einer Kollegin von »den Jugendlichen« sprach? Schrecklich. Als wäre sie schon 180. Sie musste der Wahrheit ins Auge blicken: Sie gehörte zu den Menschen, die in ihrer Jugend noch in D-Mark bezahlt, Texte auf mechanischen Schreibmaschinen getippt und Fehler mit Tipp-Ex korrigiert hatten. Sie kannte noch das Fernseh-Testbild und die DDR, Erinnerungen, die sie mit keinem 20-Jährigen teilen konnte.

Die Gegenwart offenbar auch nicht: Weil das Hip-

Hop-Getöse vom Nachbarhandtuch ihr mehr und mehr auf die Nerven ging, zog Nina sich ein T-Shirt über und machte sich auf den Weg zur Buhne 16. Vier Tage dauerte ihr Urlaub noch, dann musste sie unwiderruflich in ihr altes Leben zurück. Als sie daran dachte, fühlte sie, wie sich ihre Wangenmuskeln verkrampften. Schmerzhaft, wie kurz vorm Heulen.

In der Buhne 16 war es laut, fröhlich und bunt wie immer. Nina holte sich eine Rhabarberschorle und setzte sich auf einen Barhocker auf der Sonnenterrasse. »Find'ste das nicht zu sauer?«, fragte der extrem gut aussehende Typ neben ihr. Sein durchtrainierter Oberkörper war tiefbraun, seine Badeshorts knallbunt. Er erinnerte Nina ein bisschen an Guttenberg ohne Gelfrisur.

»Nö«, sagte Nina und saugte an ihrem Strohhalm. »Und find'st du dein Bier nicht 'n bisschen schal?« Nina deutete auf den kleinen Rest Plörre, der sich noch in seinem Glas befand und der sowohl prickelfrei als auch lauwarm aussah. Der Typ lachte und nahm seine Sonnenbrille ab.

»Doch! Inzwischen schon!« Er fuhr sich mit der Hand durchs Haar.

»Wie ist es? Darf ich dir ein Aperol Spritz ausgeben? Das Zeug da«, er deutete auf ihre Rhabarberschorle, »kann man doch nicht trinken!«

»Okay«, sagte Nina, und ein paar Minuten später kam ihr Galan mit zwei orangefarben befüllten Cocktailgläsern wieder zurück.

»Ich bin Martin, und du?«

»Nina.«

»Nina! Freut mich sehr!« Martin gab ihr die Hand. »Chin Chin«, er hob sein Glas und nahm einen tiefen Schluck.

Martin war Immobilienmakler aus Berlin, hatte auf Sylt beruflich zu tun und verbrachte die Pausen zwischen seinen Terminen bevorzugt auf dem Longboard vor der Buhne 16.

»In Kampen zeigt sich der Reichtum im Untergrund«, verriet er ihr. »Die kleinen Reetdachkaten sind nur die Spitze des Eisbergs. Viele haben mehrere Kellergeschosse, in denen sich Weinkeller, Fitnessstudio, Schwimmbad oder sogar Kinos befinden. Bei manchen zieht sich das quer durch ihre Grundstücke in raffinierten Tunnelsystemen.«

»Die Maulwürfe graben sich durch ihren Besitz«, dachte Nina und sagte: »Auch irgendwie doof, wenn man seinen Reichtum gar nicht zeigen kann!«

Martin lachte.

»Die Wattseite von Kampen ist am teuersten«, erzählte er weiter. »Letztes Jahr habe ich einem Kunden dort ein Haus für 15 Millionen verkauft.«

»Boah«, rief Nina und ärgerte sich, dass ihr ihr Erstaunen so reflexartig rausgerutscht war.

»Aber du ahnst es nicht«, sagte Martin und exte seinen Aperol. »Er hat es für weitere fünf Millionen umbauen lassen, weil es seiner Frau nicht gefiel. Jetzt ist sie drei Tage pro Jahr dort. Länger hält sie es nicht aus.« Er stellte sein Glas auf das tresenartige Geländer der Terrasse und schaute Nina triumphierend an. »Krass, oder?«

»Ja, krass«, gab Nina zu. »Jetzt bin ich dran mit Ausgeben«, sagte sie. »Willst du noch einen?«, und deutete mit dem Kopf auf Martins leeres Glas.

»Gerne«, sagte der. »Nett von dir!« Und grinste.

Nachdem er das nächste Glas halb geleert hatte und Nina sich fragte, wie er danach noch sicher auf seinem

Longboard Stand up-paddeln wollte, enthüllte er die Marge, die er bei Verkäufen dieser Größenklasse einstrich: »Ich bekomme sechs Prozent vom Kaufpreis. Bei einer 5-Millionen-Immobilie sind das rund 300 000 Euro! Nicht schlecht, oder?«

Er grinste selbstzufrieden und ölig.

»Hey, Martin!« Eine Blondine im Leo-Bikini, deren Oberteil wegen ihres Atombusens aus den Nähten platzte, stürmte auf ihn zu und küsste ihn auf den Mund. »Das ist ja schön!«

»Hey, Sammi«, sagte der und tätschelte ihren Hintern. »Ich dachte, du bist noch auf Mallorca.«

»Lassen Sie sich bloß nicht auf den ein«, sagte die Blondine zu Nina. »Das ist der wildeste Hengst von ganz Kampen!« Zum Beweis knutschte sie ihn ab und durchwuselte dabei sein Haar. »Hör auf jetzt, Schnucki«, sagte sie. »Sonst zieh ich dich noch hinter die Düne!«

»Ist das ein Angebot?«, fragte er und nestelte an ihrem Oberteil. Von dem schelmischen Lausbubenblick, den er dabei aufsetzte, wurde Nina schlecht.

Die zahnstocherdürre Blondine stellte ihr Glas auf den Tresen, legte den Kopf schräg, lächelte lasziv, nahm seine Hand, zog ihn vom Stuhl und verschwand mit ihm Richtung Strand.

Nina blieb verblüfft zurück. Der Drink in der prallen Sonne stieg ihr langsam zu Kopf.

»Sind Sie alleine hier?«, fragte ein Mann mit schlohweißem Haar und deutete auf den frei gewordenen Barhocker.

»Ich weiß nicht«, lallte Nina und fand ihren Kalauer ziemlich witzig. Der Herr nicht. Mit einem Kopfschütteln ließ er sie stehen.

Ziemlich beduselt torkelte Nina zu ihrem Handtuch zurück und schlief trotz des immer noch zu ihr rüberschallenden Hip-Hop-Gedröhnes sofort ein.

Als sie eine Stunde später wieder aufwachte, hatte sie in mehrfacher Hinsicht einen Kater: Auch Flirt Nummer vier hatte sich als Pleite entpuppt – und von dem Aperolfusel hatte sie tosende Kopfschmerzen. Benommen taumelte sie zum Strandkiosk des Grande Plage und bestellte sich einen Espresso doppio.

Nachdem sie lange und ausgiebig im kalten Wasser geschwommen hatte, ging es ihr schon etwas besser. Sie machte sich auf den Heimweg, schlenderte dabei über die Whiskymeile und kam an einer »White Night« vorbei, einer der berühmten Kampener Partys, wo alle Gäste weiße Kleidung tragen mussten.

Frauen mit riesigen weißen Hüten lachten Männer in weißen T-Shirts an. Gläser klirrten, Autotüren schlugen, Stimmengewirr schallte durch den Garten. Wenn Max gewaschen wäre, hätte er optimal den Dresscode erfüllt, dachte Nina und musste lachen.

Warum die Farbe Weiß wohl unter Reichen so beliebt war, fragte sie sich, als sie an den uniform farblos gekleideten Partygästen vorbeiging. Weil sie dann brauner wirkten? Oder ging es eher darum, die sprichwörtliche »Weiße Weste« zu präsentieren und dadurch zu zeigen, dass man seine Hände in Unschuld wusch, obwohl man mit hochriskanten Trades gerade Tausende ehrlicher Anleger um ihre Ersparnisse gebracht hatte? Nina wurde wütend. Reich wurde man nur, wenn man anderen etwas wegnahm. Wer wurde schon auf ehrliche Art und Weise reich – außer Michael Otto? Und – na gut – die Erfinder von Facebook, eBay, Amazon und so weiter.

Die Vermögenspyramide wurde immer mehr zu einer stark taillierten Acht: Oben die Schwerreichen – unten die Superarmen und die Mittelschicht brannte aus. Die Großen fressen die Kleinen. Hai-Society …

Zurück im Wohnwagen, kochte sie sich einen Ingwertee gegen die Kopfschmerzen, die sie immer noch hatte. »Du bist, du warst, du wirst, was du tust« – wusste das Teebeutel-Orakel. Und hatte wieder mal recht: Martin war ein Arschloch weil er, wie fast alle Reichen, Arschlochiges tat. Sonst wären sie ja nicht reich.

An der Seite eines Mannes, der andere ruiniert hatte, um vermögend zu werden, wollte sie nicht reich sein. Das war schlechtes Geld, das sicher nicht glücklich machte. Und die ehrlich reich gewordenen Menschen waren sehr rar. Es würde ihr wohl nichts anderes übrigbleiben, als auf ihre Vision vom Leben im Luxus zu verzichten – oder selbst reich zu werden. Auf ehrliche Art und Weise.

# 27

Nina kaufte ein Hotel auf der Whiskymeile und zwei Häuser in Kampen – und stand nun kurz davor, die Uwe-Düne zu pachten. Sie hatte Neils Immobilien-Strategie präzise umgesetzt, und mit jedem neuen Haus das nächste finanziert. Stapel von Geldbündeln lagen vor ihr, sie wusste schon gar nicht mehr, wohin damit.

»Aber du hast doch schon drei Hotels in Keitum!«, rief Elli.

Nein, Nina träumte nicht – die Szene war real. Sie besaß die drei Straßen und Immobilien tatsächlich – beim Sylt Monopoly, der Syltausgabe des Spieleklassikers, das sie gerade mit Luis, Sörensen und Elli spielte.

Luis war abends spontan vorbeigekommen und hatte ihr das Spiel geschenkt. »Hier! Du wolltest doch so gerne reich werden«, hatte er gesagt und ihr grinsend das Kapitalisten-Machwerk überreicht, das ihr als Kind so strikt verboten worden war.

Sie hatten bei Elli geklopft und gefragt, ob sie Lust hätte mitzuspielen, und Sörensen, der mit seinem Werkzeugkasten an ihnen vorbeispazierte, auch gleich einkassiert.

Nachdem sie den beiden Monopoly-Neulingen die Regeln erklärt hatten, saßen sie nun schon seit einer Stunde an dem kleinen Tisch vor Ellis Wohnwagen, und jeder versuchte, reicher als der andere zu werden.

Die berühmte »Schlossallee« hieß hier Whiskymeile, und das billigste Baugebiet war der Hindenburgdamm. Theoretisch konnte man in Kampen oder auf dem Ellenbogen mehrere Hochhäuser bauen – da hatten die Designer des Spiels wohl ziemlich schlampig recherchiert und weder die Naturschutzauflagen noch die strengen Vorgaben der Kampener Baubehörde bedacht. Über so etwas konnte Nina sich sehr ärgern – sie hasste Unprofessionalität.

»Mache einen Ausflug nach Hörnum«, befahl die Spielkarte Elli, die auf dem Ereignisfeld gelandet war. »Wenn du über Los kommst, ziehe 200 Monopoly Dollar ein.« Sörensen, der zum Kassenwart ernannt worden war, zahlte Elli die Scheine aus.

»Und das Spiel durftest du als Kind echt nicht haben?«, fragte Luis.

»Um Himmels willen«, rief Nina und würfelte. »Unsere Kinderköpfe sollten ja partout in die richtigen politischen Bahnen gelenkt werden! »Mensch Ärgere Dich nicht«, stand auch auf der schwarzen Liste. Zu aggressiv!«

Luis lachte. »Das Leben ist ein Streichelzoo!«

»Leider war Monopoly als Kind aber mein Lieblingsspiel«, erzählte Nina weiter. »Nachdem ich es mir drei Weihnachten hintereinander vergeblich gewünscht hatte, habe ich es an einem langen Nachmittag mal bei einer Schulfreundin Karte für Karte, Geldschein für Geldschein abgemalt. Und heimlich in die WG geschmuggelt. Im Schlossalleekaufen und Hotelsbauen war ich einsame Spitze!«

»Biste offenbar immer noch«, murmelte Luis resigniert mit Blick auf seinen erschütternd mageren Geldbestand.

»Verbote bewirken immer das Gegenteil«, wusste Sörensen.

»Ich kaufe Munkmarsch«, rief Nina, nachdem ihre Figur auf dem entsprechenden Feld gelandet war.

»Oh nein«, stöhnten die anderen.

»Kommt, wir hören auf«, sagte Nina plötzlich, als Sörensen ihr die Besitzkarte überreichte. Ihre Mitspieler, die auf ihren Straßen dauernd horrende Mieten an sie zahlen mussten, taten ihr leid. Wenn Luis das nächste Mal auf der Whiskymeile landen würde, wäre er pleite.

»Ich ertrag es nicht mehr, euch zu schröpfen und dadurch Millionen zu scheffeln.«

»Hört, hört«, rief Luis und lachte. »Aber das wolltest du doch unbedingt!«

»Was?«, fragte Nina.

»Na, reich werden!«

»Watt? Du willst reich werden, Deern?«, hakte Sörensen nach.

»Na ja«, wand sich Nina.

»Nun erzähl es ihnen schon«, forderte Luis.

»Na ja …« Nina goss sich Rotwein nach und beichtete Elli und Sörensen von ihrem Plan und ihren missglückten Dates.

»Aber Mädchen«, rief Sörensen entsetzt und kratzte sich dabei den Kopf. »Watt willste denn von denen? Die sind doch auch nicht glücklicher!«

»Aber sie haben weniger finanzielle Sorgen«, gab Nina zu bedenken, zog ein Bein an, schlang ihre Arme darum und legte ihr Kinn aufs Knie.

»Datt is nich ganz richtich«, sagte Sörensen. »Ich sach nur: Allet, watt du hast, hat dich auch: Um 'ne Yacht musste dich kümmern, um Häuser, um Autos, um Pferde – bist nur noch mit deinem ganzen Besitz beschäftigt. Is doch bekloppt, is datt!«

Elli lachte. »Da hast du recht, Klaus!«

»Und du glaubst ernsthaft, das Geld von einem Mann würde dich glücklich machen, Kind?«, wandte sie sich an Nina.

Nina schaute sie ratlos an und zuckte mit den Schultern. »Keine Ahnung.«

»Aber du verdienst doch gut«, setzte Elli nach. »Du brauchst dich doch nicht von einem Mann abhängig machen!«

»Aber es reicht nie«, empörte sich Nina.

»Dann musst du eben besser damit haushalten!«

»Das ist es aber ja gerade«, rief Nina, »der Job langweilt und frustriert mich so, dass ich wie bekloppt shoppen muss.«

Warum war sie mit ihrem alten Leben nicht glücklich? Es war doch eigentlich alles ganz nett. Zwar keine Fünf-Sterne-Existenz – aber sie saß auch nicht arbeitslos im Hochhaus mit fünf Kleinkindern an der Backe. Warum also war sie nicht zufrieden?

»Ich mach uns mal was zu essen«, sagte Sörensen, dem temperamentvolle Diskussionen offensichtlich nicht lagen, schüttete Kohle auf und feuerte den Grill an.

»Ich hole eben ein paar Würstchen!« Er klopfte sich die von der Kohle rußschwarzen Hände ab und eilte davon. Wenn er Hunger hatte, konnte er erstaunlich flink sein.

Nina und Luis sammelten die Spielkarten ein und packten das Spiel zurück in seinen Kasten. Elli streichelte Mäxchen, der auf ihrem Schoß lag und es genoss, dadurch endlich mal auf Augenhöhe mit der Tischplatte zu sein. Zu seinem großen Bedauern hatte er bislang allerdings nichts Essbares erspähen können – aber das würde sich ja gleich ändern.

Nina holte Teller und Besteck aus dem Wohnwagen und drückte Luis Senf und Ketchup in die Hand. Dazu gab es eine Tüte Chips und ein paar Scheiben von Ellis Graubrot, die sie schnell in den Toaster steckte.

»Will jemand eine Marille?«, fragte Sörensen, als er mit den Würstchen und einer Flasche seines geliebten Obstlers in der Hand zurückkam.

»Gerne«, riefen alle drei unisono.

»Geld macht nicht glücklich, sagt man doch«, überlegte Nina, nachdem sie sich mit ihren Schnapsgläsern zugeprostet hatten. »Ich finde, das ist totaler Quatsch! Natürlich lebt man mit mehr Geld besser!«

»Und warum bringen sich dann so viele um, die alles haben, wovon man träumen kann?«, warf Luis ein. »Denk doch mal an Elvis! Oder Michael Hutchence!«

»Das sind ja Borderline-Persönlichkeiten«, sagte Nina. »Um ein Star zu werden, muss man einen ganz gewaltigen Knall haben, glaube ich. Sonst hat man nicht dieses Schillern und bringt die Energie nicht auf, die es braucht, um ganz nach oben zu kommen.«

Sörensen verteilte die Würste auf dem Grill, die zischten und dampften.

»Und wenn sie dann ganz oben sind, fallen sie in ein tiefes Loch, weil es nicht mehr weitergeht. Das kannst du nicht vergleichen.«

»Doch«, sagte Luis. »Ich glaube, dass auch Topmanager und Unternehmensbosse diesen Knall haben. Um wirtschaftlich nach oben zu kommen, muss man genauso viel Energie aufbringen, also genau das gleiche Geltungsbedürfnis haben. Das innere Drama ist exakt dasselbe, nur tanzen sie auf einer anderen Tanzfläche.«

»Aber es bringen sich doch nicht alle Reichen um«, rief Nina

Das musste Luis zugeben.

»Aber es gibt welche, die ihr ganzes Geld wieder loswerden wollen«, gab er nach kurzem Überlegen zu bedenken. »Habt ihr von diesem Millionär gehört, der seinen gesamten Besitz verschenkt hat? ›Wer nichts hat, kann alles geben‹ oder so ähnlich hieß das Buch, das er darüber geschrieben hat. Vielleicht musste man die Erfahrung des Reichseins machen, um zu erkennen, dass man das ganze Geld gar nicht braucht?«

»Interessanter Ansatz«, gab Nina zu und ärgerte sich heimlich darüber, dass der Millionär das Geld nicht lieber ihr geschenkt hatte.

»Die finnische Glücksforschung hat in umfangreichen Untersuchungen ausgemacht, was wirklich wichtig ist im Leben, und das ist Haben, Lieben und Sein. Also genug Geld besitzen, viele Freundschaften haben und einen erfüllenden Beruf«, sagte Luis.

»Sag ich doch!«, rief Nina triumphierend. »Genug Geld besitzen!«

»Genug heißt in diesem Fall, so viel, wie du vermutlich verdienst«, beschwichtigte Luis.

»Aber mein Beruf erfüllt mich nicht – und Geld hab ich auch nie genug«, jammerte Nina.

»Noch eine Marille?« Sörensen schenkte nach und verteilte die knusprig-braunen Würstchen.

»Ich glaube, der Schlüssel zum Glück ist Bescheidenheit. Die Kunst ist, zufrieden sein«, sagte Elli.

»Aber wie wird man denn zufrieden, Elli?«, fragte

Nina, während sie auf ihre Thüringer pustete, ein Stück davon abbiss und sich danach hektisch Luft in den Mund fächerte. »Feiffe, iff daff heiff!!«

»Bestimmt nicht durch Geld«, antwortete die und schnitt ihr Würstchen sorgfältig mit Messer und Gabel in kleine Stücke, von denen sie eines Max in den Mund steckte. »Zufriedenheit kommt von innen, nicht von außen.« Max gierte nach weiteren Stücken und legte eine Pfote auf den Tisch, die Elli sanft wieder entfernte.

»Es braucht schon etwas Begabung. Du musst dich einfach dazu entschließen und die kleinen Dinge, die wichtigen sehen: deine netten Kollegen, deine Freunde, deine Familie, deine Gesundheit, die Tatsache, dass du jeden Tag satt wirst und ein Dach überm Kopf hast. Du solltest jeden Tag genießen, statt dich über all das zu ärgern, was du nicht hast. Neid, Zweifel und Angst sind Sand im Getriebe des Glücks.«

»Mit mehr Geld wäre ich einfach entspannter«, sagte Nina. »Ein dickes Plus auf dem Konto schafft ziemlich viel Sicherheit«, setzte sie nach und hatte das Würstchenstück endlich runtergeschluckt.

»Es gibt doch gar keine Sicherheit, Kind«, sagte Elli und lächelte sie nachsichtig an. »Das Leben ist so unberechenbar wie die Wellen hier im Meer.«

Nina verdrehte die Augen.

»Es gibt doch diesen schönen Gebetsspruch«, sagte Elli: »Gib mir die Gelassenheit, die Dinge hinzunehmen, die ich nicht ändern kann; den Mut, die Dinge zu ändern, die ich ändern kann; und die Weisheit, das eine vom anderen zu unterscheiden.«

»Hmpf«, sagte Nina.

»Du musst lockerlassen«, beschwor Luis sie wie ein

drittklassiger Eso-Guru. »Dich treiben lassen wie ein Ball, der auf dem Wellenkamm tanzt – und nicht starr gegen an schwimmen.«

»*Don't fight it, Life is a rollercoaster, you just gotta ride it*« – der alte 90er-Song ging Nina durch den Kopf, den man zu ihrer hippsten Zeit nicht gut finden durfte und den sie deshalb immer nur heimlich im Auto gehören hatte. Sie hatte ihn stets laut mitgesungen. Er müsste eigentlich noch auf einer der Kassetten in ihrem Mittelkonsolen-Fach sein …

»Ich wäre aber trotzdem gerne Millionärin«, sagte sie bockig. »Man kann sich ja auch reich auf den Wellen treiben lassen …«

»Kinder, Kinder«, rief Elli, deren Zunge schon etwas von den Marillen beschwert schien. »Eins steht felsenfest, das könnt ihr einer alten Frau mit einem langen Leben unbesehen glauben: Geld macht nicht reich!«

Darüber musste Nina erst mal nachdenken.

»Und arm ist, wer nie genug kriegen kann«, ergänzte Luis.

Und darüber erst recht.

Es wurden noch viele Marillen getrunken, und Nina begriff langsam, dass Reichtum genau das war, was sie hier gerade hatte: liebe Freunde, Wärme, Nähe, Lachen, etwas zu essen, keinen Stress – und den Sternenhimmel.

# 28

Und dann war er plötzlich doch da, der so gefürchtete letzte Urlaubstag, von dem Nina gehofft hatte, dass er auf irgendeine wundersame Weise ausbliebe! Nun musste sie unwiderruflich in ihr altes Leben zurück – kein Millionär, kein Spielbankgeldsegen hatte sie davor bewahren können.

Mit einem Gefühl, wie sie es als Kind bei Heimweh gekannt hatte, war sie am Morgen aufgewacht und hatte mit Hilfe von Tee und Brötchen die Tränen, die eigentlich fließen wollten, tapfer hinuntergeschluckt.

Verschlafener Nebel trug das freundliche Versprechen auf einen wundervollen Tag in sich – und den wollte Nina durch einen Ausflug mit Elli und Max nach Hörnum krönen, der einzigen Ecke der Insel, die sie noch nicht kannte.

Es war schon Mittag, als sie endlich loskamen. Elli war erst mit Max spazieren und musste dann noch »zwei Striche« auf einem Bild fertig malen.

»Du siehst traurig aus, Kind«, sagte Elli, als sie durch die Rantumer Dünenlandschaft fuhren, und guckte Nina vom Beifahrersitz aus mitleidsvoll an.

»Bin ich auch, Elli«, sagte Nina. »Ich möchte hier nicht weg!«

»Ach, meine Süße! Das Leben geht doch weiter! Wer

weiß, was dir in Hamburg Tolles passieren wird. Vertrau doch einfach auf dein Glück, und freu dich auf alles, was kommt! Zum Traurigsein ist das Leben zu kurz!« Sie nahm Ninas Hand in ihre, und Nina wunderte sich einmal mehr, wie sanft und weich die waren.

»Aber ich werde dich sehr vermissen, Elli«, sagte Nina.

»Ich dich auch, Kind«, antwortete Elli, »aber wir sehen uns ja nächsten Sommer schon wieder!«

»Schon??«, rief Nina empört. »Aber das dauert doch noch ein ganzes Jahr!!«

Elli zuckte mit den Achseln.

»Ich wünschte, ich könnte für immer hierbleiben«, seufzte Nina.

»Das würdest du gar nicht wollen«, sagte Elli. »Im Winter ist es hier nicht besonders angenehm: grau, kalt, stürmisch und matschig. Es gibt nur wenige Menschen, die die Nordsee im Winter mögen. Ich nicht, deshalb fahre ich von Oktober bis April immer in den Süden.«

»Echt? Wohin denn?«, wollte Nina wissen.

»Entweder auf die Kanaren oder nach Argentinien. Da habe ich zwei liebe Freundinnen, bei denen ich wohnen kann – und ich fliege doch so gern!«

Sagte es und klatschte begeistert in die Hände.

»Und wenn ich dich an einem der nächsten Wochenenden mal hier besuchen komme?«

»Das kannst du gerne tun, mein Kind«, sagte Elli, »aber in der nächsten Zeit bin ich sehr viel unterwegs: Ich muss zur goldenen Hochzeit einer Bekannten nach Süddeutschland, zum Begräbnis eines Freundes nach Frankfurt und zum Geburtstag einer entfernten Cousine nach Wien. Und damit das viele Reisen nicht zu anstrengend wird, bleibe ich jeweils ein paar Tage.«

»Oh«, sagte Nina, »dann rufe ich einfach vorher Sörensen an, ob du da bist« Und kam sich in ihrer Wieder-
sehens-Hartnäckigkeit allmählich ein bisschen stalkig
vor.

»Ja, mach das, mein Kind«, sagte Elli. »Ich freue
mich!«

Sie waren angekommen. Nina parkte am Hafen und
stellte den Motor ab. Gemütlich schlenderten sie an der
Mole entlang, kauften sich Krabbenbrötchen und setzten sich auf eine Bank. Später bogen sie in die Strand-
straße ein und erklommen über die Süderende Hörnums
höchste Düne.

Da standen sie nun also und blickten auf den südlichs-
ten Zipfel Sylts, die Hörnum-Odde, an der die Wellen
der Watt- und der Seeseite zusammenschlugen. Von hier
aus hatte man einen phantastischen Ausblick, konnte
gleichzeitig nach Ost, West, Nord oder Süd blicken, fast
so gut wie auf der Uwe-Düne in Kampen, dem höchsten
Punkt der Insel.

»Was war eigentlich mit dir und dem jungen Mann
mit den vielen Zöpfen?«, fragte Elli, während sie versonnen über das grüne Meer schauten. »Den hast du so
angesehen, wie ich damals meinen ...«

Sie hielt mitten im Satz inne. Nina wunderte sich und
half ihr, ihren Gedanken zu vollenden:

»Deinen Albert?«

Elli schwieg. Nina schaute irritiert zu ihr rüber.

»Elli?«

»Nein«, sagte die.

»Was nein?«, fragte Nina.

»Nicht Albert.«

»Nein? Wen denn dann?«

»Georg.«

»Georg??«, fragte Nina äußerst erstaunt.

»Ja, er war Musiker«, sagte Elli. »Als ich 17 war, half er den Sommer über auf dem Nachbarhof aus, um sich ein bisschen Geld zu verdienen. Ich lernte ihn ein paar Monate vor Albert kennen. Er verliebte sich unsterblich in mich – und ich mich auch in ihn. Er wollte mich heiraten, aber er war ja nur Aushilfspianist in verschiedenen Orchestern und lebte sonst als Straßen- oder Wirtshausmusikant von der Hand in den Mund. Oft spielte er einfach nur für Kost und Logis. Das war kein Leben für ein junges Mädchen, deshalb habe ich seinen Antrag abgelehnt.«

Elli sah Nina mit traurigen Augen an.

»Mein Vater hätte es sowieso nie erlaubt.«

Sie sah aufs Meer.

»Er ist dann nach Neuseeland gegangen«, sagte sie nach einer Weile, »und hat dort geheiratet. Und ich den soliden Albert. Aber ich habe Georg nie vergessen.«

Ihre Stimme wurde ganz weich. »Er hatte so wilde Locken und so schöne schwarze Augen. Er konnte einmalig gut tanzen und war so zärtlich …«

Sie seufzte schwer.

»Mein Leben mit Albert war schön, aber ich habe immer überlegt, wie es wohl mit Georg gewesen wäre. Was wohl passiert wäre, wenn ich Gefühl über Vernunft hätte siegen lassen. Vielleicht hätte ich dann fünf Kinder …«

Sie seufzte wieder.

»Aber damals dachte man halt so. Das meinte ich mit ›Du musst deinem Herzen folgen‹, mein Kind.«

Sie sah Nina eindringlich an und nahm ihre Hand.

»Aber Jan hat eine Freundin«, sagte Nina, die wusste,

worauf ihre kluge Freundin hinauswollte. »Und außerdem ist er schon längst nicht mehr in meinem Herzen.« Das sollte kühl und lässig klingen, wirkte aber genau deshalb nicht besonders glaubhaft.

»Ich weiß«, sagte Elli und lächelte.

Abends nahm Nina ein letztes, sehr langes Sonnenuntergangsbad im Meer und kehrte danach im Wonnemeyer ein, um sich von Luis zu verabschieden. Als sie die Tür zum Restaurant öffnete, entdeckte sie an einem der Ecktische ein bekanntes Gesicht: Jan beim Candle-Light-Dinner mit seiner Freundin. Er hielt ihre Hand und redete lächelnd auf sie ein, während das Kerzenlicht ihre beiden Gesichter in warmes oranges Licht tauchte.

»Ach, Jan«, dachte Nina, machte auf dem Absatz kehrt und klopfte von draußen an Luis' Küchenfenster.

»Hey, Süße«, verschwitzt kam Luis zum Fenster. »Ich hab leider nicht viel Zeit, hier ist gerade die Hölle los!«

»Ich weiß, ich wollte dir nur Tschüs sagen.«

»Tschüs, meine Süße«, sagte Luis, beugte sich aus dem Fenster und küsste sie links und rechts auf die Wangen. »Du hast ja meine Handynummer! Lass uns uns treffen, sobald ich ab Oktober wieder in Hamburg bin.«

»Lui!!«, brüllte eine entnervte Kellnerin in die Küche. »Sind die Seezungen fertig?«

»Sofort«, rief Luis zurück, warf Nina eine Kusshand zu und lief um die Ecke zum Grill.

Barfuß ging Nina am Strand zurück zum Campingplatz und versuchte dabei, sich nicht von Wehmut überfluten zu lassen. »Ach, Sylt«, dachte sie. »Du hast mich wirklich voll erwischt.«

Der Abschied von Elli, Max und Sörensen am nächsten Morgen war erwartungsgemäß tränenreich. »Pass gut auf dich auf«, flüsterte Nina in Ellis Ohr, während sie sie lange und innig umarmte. »Und nicht so viel schwimmen!«

»Nein, nein«, lachte Elli und zwinkerte ihr zu. »Das bringt doch gar keinen Spaß ohne Luis und dich!«

»Immer schön sauber bleiben, Mädel«, murmelte Sörensen, als sie ihn und seinen dicken Bauch umarmte. Was er damit genau meinte, war egal, denn für Nina klang es wie die friesische Übersetzung für »Ich hab dich lieb und freu mich, dich bald wiederzusehen«.

Max war vermutlich der Einzige, der die Tragik der Situation nicht erfasste. Als Nina ihm den Kopf streichelte und »Bis bald, mein Süßer«, sagte, rannte er los Richtung Dünenweg, offensichtlich in der Annahme, es ginge jetzt zum Schwimmen. Sörensen musste laut auf vier Fingern pfeifen, damit er wieder zurückkam.

Als sie vom Campingplatz fuhr, standen Sörensen, Max und Elli in der Einfahrt und winkten, bis sie um die Ecke bog. Sie sah die drei im Rückspiegel immer kleiner werden und winkte aus dem Seitenfenster zurück, bis in ihren Augen alles vor Tränen verschwamm. Selten hat sie sich verlassener und mehr allein gefühlt als in diesem Moment. Es kam ihr vor, als ließe sie nicht nur drei geliebte Wesen zurück, sondern auch den Sommer, das Lachen – und vor allem ihr Herz.

Auf dem Sylt Shuttle rannen ihr immer noch die Tränen übers Gesicht. Die Bäche liefen und liefen und hörten gar nicht mehr auf. Nina kam sich so undicht vor, als wäre sie irgendwo leckgeschlagen. Sie fühlte sich, als wäre sie soeben aus dem Paradies vertrieben worden. Und tatsächlich war der Himmel, als der Zug über den Hindenburgdamm ratterte, hinter ihr strahlend blau – und vor ihr, am Horizont, dunkelgrau. Sonne über Sylt,

Wolken über Hamburg. Wie anders doch die Hinfahrt gewesen war …

Es war komisch, wieder in ihrer Wohnung zu sein. Die Luft war muffig und abgestanden, und die Räume wirkten unbewohnt. Nina fremdelte in den eigenen vier Wänden und riss die Fenster auf. Regen. Großstadtlärm. Zum ersten Mal fiel ihr auf, wie abgasschwanger die Luft war. Sie hatte es immer lächerlich gefunden, wenn Freunde nach einem dreiwöchigen Amerikaurlaub so taten, als ob sie nicht mehr richtig Deutsch sprechen könnten. (»Elevator – wie sagt man noch mal auf Deutsch dazu? Ach ja, Fahrstuhl!«) Und nun hatte sie das Gefühl, als wäre sie Jahre weg gewesen. Sie sprach zwar noch perfekt Deutsch, aber sie konnte den Lärm, das Gewusel, die Autos und die Abgase nicht mehr ab. Hamburg war ihr fremd geworden.

Sie kam sich vor wie ein exotisches, in freier Wildbahn aufgewachsenes Tier, das man plötzlich in eine Plattenbausiedlung gesteckt hatte. Sie spürte noch die pure Natur, Seeluft im Haar, dunkelbraun gebrannte Haut, die Entspannung des Urlaubs und die Werteverschiebung ihrer neuen Erkenntnisse im Kopf – und passte dadurch plötzlich nicht mehr in die zubetonierte, überdrehte Metropole.

Sie packte ihren Koffer aus und stopfte eine Ladung Schmutzwäsche in die Maschine – ihr klassisches Ankommensritual nach Urlaubsreisen. Dabei rieselte Sand aus einer Jeans. Und schon wieder liefen ihr die Tränen die Wangen hinunter.

## 29

»Na, Frau Mertens, da sind Sie ja wieder!« Frau Zemke schaute vergeblich auf ihre Uhr, denn heute war Nina pünktlich.

»Mensch, du siehst ja aus wie gephotoshopt! Phantastisch«, rief Anne, die aussah, als hätte ein depressiver Künstler sie zum Skelett geschminkt: Kalkweiße Gesichtsfarbe, vergilbte Zähne, tiefschwarze Schatten unter den Augen.

Nina hatte beschlossen, sich ihrem Alltag brav und ergeben zu stellen. Dazu gehörte auch die Vermeidung ihrer Mini-Revolutionen, wie zum Beispiel das tägliche Zuspätkommen. Ihr Leben war zwar eher grau als schillernd, aber es gab einen Trost: Sie hatte immerhin versucht, ihm eine Wende zu geben. Dass es mit ihrem »Ganz entspannt im Sowohl-als-auch«-Plan (der die Kombination von Liebe und Reichtum für möglich hielt) nicht hingehauen hatte, wertete sie als Schicksalsentscheid, den sie nun eben akzeptieren musste.

Zufrieden sein und der Stimme des Herzens folgen – das waren die beiden Tipps, die sie von der Insel mitgenommen und in ihr Leben importiert hatte. Zollfrei, wenngleich sie einen gewissen Preis dafür bezahlt hatte, dachte sie und rief sich die Dates mit Alex und Ferdi ins Gedächtnis.

Die Chance, der Stimme ihres Herzens zu folgen, hatte sie ja bereits auf Sylt vermasselt. Jan hatte eine Freundin und lebte dazu noch in einer anderen Stadt. Diese Abzweigung hatte sie eindeutig verpasst und eine Umleitung war nirgends in Sicht. Praktikabler schien es Nina deshalb zu versuchen, eine neue Einstellung zu ihrem alten Leben zu finden.

Die erste Arbeitswoche verging überraschend schnell. Nina kam morgens pünktlich in die Redaktion, arbeitete bis mittags konzentriert durch, ging in der Kantine mit Kollegen essen – und wenn sie abends gegen sieben nach Hause kam, war sie so erschöpft, dass sie nur noch fernsehen konnte. Arbeiten war eindeutig anstrengender, als den ganzen Tag am Strand zu liegen oder zu schwimmen.

Sich mit der Ist-Situation zu arrangieren hieß zum Beispiel auch, nicht mehr alles negativ zu sehen, nicht mehr alle Leute nicht zu mögen. Wie wäre es, überlegte sie, während sie gehorsam Layouts optimierte, ohne dabei zwischendurch bei Zalando zu shoppen, wenn sie mal versuchen würde, netter zu Frau Zemke zu sein? Sie könnte es ja als Probe-aufs-Exempel-Experiment für Ellis Zufriedenheitsthese ansehen.

»Haben Sie Lust, mit mir zu Mittag zu essen?«, fragte sie die bebrillte Dutt-Trägerin, als sie sie auf dem Weg zur Kantine am Kopierer traf.

»Was?« Frau Zemke verharrte mitten in der Bewegung und starrte Nina verblüfft an.

»Gemeinsam Mittag essen?«, fragte Nina noch mal.

»Jetzt?«, fragte Frau Zemke irritiert.

»Ja, das böte sich an«, antwortete Nina, »denn jetzt ist ja gerade Mittag.«

Frau Zemke starrte immer noch ungläubig.

»Und Mittag essen geht man ja meist nur mittags«, ergänzte Nina. »Ich würde mich freuen!«

Ein scheues Lächeln huschte über Frau Zemkes Gesicht. »Ja, wenn Sie meinen? Gerne! Ich hole nur noch schnell meine Handtasche.«

Gemeinsam fuhren sie mit dem Fahrstuhl runter in die Kantine, und Frau Zemke behielt ihr ungläubiges, scheues Lächeln bei.

»Wie heißen Sie eigentlich mit Vornamen?«, fragte Nina, als sie sich bei Hähnchenschnitzel und Salat gegenübersaßen.

»Margit«, antwortete sie.

»Haben Sie Kinder?«

Während sie ihren Nachtisch aßen, der bei Nina aus einem Keks und bei Frau Zemke aus einer Quarkspeise bestand, erfuhr sie, dass die Sekretärin in der Ex-DDR aufgewachsen und nach dem Mauerfall nach Hamburg gezogen war. Sie wohnte alleine mit einer Katze in einem Wandsbeker Hochhaus, ihre beiden Kinder (ein Sohn, eine Tochter) lebten in anderen Städten, und sie sah sie nur selten. Ihr Mann hatte sie kurz nach dem Umzug nach Hamburg verlassen. Die Redaktion war ihr soziales Umfeld und ihr einziger Spaß. Nina war verblüfft, wie anders Menschen doch plötzlich waren, wenn man ihnen mal zuhörte.

Ninas eigene Erinnerungen an die DDR waren nicht besonders positiv: Auf der Klassenreise nach Berlin hatte jemand einen Witz erzählt, über den Nina so lachen musste, dass sie ein ziemlich großes Bonbon verschluckte, das ihr quer im Hals saß und an dem sie zu ersticken drohte. Weil West-Busse auf der Transitstrecke durch die

DDR aber nicht anhalten durften, versuchte der Klassenlehrer es panisch mit erster Hilfe. Zuerst stellte er Nina auf den Kopf und rüttelte an ihren Füßen, und als das nichts nützte, schüttete er ihr Cola in den Hals. Die staute sich bis zu ihren Mandeln, weil das Bonbon ihre Speiseröhre wie ein Badewannenstöpsel blockierte. In seiner Not knetete der mittlerweile kreidebleiche Klassenlehrer Ninas Kehle, bis das Bonbon schließlich krachend zerbrach. Seitdem verband Nina traumatische Erinnerungen mit dem ehemaligen Arbeiter-und-Bauern-Staat. Und mit großen Bonbons.

»Was machen Sie denn so in Ihrer Freizeit?«, fragte Nina, als die Mittagspause vorbei war und sie wieder zum Fahrstuhl gingen. »Gehen Sie ins Kino? Treiben Sie Sport? Sind Sie im Bowlingclub?« Sie kam sich mit dieser aufdringlichen Interviewtechnik schon fast vor wie Ferdi – nur dass ihre Zähne besser waren.

»Im Kino war ich schon Jahre nicht mehr«, sagte Frau Zemke. »Ich traue mich nicht alleine.« Sie warf ihr ein schüchternes Lächeln zu. »Ich sitze jeden Abend mit meiner Katze vor dem Fernseher.«

Nina beschloss, sie mal auszuführen und mit ihr ins Kino zu gehen. Aber das musste nicht sofort sein. Sie war ja nicht die Ü-60-Caritas.

»Ich hätte nie gedacht, dass Sie so nett sind«, sagte Frau Zemke mit roten Wangen, als sie wieder in ihrem Sekretariat angekommen waren und sie ihre Handtasche über die Stuhllehne hängte. »Ich auch nicht von Ihnen«, erwiderte Nina. »Wir haben wohl beide ein komplett anderes Auftreten in der Redaktion. Sie die Zicke und ich die Kühle.«

»Na, das wird sich ja jetzt ändern«, lächelte Frau Zemke und wünschte Nina noch einen »ganz wundervollen« Arbeitstag.

Was war bloß mit ihr los, wunderte sich Nina, als sie den Gang hinunter zu ihrem Schreibtisch ging? War sie senilophil? Ging sie jetzt nur noch mit Älteren aus? Sie versuchte einfach nur, ihr Herz zu öffnen und ein bisschen weniger oberflächlich zu sein. Es war, als hätten Elli und die Insel sie neu programmiert. Vieles war nicht mehr so wichtig – anderes war in den Fokus gerückt. Gut so. Nina war gespannt, wohin ihre neue Lebenseinstellung sie wohl noch führen würde.

Die Wochen vergingen. Sie ging tatsächlich ein paarmal mit Frau Zemke ins Kino, obwohl Nina bei ihrem ersten Date beim Anblick ihres verfilzten Pelzmantels, der aussah, als wären ein halbes Dutzend Opossums auf ihr notgelandet, fast wieder geflohen wäre. Wo hatte sie den denn ausgegraben? Das Ding roch bestimmt schrecklich nach Mottenkugeln und würde ihr eine schwere Insektizidvergiftung bescheren, wenn sie im Kino nebeneinandersaßen. Nina wollte gerade auf dem Absatz kehrtmachen, als sie die Sekretärin aufgeregt ihren Namen rufen hörte. Nina bestand darauf, die Mäntel an der Garderobe abzugeben, genoss den Film dementsprechend olfaktorisch unbelästigt und lud Frau Zemke danach zum Essen ein.

Margit – sie waren mittlerweile beim »Du« – genoss diese Abende sehr und goss sich dabei regelmäßig einen hinter die Binde. Sie hatte mehr Humor, als Nina jemals gedacht hätte, und an einem der Abende beschlossen sie, ihre »Schabracken-Power« (Ninas Worte) zu nutzen, um die BPG zu gründen: Die Beindellen-Power-Group, die erste Partei, die gegen alles war: Banken-Verarschung,

Inflation, lieblose Pizza, zu viele Kalorien in Sushi, Kapitalismus, schlechtes Wetter im Sommer, Mode in Minigrößen und alles, was sonst noch störte. Wer genug Cellulitisdellen an Oberschenkeln oder im Hüftbereich vorweisen konnte, durfte beitreten.

Doch trotz all ihrer tapferen Zufrieden-sein-Bemühungen vermisste Nina Sylt. Ihr fehlten das Meer, der Wind, das Rauschen der Wellen, das Kreischen der Möwen, das Gefühl unendlicher Freiheit – für Kopf und Körper. Jeden Morgen sah sie die aktuellen Bilder der Wonnemeyer Webcam an und konnte die Sehnsucht, die sie beim Anblick der schäumenden Brandung überkam, kaum bezwingen.

Ein paarmal überlegte sie, am Wochenende spontan hinzufahren, aber Elli war nicht zu erreichen, und auch Sörensen wusste nicht genau, wo sie war und wann sie zurückkam. Vielleicht war es auch besser so, beschloss Nina. Der Sommer war nicht zu toppen, und sie wollte die schöne Erinnerung nicht durch ein verregnetes, einsames Wochenende in einer billigen Pension zerstören.

Es wurde Herbst, der Oktober kam, und gerne hätte sie sich ab und an mit Luis getroffen, um bei Wein und Tapas in Erinnerungen zu schwelgen, aber als sie ihn auf dem Handy anrief, erfuhr sie, dass er ein Gastsemester in Portugal eingelegt hatte, weil sein Vater erkrankt war.

Als sie an einem verregneten Novembertag von der Arbeit kam und ihre Haustür aufschloss, klingelte ihr Handy. Es war Steffi. »Ich hatte eine Affäre«, platzte es aus ihr heraus, kaum dass Nina auf den grünen Hörer gedrückt hatte. »Gestern ist der außereheliche Ersatzverkehr aufgeflogen – ich flüchte erst mal zu Babsi nach Hamburg!«

»Was?«, antwortete Nina und setzte sich in voller

Montur auf das kleine Sofa, das neben der Eingangstür im Flur stand. »Ich dachte immer, ihr seid so glücklich?«

»Von wegen! Moritz ist ja immer nur in der Firma. Und diese ganzen anderen Ehefrauen um mich herum! Diese Schnepfen, die hauptberuflich dünn sind und nur über teuerste Kinderwagen, neue Inneneinrichter und Steinzeitdiät reden. Immer nur shoppen, Champagner trinken und zu Hause auf Moritz warten – ich hab mich zu Tode gelangweilt. Ich ertrag das einfach nicht mehr!«

»Und wer ist deine Affäre?«

»War!«, korrigierte Steffi. »Ein Sportlehrer, der mich im letzten Winter gerettet hat, als ich auf dem spiegelglatten Bürgersteig vor Feinkost Käfer ausgerutscht bin.«

»Was für ein Sportlehrer?«, fragte Nina irritiert.

»Kennst du nicht«, antwortete Steffi knapp.

»Du hast also fast ein Jahr lang mit einem Typen geschlafen, den du beim Einkaufen kennengelernt hast?«

»Ja«, gab Steffi kleinlaut zu.

»Wow«, sagte Nina. »War's denn wenigstens gut?«

»Ich sage dir«, antwortete Steffi vieldeutig und lachte.

»Und warum ist es vorbei?«

»Weil er nächste Woche heiratet«, antwortete Steffi trocken. »Und außerdem hat Moritz uns im Bett erwischt, weil er ausnahmsweise mal pünktlich nach Hause kam.«

»Oh.«

»Moritz will die Scheidung.«

»Verständlich«, fand Nina. »Aber zumindest musst du dir finanziell keine Sorgen machen. Du wirst ja reich geschieden.«

»Das denkst auch nur du«, schnaubte Steffi. »Meinst du, ein Geschäftsmann wie Moritz hätte keinen knallharten Ehevertrag gemacht? Von seinem Vermögen bekomme ich keinen Cent!«

»Dann bleib bei ihm«, riet Nina, mittlerweile etwas genervt. Ihr Magen knurrte. Sie hatte Hunger. Außerdem hasste sie lange Handytelefonate, weil sie Angst hatte, dass die Strahlung direkt am Ohr ihr Gehirn verkokeln würde. Sie stellte auf Lautsprecher und hielt das iPhone einen halben Meter von sich weg.

»Bloß nicht!«, rief Steffi. Im Handy rauschte es.

»Ich kriege immerhin eine ganz anständige Apanage.« Nina konnte förmlich hören, wie Steffi über das ganze Gesicht grinste.

»Wo bist du denn jetzt?«, fragte Nina durch das Knistern und Knarzen. »Wann kommst du her?«

»Jetzt gleich«, rief Steffi und lachte.

»Was?«, rief Nina.

»Ja, ich fahre gerade von der Autobahn ab! Ich bin mit Babsi zum Essen verabredet, hast du Lust mitzukommen?«

Babsi war Steffis jüngere Schwester, die schon länger von der Affäre wusste. Sie war glücklich verheiratet, hatte zwei kleine Töchter und immer gute Laune. Nina mochte sie sehr. Und Hunger hatte sie auch – also sagte sie zu.

Eine halbe Stunde später saß sie mit ihren Cousinen, mit denen sie die halbe Kindheit verbracht hatte, beim Italiener und studierte die Karte.

Antipasti, Spaghetti arrabiata, Salat – das musste erst mal reichen.

»Wie ist es auf Sylt gelaufen?«, fragte Steffi, nachdem sie bestellt hatten. »Wann kommt die Geschichte?«

Nina nahm einen tiefen Schluck Chianti und beichtete die Wahrheit. Begleitet von Steffis und Babsis ungläubigen Blicken, referierte sie ihren Millionärs-Grabbing-Plan und berichtete von den misslungenen Dates mit Alex und Ferdi. Sie schwärmte von Sörensen, Luis, Max und Elli, erzählte von deren dramatischer Lungenentzündung und ihrer eigenen, vollkommen unerwarteten Liebe zu der Insel.

»Warum hast du mir denn von deinem Plan nichts erzählt?«, fragte Steffi halb beleidigt. »Ich hätte mich doch mal unter Moritz' Business-Buddies umhören können! Da wäre bestimmt ein Jackpot dabei gewesen!«

»Glaub ich nicht«, sagte Nina, während sie sich ein vor Dressing tropfendes Salatblatt in den Mund stopfte. »Du hast doch selbst gerade die Biege gemacht, weil du dich mit ihm und seinem Freundeskreis so langweilst, oder?«

»Stimmt«, sagte Steffi. Sie hatte schon fast ihren ganzen Teller Pasta leergegessen und war damit der einzige Mensch auf der Welt, der noch schneller aß als Nina.

»Außerdem kann man Liebe nicht erzwingen«, setzte Nina nach. »Und ohne Liebe ist es Prostitution.«

»Wie wahr«, sagte Steffi und dachte dabei ganz offensichtlich an ihre soeben gescheiterte Ehe mit Moritz.

»Es ist auch Blödsinn, Liebe zu suchen«, schaltete sich Babsi ein. »Du kannst dich nur von ihr finden lassen!«

»Sowieso«, sagte Nina mampfend. »Das bockige Ding lässt sich weder kaufen noch leihen, noch erpressen.«

»Yes, Baby, du sagst es!«, rief Babsi. »Umzingeln, einkreisen und sich wie ein Elbtunnelbagger ans Herz bohren – das funktioniert nicht! Liebe ist sofort da – oder vermutlich nie. Die Liebe, die alle wollen, gibt's nur gratis und geschenkt.«

»Sympathie, Zuneigung, Freundschaft – diesen ganzen Kram kann man sich erarbeiten«, sagte Steffi, schob ihren leer gegessenen Teller zur Seite und schnappte sich die Dessertkarte. »So wie diese Bonus-Punkte-Hefte, die man an der Tankstelle dauernd aufgedrückt kriegt. Schön sammeln, und am Ende kriegt man eine beschichtete Bratpfanne, die man nicht braucht.«

»Was hast du gegen Bratpfannen?«, fragte Nina empört und fühlte sich erwischt.

»Braten ist total ungesund«, wusste Babsi.

»Aber lecker«, sagte Nina. »Und lecker ist wichtig auch in der Liebe, denn wenn man sich nicht riechen und schmecken kann, ist es nicht richtig.« Ferdi und sein Zahnhaken fielen ihr ein, und sie schob die Dessertkarte weg.

»*Ein Herz kann man nicht kaufen, auch wenn sich das mancher so denkt, doch wenn man Glück hat, ja wenn man Glück hat, bekommt man es geschenkt!*« Offenbar schon ziemlich beschwipst, hatte Babsi plötzlich zu singen begonnen. Dafür würde bei »The Voice« zwar keiner den Buzzer drücken, aber es klang trotzdem ganz schön.

»Und wenn man noch mehr Glück hat, ist es auch das Herz, das man haben wollte«, stimmte Nina mit ein.

»Und wenn man noch mehr Glück hat, dann kann man es auch erkennen, und wenn man noch mehr Glück hat, auch noch annehmen«, sang Babsi.

»Und wenn man dann noch ein bisschen Talent hat, schafft man es vielleicht sogar, glücklich zu sein«, schloss Steffi.

»Apropos ›glücklich sein‹«, hakte Nina ein. »Zwei Regeln habe ich aus Sylt importiert: Erstens, der Stimme des Herzens zu folgen – dafür brauche ich aber noch ein spezielles Hörgerät –, und zweitens, mit der Ist-Situation zufrieden zu sein. Das schaffe ich auch nicht besonders gut. Und jetzt gebt mir bitte mal ein bisschen Absolution, Mädels: Seid ihr vollkommen glücklich mit eurem Leben?«

»Jetzt ja«, rief Steffi. »Weil ich den alten Sack los und endlich frei bin! Prost girls!«

Euphorisch hob Steffi ihr Sambucaglas, um mit den anderen anzustoßen.

»Ich bin eigentlich auch ziemlich zufrieden«, sagte Babsi. »Mein kleines Glück ist für mich das Größte! So klischeehaft es klingt: Meine Töchter lachen zu sehen, mit Milo abends Händchen zu halten – das macht mich total glücklich.«

»Hm«, sagte Nina.

»Das Leben zu genießen – das ist für mich der Sinn des Lebens«, rief Steffi. »Oder 42!«

»42?«, fragte Nina.

»Ja, in der ›Per Anhalter durch die Galaxis‹-Trilogie ist diese Zahl der Sinn des Lebens!«

»Aha«, sagte Nina.

»›Könnte, sollte, hätte‹, gehn jetzt auf Toilette!«, rief Babsi, der die Diskussion offenbar zu spaßarm wurde.

»Weißt du noch, wie du früher immer zu uns gekommen bist, um ›Zwerg Nase‹ zu hören?«, wechselte sie das Thema. »Oder ›Sindbad der Seefahrer‹?«

»Ja klar«, lachte Nina. »Weil die ›Lieber rot als tot‹-Platten, die ich eigentlich hören sollte, todlangweilig waren!«

»Baggerführer Willibald«, rief Steffi.

»Du warst eigentlich schon als Kind bekloppt«, erinnerte sie sich. »Ich weiß noch, wie du mich gezwungen hast, bei Quelle mit dir in den fünften Stock zur Information zu fahren, nur weil du deine Mutter mal über Lautsprecher ausrufen lassen wolltest.«

Steffi formte mit ihren Händen eine Sprechtüte: »Die kleine Nina kann in der Information abgeholt werden!«

»Scheiße, ja«, erinnerte sich Nina. Der nette Herr von der Information hatte sich sehr liebevoll um Steffi und sie gekümmert (»Ihr müsst nicht traurig sein, meine Kleinen. Eure Mutter kommt bestimmt gleich. Wollt ihr noch ein paar Gummibärchen?«). Nicht so lustig wurde es dann, als ihre arme Mutter völlig abgehetzt im fünften Stock ankam. Aber schimpfen durfte sie nicht. Das wäre ja anti-anti-autoritär gewesen.

»Und diese Busfahrt zur Trabrennbahn Bahrenfeld, nur weil du wissen wolltest, wie die Endstation aussieht! Dauernd musste ich so einen Scheiß mit dir machen.«

»Du Arme!« Nina stieß ihr Glas gegen Steffis. Lachend gruben sie sich weiter durch ihre gemeinsame Vergangenheit. Wie und wann sie nach Hause gekommen war, konnte Nina am nächsten Morgen nicht mehr erinnern. Nur, dass es sehr lustig gewesen war und alle drei sich künftig öfter sehen wollten. Steffi wohnte ja nun erst mal bei Babsi.

# 30

Auf der Wonnemeyer-Webcam färbte sich der Sylter Himmel stetig grauer, die Fahne tanzte täglich wilder im Sturm, die Brandung stieg höher. Es wurde Winter.

Auch in Hamburg wurden die Tage kalt und dunkel. Die Temperaturen sanken unter null, und Nina fragte sich mal wieder, warum die Schwimmbäder im Winter nicht einfach auf Schlittschuhbetrieb umstellten.

Die ersten Schneeflocken schwebten ums Haus und verwandelten die Stadt in eine stille Märchenwelt. Leider blieb die weiße Pracht nicht liegen. Am nächsten Morgen war alles matschig und grau.

Ninas Laune sank synchron mit den Temperaturen. Würde das jetzt immer so weitergehen? Jeden Tag zur Arbeit, ab und an mit Frau Zemke ins Kino oder mit Steffi und Babsi essen – und mit 67 dann eine Minirente und Lebensmittel von Aldi?

»Der Stimme ihres Herzens folgen« – nicht zum ersten Mal überlegte sie, ob sie nicht ihren Job schmeißen und auf Sylt Bademeisterin werden sollte. Das wäre konsequent. Aber wo wohnen? Wohnraum auf Sylt war unbezahlbar, und jeden Tag mit der Bahn nach Niebüll und zurück zu pendeln, erschien ihr nicht besonders reizvoll. Es gab keinen Ausweg: Ninas Leben war fest in Hamburg einzementiert.

Fehlte ihr am Ende einfach nur Liebe? Sollte sie sich mal bei einem Online-Dating-Portal anmelden, um irgendeinen geisteskranken Sex-Maniac kennenzulernen? Oder einen schwer vermittelbaren Nerd mit Cordhosen und zweistelliger Dioptrinzahl, der noch bei Mutti wohnte? Nein, das war ihr entschieden zu anonym, und alle Freundinnen, die diesen Weg probiert hatten, waren damit auf die Nase gefallen.

Babsi hatte ganz recht: Es machte keinen Sinn, die Liebe zu suchen – sie musste wohl oder übel die Geduld aufbringen, sich von ihr finden zu lassen.

Als sie nach der Arbeit spontan zum Shoppen in die Innenstadt fuhr, schien sich eine kurzfristige Lösung aufzutun: »Citti GV-Partner« stand auf dem Lkw vor ihr. Sexpartner für die Großstadt?, fragte sich Nina verblüfft. Eine ganze Lastwagenladung voll? Nach Bedarf in gewünschter Stückzahl ausgeliefert – es musste nur die Klappe runtergelassen werden? Sie lachte laut auf. Ihre Freude währte allerdings nur kurz: Als der Lkw an der Ampel rechts abbog, hatte sie bereits kapiert, das »GV« für Groß-Verbraucher bzw. Gastronomie-Versorgung stand. Außer ein paar Zucchini hätte der Lkw vermutlich nichts Sex-geeignetes an Bord gehabt. Schade eigentlich.

Bei H&M inspirierte sie das Angebot wie immer von selbst. Nina zischte an den Cordblazer-Kleiderständer und schnappte einer Frau den letzten purple 42er vor der Nase weg. 30 Sekunden später, als der Triumph über ihre Beute verflogen war, bekam sie ein schlechtes Gewissen, schlich zurück und fragte die frustrierte Frau scheinheilig: »Suchen Sie auch 42?«

Die Frau war genauso groß wie Nina – und mit Sicherheit auch genauso schwer. »Nein, 38!«, antwortete sie empört. Wie demütigend solche Zahlen doch waren.

Nicht nur bei H&M war 42 das neue 40. Die Zahlen auf den Etiketten wurden immer größer – die Klamotten immer kleiner. Was sollte das? Diese Art Demütigung gehörte anscheinend auch zum psychologischen Zermürbungsprogramm der Diätindustrie. Was früher 42 war, war jetzt 44. Eine Größe also, nach der man sich ungerne zu fragen traute. Da konnten die Hersteller auch gleich »fett und undiszipliniert« aufs Etikett schreiben. Das wäre zumindest ehrlicher, wenn sie wirklich dachten, dass eine Frau, die normalerweise locker in 42 passte, bei ihnen Größe 44 kaufen sollte.

Im Grunde müssten Modeunternehmen in ihren Umkleidekabinen Schnapsflaschen aufstellen, fand Nina. Damit man sich durch einen gesunden Schluck Hochprozentiges über seinen Kleidergrößenschock hinweghelfen konnte.

Und diese Doppelspiegel, in denen man sich von vorne und von hinten sah und das auch noch im gnadenlosen Neonlicht, das jede kleine Cellulitisdelle derart präzise herausmodellierte, dass man den Eindruck hatte, Meteoriten-Krater auf den Oberschenkeln zu haben, gehörten auch sofort ausgetauscht! Das war schon so oft in den Frauenzeitschriften rauf- und runterdiskutiert worden, und trotzdem passierte nichts. Schweißüberströmt nahm man sein Spiegelbild in den überhitzten Kabinen tapfer hin und zog es trotzdem an. Wie nett wären weichzeichnende, einen braunen Teint machende (so was gab es schließlich) Spiegel, die »Wow!!« oder »Kindchen, das steht dir phan-tas-tisch!!« kreischten wie ein schwuler Stylist. Oder: »Ganz ehrlich, so gut wie an Ihnen hat das noch an niemandem ausgesehen!«, raunten, wie eine psychologisch geschulte Profiverkäuferin, wenn man sich durch die Auswahl probierte. Das wäre mit einem entsprechenden Computerprogramm sicherlich möglich und wirklich mal eine sinnvolle, frauenfreundliche Investition!

Mit ihrer übergroßen Beute, aus der sie zu Hause sofort die verräterischen Etiketten entfernen würde, kämpfte sich Nina aus dem Store. Jetzt noch irgendwo ein Ciabatta auf die Hand? Nina war eine große Befürworterin von Mahlzeiten zwischen den Zwischenmahlzeiten.

Sie hatte eine gute Entschuldigung für ihre Shoppingausflüge, denn um in einer Stadt wie Hamburg als cool zu gelten, war nichts wichtiger als Äußerlichkeiten. Die Redaktion glich einem Laufsteg, und morgens wurden durch neidische, anerkennende oder abwertende Blicke unausgesprochen die Gewinner des Tages gekürt.

Möglichst viel zu kaufen hatte ihr immer Spaß gemacht. Ihr Herz tat stets einen kleinen Hüpfer, wenn der Postbote die Pakete ihrer Online-Bestellungen bei Stylebop, Zalando, eBay oder Amazon in die dritte Etage schleppte. Aber kaum hatte sie die Sachen ausgepackt und in den Schrank gehängt, waren sie auch schon vergessen. Der Hunger nach Neuem versiegte nie, und am nächsten Tag pflügte sie schon wieder durchs Netz und befüllte neue virtuelle Warenkörbe.

Über die Jahre war Nina zum eBay-Premium-Seller geworden und verfügte über ein vorbildliches Mitgliederprofil. Sie agierte unter einem Männernamen, um sich vor lüsternen Anfragen zu schützen, und hatte 597 positive Bewertungen.

Bei eBay konnte man erstklassig korrektes Sozialverhalten lernen, fand Nina, denn auf dieser Plattform erntete man buchstäblich, was man säte! Wer jemand anderen negativ bewertete, weil er mit dem Kauf oder dem Ablauf unzufrieden war, wurde daraufhin meistens auch negativ bewertet. Das war unschön, denn Negativpunkte zerstörten das Profil. Besser war es, seinen Wutanfall runterzuschlucken (oder eine Parkuhr anzuschreien), die Zähne zusammenzubeißen, friedlich die virtuelle Hand zu reichen und sich zu einigen.

Wer bei eBay einen Krieg anzettelte und um sich schlug, verkaufte weniger und war am Ende arm. Das gleiche Prinzip, mit dem in der Weltpolitik Sanktionen beschlossen wurden.

Nina hatte für ihre 597 Transaktionen noch KEINEN EINZIGEN Negativpunkt bekommen. Ein Profil von solcher Reinheit war selten. Im Grunde bewies es, dass sie ein superfairer und extrem vertrauenswürdiger Mensch war, fand Nina. Und hoffte im Stillen, dass sie vielleicht demnächst Führungskräfte danach einstellten.

Und jetzt fühlte sich alles anders an. Seit Sylt waren ihr Leben und die Art von Rausch, das es anbot, seltsam schal geworden.

Ihr Leben im »fast hätte ich« und »irgendwann werde ich«, das sie immer angenehm provisorisch und unverbindlich gefunden hatte, befriedigte sie nicht mehr. Und das Deprimierende daran war: Sie hatte keinen Plan B.

Der Januarabend, an dem sie sich von einem Shoppingsender einreden ließ, mit der »Supergut-Universalreibe« für 3 × 19,95 Euro am Ziel ihrer Wünsche zu sein, rüttelte sie aus ihrer Lethargie.

Es musste doch noch irgendeinen anderen Lebenssinn geben, als dauernd etwas zu kaufen oder mit seinen Mitmenschen um das lässigste Outfit zu konkurrieren. Aber was bloß? Ein »so nicht mehr« zog leider nicht automatisch ein »aber so« nach sich. Es fehlte die Alternative.

Sehnsucht – Dehnsucht. Manchmal dehnte sie sich derart in ihr aus, dass sie nicht mehr schlafen konnte. Sehnsucht nach Liebe. Nach Erfüllung. Nach … ja, wonach eigentlich?? Nina wusste es auch nicht. Sie spürte nur, wie es sich anfühlte: So, als hätte sie sehr viel Kaffee getrunken. Es war eine rastlose Unruhe in ihr.

Oder war ihre Sehnsucht am Ende nur die Ausdrucksform innerer Leere?, fragte sie sich. Der totalen Inhaltslosigkeit? Der Beweis dafür, dass etwas Entscheidendes fehlte?

*»Warum hab ich die Stimme in mir nie gehört?*
*Das schreit doch so laut, dass es stört.*
*Die Wale*
*verstehen sich übers ganze Meer*
*Und ich versteh mich selbst so schwer.«*

Das hatte sie mal in den Notizblock geschrieben, der neben ihrem Bett lag.

»Lieber Sommer, bitte komm zurück«, schrieb sie nun darunter. »Meine Sonnencreme steht im Bad und heult!«

## 31

»Anwaltskanzlei von Adelsbach, Möring und Venske« stand auf dem Umschlag, den Nina zwischen Supermarktwerbung und Media-Markt-Prospekten aus ihrem Briefkasten fischte. »Anwaltskanzlei« – das konnte nichts Gutes heißen, befürchtete sie. Mit einem flauen Gefühl im Magen riss sie den Umschlag auf und hoffte inständig, dass es keine beleidigte eBay-Käuferin war, die sie wegen irgendeiner Regel-Nichteinhaltung verklagte.

*»... sind am 12. Februar um 11:30 Uhr in der Kanzlei Dr. von Adelsbach zur Testamentvollstreckung von Frau Elisabeth Gruber geladen ...«* stand dort.

Elisabeth Gruber? Nina kannte keine Elisabeth Gruber. Der 12. Februar – das war ja schon übermorgen. Na, die waren ja lustig!

Pünktlich fand sie sich am 12. Februar im Notariat an der Alster ein. Viel dramatisches Eichenholz, knarzende Dielen und eine komplett in mausgrau gekleidete Sekretärin, die genau so aussah wie James Bonds legendäre Miss Moneypenny.

»Ah, Frau Mertens! Von Adelsbach, guten Tag«, begrüßte sie ein großgewachsener, sehr schlanker Mann mit weißem Haar und schlecht sitzendem Anzug und reichte ihr die Hand. In seiner Freizeit sammelte er bestimmt Briefmarken, tippte Nina. Oder Vogelstimmen.

»Bitte setzen Sie sich«, forderte Herr von Adelsbach sie auf und wies auf einen Holzstuhl, der vor einem riesigen Eichenschreibtisch stand. Nina tat wie ihr geheißen. Der Anwalt setzte sich eine Lesebrille auf und öffnete umständlich die Akte, die auf seiner dunkelgrünen Linoleum-Schreibtisch-Schonauflage lag.

Zunächst musste Nina ihm ihren Personalausweis überreichen, und nachdem sich Herr von Adelsbach einige Daten aufgeschrieben hatte, räusperte er sich und schaute Nina bedeutungsschwer an.

»Ich verlese Ihnen jetzt das Testament von Frau Elisabeth Gruber, und danach haben Sie etwas Zeit zu überlegen, ob Sie das Testament annehmen. Einverstanden?«

»Ja«, krächzte Nina.

Die Stimme des alten Anwalts verkündete, dass Nina die neue Eigentümerin mehrerer Mietshäuser in Bremen war – und eines Dauerplatzes auf dem Campingplatz Kampen. Elli war ehemalige Bauunternehmergattin und mehrfache Millionärin und hatte Nina alles hinterlassen, was sie besaß. Sie war ihre Alleinerbin.

Nina wurde schlecht, alles drehte sich – und dann schossen ihr die Tränen in die Augen.

»Und dieses Schreiben soll ich Ihnen überreichen«, sagte Herr von Adelsbach ungerührt, entnahm seiner Mappe räuspernd einen Umschlag und reichte ihn Nina über den Schreibtisch.

Der Umschlag enthielt ein Gedicht, niedergeschrieben in Ellis schöner, altmodischer Handschrift:

*Lasse dich fallen.*
*Lerne, Schlangen zu beobachten.*
*Pflanze unmögliche Gärten.*

Lade jemand Gefährlichen zum Tee ein.

Mache kleine Zeichen, die »ja« sagen, und verteile sie
   überall in deinem Haus.

Werde ein Freund von Freiheit und Unsicherheit.

Freue dich auf Träume.

Weine bei Kinofilmen.

Schaukel, so hoch du kannst, mit einer Schaukel bei
   Mondlicht.

Pflege verschiedene Stimmungen.

Verweigere dich, »verantwortlich« zu sein.

Tue es aus Liebe.

Mache eine Menge Nickerchen.

Gib weiter Geld aus. Mache es jetzt. Das Geld wird
   folgen.

Glaube an Zauberei.

Lache eine Menge.

Bade im Mondlicht.

Träume wilde, phantastische Träume.

Zeichne auf die Wände.

Lies jeden Tag.

Stell dir vor, du wärst verzaubert.

Kichere mit Kindern.

Höre alten Leuten zu.

Öffne dich.

Tauche ein.


Sei frei.

Preise dich selbst.

Lass die Angst fallen.

Spiele mit allem.

Unterhalte das Kinde in dir.

Du bist unschuldig.

*Baue eine Burg aus Decken.*
*Werde nass.*
*Umarme Bäume.*
*Schreibe Liebesbriefe.*

*… und ich sage: Tanze so viel wie möglich!*

Das Gedicht wurde Joseph Beuys zugeschrieben, war wohl aber von der amerikanischen Künstlerin SARK. Nina kannte es. Die Buchstaben verschwammen vor ihren Augen. Sie wischte sich mit einem Taschentuch die Tränen ab und las weiter.

»Zwei Bedingungen hab ich«, hatte Elli unter das Gedicht geschrieben: »Erstens: Hol Max aus dem Tierheim, und gib ihm ein Zuhause. Er ist ein treuer Freund und Begleiter.

Und zweitens: Fahr zu dem Wellenreiter mit den vielen Zöpfen, und sag ihm, dass du ihn liebst.

Ich wünsch dir alles Glück und alle Zufriedenheit dieser Welt, mein Kind, denn du hast ein gutes Herz!

Deine Elli«

Die letzten Sätze verschwammen in den Sturzbächen, die Nina die Wangen hinunterliefen.

»Und steck die Taschentücher wieder ein, Kind«, hatte Elli als »PS« unter ihre Zeilen gehängt. »Du musst nicht traurig sein, mir geht es gut.«

Nina schluchzte laut auf und weinte hemmungslos.

»Ist sie tot?«, fragte sie den Anwalt, der verlegen seine Brille putzte, mit brüchiger Stimme.

»Davon ist auszugehen, sonst würde ich wohl kaum ihr Testament verlesen«, antwortete er trocken und pikiert. Heulende Klientinnen waren ihm sichtlich unangenehm.

257

»Aber wie und wo ist sie denn gestorben?«, fragte Nina bestürzt.

»Das kann ich Ihnen leider nicht sagen. Ich weiß nur, dass die Sterbeurkunde aus Buenos Aires kam.«

»Haben Sie denn gar keine Adresse, keinen Ansprechpartner für mich?«

»Bedaure. Sie hat dort bei einer Freundin gewohnt, soweit ich weiß. Es sind mir aber leider keine Kontaktdaten übermittelt worden.«

Nina schneuzte sich laut.

»Nehmen Sie das Testament an?«, fragte Herr von Adelsbach.

»Ja«, krächzte sie heiser.

»Gut! Dann werde ich es nun nochmals verlesen und Sie anschließend um Unterzeichnung bitten. Die Übertragung der Grundbücher werde ich sofort veranlassen, und Herr Meiser, der Verwalter der Bremer Immobilien, wird mit Ihnen bezüglich der Mieteingänge und des weiteren Vorgehens Kontakt aufnehmen.«

Wie in Trance taumelte Nina zwanzig Minuten später aus der Kanzlei.

Nun war sie reich.

# 32

Es war seltsam, aber Nina konnte nicht um Elli trauern. Sie konnte nicht trauern, weil etwas in ihr davon überzeugt war, dass sie gar nicht tot war. Warum und woher sie diese Überzeugung bezog, konnte sie nicht sagen. Vielleicht war es purer Selbstschutz.

Sörensen, den Nina sofort nach der Testamentseröffnung angerufen hatte, wusste auch nichts über die Umstände ihres Todes. »Sie war eines Morgens einfach abgereist, und seitdem habe ich nichts mehr von ihr gehört.«

»Wussten Sie, dass Elli so reich war?«, fragte Nina ihn.

»Nein«, sagte Sörensen. »Aber ich finde, du bist eine sehr würdige Nachfolgerin!«

Die ganze Sache kam Nina wie ein äußerst ausgeklügelter Streich der alten Dame vor. Sie hatte das Gefühl, dass Elli sie im Sommer die ganze Zeit geprüft hatte. Und offenbar war sie dabei zu dem Schluss gekommen, dass Nina ein gutes Herz, jede Menge Mitgefühl und eine reine Seele hatte. Und dass sie Geld brauchte – oder besser gesagt: die Chance, ihrem Leben eine neue Wende zu geben.

Wie dem auch war, sie musste ihr Versprechen einlösen: Sie holte Max, der sich bei Ninas Anblick fast vor Freude überschlug, aus dem Tierheim Süderstraße (er war zusammen mit Ellis Sterbeurkunde aus Buenos Aires eingeflogen und danach im Tierheim zwischengeparkt worden) und machte sich mit ihm auf dem Weg zu Jan nach Berlin. Seine Adresse hatte sie von dem Westerländer Telefonladen bekommen, in dem er im Sommer gejobbt hatte.

Das Gewusel in der Friedrichstraße machte Nina nervös. Berlin war wirklich noch mal eine ganz andere Nummer als Hamburg. Was dort groß war, war hier riesig. Wenn die Straßen dort zwei Spuren hatten, hatten sie hier vier – plus Straßenbahn. Ein trendiger Shop reihte sich an den nächsten, jedes Restaurant bot exotischere Gerichte als das andere. Die totale Reizüberflutung. Tausende Menschen hasteten auf der Straße hin und her und hypnotisierten dabei ihre Smartphones. Staunend blieb Nina vor dem Schaufenster eines exklusiven Modedesigners stehen, der in seiner etwa fünf Meter hohen Fensterfront lauter alte schwarze Tretnähmaschinen gehängt hatte. Ein Netz aus Nähmaschinen – es mussten Hunderte sein. Was für eine Verschwendung!

Jan wohnte ein paar Ecken weiter in einer ruhigen Nebenstraße. Nervös klingelte Nina an seiner Haustür. Der Summer ertönte, sie stieß die Tür auf und erklomm die Treppe. Atemlos drückte sie die Klingel an seiner Wohnung. Die Tür öffnete sich – und die Frau vom Strand stand vor ihr. Nina machte auf dem Absatz kehrt. »Hey Brüderchen«, rief die Frau und drehte sich in den Wohnungsflur. »Hier steht so 'n Top-Geschoss für dich! Komm mal!«

»Brüderchen??« Ninas Knie wurden weich.

Jan kam mit einem Handtuch um die Hüften und nassen Haaren zur Tür und strahlte Nina verwundert an. »Nina! Wow! Das ist aber eine Überraschung! Was machst du denn hier?« Er frottierte sich mit einem zweiten Handtuch die Haare. »Sorry, ich komme gerade aus der Dusche.«

»Hast du kurz Zeit?«, fragte Nina. »Ich würde gerne etwas mit dir besprechen.«

Jan guckte sie verständnislos an.

»Ich habe unten an der Ecke ein kleines Restaurant gesehen, wollen wir uns da in fünf Minuten treffen?«

»Okay«, sagte Jan. »Ich ziehe mir nur kurz was an und komme nach. Du kannst aber auch gerne reinkommen!«

»Nein, lass mal«, sagte Nina. »Ich warte lieber beim Italiener auf dich.«

Froh über die kurze Verschnaufpause, stieg sie die Treppen hinab und trat ins Freie. Es war eine der ersten milden Vorfrühlingsnächte, die einem nach einem langen, kalten Winter immer so vorkamen, als könne man sich bis auf das T-Shirt ausziehen.

Die laue Luft streichelte über Ninas Gesicht wie der Atem eines Geliebten, und ein riesiger honiggelber Vollmond am Himmel zeigte den tausend Sternen, wie gedimmtes Licht ging.

Beim Italiener war es laut und verqualmt. Nina setzte sich an einen Tisch nahe der Eingangstür und wartete.

Derjenige, dem alles ein bisschen egaler war, hatte immer das Ruder in der Hand, dachte Nina. Und heute war das nicht sie. Heute war es Jan. Leider. Er sah so gut aus, als er endlich kam, hatte so coole Klamotten an und war so locker, so jung. Und Nina war vollkommen verspannt. Warum eigentlich? Weil sie sich auf das Wiedersehen gefreut hatte? Weil sie anfing, Gefühle zu haben? Weil eine Abfuhr weh tun würde? Oder weil sie vorhin zu genau in den Spiegel geguckt hatte und dort eine charmelose, dicke Vierzigerin mit zu blasser Haut, zu viel Arsch und zu wenig Busen gesehen hatte? Die sich nicht richtig schminken konnte und keine richtige Frisur hatte? Meine Güte, dachte Nina.

Sie guckte den bildschönen Mann an und war total verunsichert: Wie wird er reagieren, wenn ich Ellis Wunsch erfülle? Wird er aufstehen und gehen? Der kann doch ganz andere haben! Hat er sicher auch. Als Beweis wertete Nina, dass er ihr beim Reden gar nicht in die Augen guckte, sondern seinen Blick permanent durch den Raum schweifen ließ. So, als suchte er etwas. Oder als wäre er unendlich gelangweilt.

Sie warteten auf sein Glas Wein, und Nina war derart verkrampft, dass sie praktisch kein Wort rausbrachte. Nervös pulte sie am Etikett ihrer Bierflasche, bis es schließlich als kleiner Knödelberg vor ihr auf dem Tisch lag. Ihr einziger Wunsch war nur noch, möglichst würdevoll aus dieser beklemmenden Situation zu kommen.

»Was wolltest du denn nun so Wichtiges mit mir besprechen?«, fragte Jan, nachdem der Kellner endlich sein Glas gebracht hatte, und guckte Nina gespannt an.

Nina nahm einen tiefen Schluck und schloss dabei die Augen. Los jetzt!

»Ich habe mich in dich verliebt!« Nun war es raus, und Jan sah so verblüfft aus, als wäre er gerade mit seinem Fahrrad gegen einen unsichtbaren Laternenpfahl geprallt.

»Das ist doch jetzt nicht wahr, oder?«, sagte er und nahm einen Schluck Wein und hustete.

»Doch!«

»Und warum jetzt? Ich meine, warum erst jetzt?«

»Ich dachte, deine Schwester sei deine Freundin.« Der Raum drehte sich vor Ninas Augen. Dies hier war entschieden zu viel für eine Frau in der Midlife-Crisis.

»Und jetzt ist dir plötzlich auch das egal, und du kommst Monate später extra nach Berlin, um mir deine Liebe zu gestehen?«

»Das ist eine längere Geschichte«, sagte Nina. »Ich wollte es dir nur sagen.«

»Das hast du ja jetzt. Und nun?«, sagte Jan und sah fast ein bisschen wütend aus.

»Nun gehe ich«, sagte Nina. Bis ins Innerste beschämt, nahm sie ihre Daunenjacke vom Stuhl und ging aus der Tür.

Jan hielt sie nicht zurück.

Konnte man eigentlich noch tiefer fallen?, fragte sie sich, als sie auf den Gehweg trat. Im Selbstdemütigungscontest hätte sie mit dieser Aktion für Jahre den ersten Preis gewonnen.

Kopfschüttelnd ging sie die Straße hinunter. Sie war schon fast um die Ecke, als sie plötzlich Schritte hinter sich hörte.

»Nina! Warte«, rief Jan, während er sich im Rennen die Jacke überzog.

»Bleib doch mal stehen!«

Nina drehte sich um.

Ziemlich aus der Puste kam Jan zu ihr. »Was ist denn mit deinem Freund?«, fragte er heftig atmend. »Gibt's den nicht mehr?«

»Nein«, sagte Nina. Was sollte sie auch sonst antworten.

»Weißt du, Nina, ich war damals ganz schön verletzt.« Jan schaute zu Boden. »Du hattest mich total erwischt –

und deine Abfuhr bei der Strandsauna hat mich echt umgehauen.«

»Es tut mir leid«, sagte Nina.

Jan schaute über die Straße.

»Vielleicht ist es besser, wenn ich jetzt einfach wieder nach Hause fahre«, sagte Nina, strich Jans übers Haar und setzte sich in Bewegung.

»Nein, das wirst du nicht tun!« Jan hielt sie zurück, nahm ihre Hand und lächelte plötzlich ganz weich. »Denn du wirst mich jetzt küssen!« Sprach's, zog sie an sich und gab ihr einen Kuss, der sie Zeit und Raum vergessen ließ.

Elli hatte so recht gehabt: Echt ist es nur, wenn es echt ist. Hier sprach sie, die Stimme von Ninas Herz. Und sie sagte, laut und deutlich: Jan! Jan! Ja!

Der Vollmond schüttelte sein weißes Haupt über das Paar, das wenig später eng umschlungen die Straße hinunterging.

Mit Jan zu schlafen war fast noch besser, als ihn zu küssen. Surfer konnten sich tatsächlich sehr gut bewegen – und perfekt Wellen reiten. Wie viele davon Ninas Körper erschütterten, hatte sie nicht gezählt. Eins stand jedoch fest: Sie hatte noch nie in ihrem Leben besseren Sex gehabt.

# 33

Es war Mai, und auf Sylt begann gerade wieder die Saison. Die vergangenen drei Monate waren turbulent und sehr aufregend gewesen. Ellis Erbe hatte Nina zwar keine Millionen auf dem Konto beschert, aber die Mieteinnahmen sicherten ihr ein monatliches Salär, das ausreichte, ihren Job zu kündigen und einen Kredit für einen neuen Wohnwagen aufzunehmen. Sie hatte ihre Wohnung aufgelöst, sich von Steffi und Babsi verabschiedet und einen großen silbernen Airstream Wohnwagen gekauft, den sie auf Ellis ehemaligem Dauerplatz stationierte und mit ihren beiden Männern teilte: Max und Jan. Auch Jan hatte in Berlin alles hinter sich gelassen für ihren gemeinsamen Traum: Eine Surfschule in Wenningstedt.

Nina kriegte sich vor Freude kaum ein, als der Sylt Shuttle sie vollbepackt über den Hindenburgdamm in ihr neues Leben fuhr. Wochenlang hatten sie die Hütte am Wenningstedter Strand renoviert und instand gesetzt. Nun hatte sie die letzten Sachen aus ihrer Hamburger Wohnung dabei – und es konnte losgehen. Selig sog sie die unglaubliche Luft ein.

Es hatte nicht viel Überredungskunst bedurft, Luis als Küchenchef für das Bistro der Surfschule zu gewinnen – genauso wenig wie Frau Zemke, die im Service arbeiten würde, schon seit ein paar Wochen bei der Renovierung mithalf – und neuerdings roten Lippenstift trug! Auffällig oft umschwirrte sie Sörensen, der sich angewöhnt hatte, seiner Marillenschnaps-Flasche eine neue Umgebung zu zeigen, und deshalb dauernd in der Surfschule auftauchte, deren Wände Ellis edel gerahmte Bilder zierten.

*Ellis Roller-Coaster-Ridings* – Nina, Luis, Frau Zemke und Sörensen klatschten laut, als Jan das große Schild anschraubte.

»Das von Ihnen bestellte Leben ist jetzt wieder lieferbar«, ploppte in einer SMS auf Ninas Handy auf, als sie mit Champagner auf die Eröffnung anstießen. »Bitte rufen Sie uns an, und teilen Sie uns mit, wo wir die drei Tonnen Liebe, Glück und Leidenschaft abstellen sollen!«

Nina drehte sich zum Absender der Message und küsste ihn.

– Ende –

# Danksagung

Ich danke meiner Mutter Gisela für ihre niemals endende bedingungslose Liebe und Unterstützung – you know, I love you, don't you?

Ich danke meinen Schwestern Julia und Lara – was wäre ich ohne euch?

Für meine Granaten-Patennichte Lina.

Für meine geliebten Cousins und Cousinen Anja, Kerstin, Jan, Stefan und Nina – und meine großartigen Tanten Bärbel, Frauke und Lore.

Für Nena (»the first book is the deepest«), Phil, Lary, Sakias, Samuel und Simeon.

Für Jasmin, die zu meiner großen Freude immer wieder mein Leben kreuzt. Zwillinge rules!

Für Regina, du Seelenverwandte und großartige Freundin.

Für meine Herzens-Freunde Dorothee und Hubertus – ich hab euch sehr lieb!

Für Peti – so schön, dass du wieder bei uns bist!

Für Karen – du längste und liebste Freundin.

Für Astrid – ich hab dich nicht vergessen! Und für Nicole, tapferste Alleinerziehende ever!

Für Katja-line!

Für Florence und Patti: Daniela–friendships never get old!

Für Christine und Franz mit den liebsten Grüßen ins ferne Wien!

Für meinen Vater, trotz allem.

Für Wiebke Lorenz – danke für deine ständige Hilfe!

Für Sandra K. (ja, ich meine tatsächlich dich), deren Sylt-Schwärmerei mich auf die Insel gebracht hat.

Thies, Manfred, Christian, Ingo und Olli – ihr seid Top-Schwager bzw. Schwipp-Schwager bzw. Schwips-Schwager! Und Heike und Viola, ihr ebenso, nur in weiblich natürlich!

Für Maria, Alena, Julian (von Jan), Julian (von Stefan), Theresa, Antonia, Tom und Laurin.

Ich danke Julia Eichhorn von der Agentur Graf für meine »Entdeckung« – genau wie der wunderbaren Claudia Winkler vom Ullstein-Verlag für »Entdeckung, Teil 2« und ihre stets geduldige, kompetente Unterstützung. Großen Dank auch an Ulrika Rinke für ihre feinfühlige, psychologisch-geschulte Betreuung.

Ich danke Ingola Lammers für ihr sanftes, einfühlsames, kluges und humorvolles Lektorat! Das ist der Beginn einer wunderbaren Freundschaft! ;-)

Danke auch an Jutta Vielberg von Sylt-Travel für unkonventionelle Unterstützung und Tipps.

Für dich, James, du geliebter schwarzhaariger Begleiter.

Und last, but not least, danke ich dir, Susanna – du ganz besonderer Mensch – für einfach alles!

# Nur die Liebe ist kalorienfrei

Die Liebe prallt an Nele ab wie ein Flummi an einer Betonwand. Schuld daran ist ihr Gewicht – denkt Nele. Und meldet sich auf Sylt zu einer Fastenkur an. Die soll Körper und Seele angeblich auf Werkseinstellung resetten und dadurch ein vollkommen neues Lebensgefühl schaffen. Doch kann Verzicht wirklich Veränderung bewirken? Auf Sylt kommt alles anders als erwartet. Nele begreift: Perfekt aussehen muss man nur, wenn man sonst nichts kann. Ein turbulenter Smoothie aus Kalorien, Kulinarik, Chaos, Genuss und Leidenschaft …

Claudia Thesenfitz
**Sylt oder Sahne**
Ein Glücksroman

Taschenbuch
Auch als E-Book erhältlich
www.ullstein.de

ullstein

# Fünf Frauen, eine Stadt und tausend Träume

Fünf junge Frauen auf dem Sprung ins echte Leben. Für sie ist New York ein flirrender Kosmos voll atemberaubender Möglichkeiten. Die eine sucht die große Liebe, die andere den Traumjob, die eine träumt vom Broadway, die andere von der Ehe. So unterschiedlich die Frauen auch sind, sie stürzen sich mit derselben Leidenschaft ins Leben, wild entschlossen, auszukosten, was die Stadt ihnen zu bieten hat.

»So groß ist die Könnerschaft der Autorin, dass die Geschichte dieser fünf Frauen unverkennbar die Geschichte von jemandem ist, den Sie kennen.«
*The Boston Globe*

Rona Jaffe
**Das Beste von allem**

Aus dem Amerikanischen von Susanne Höbel
Taschenbuch
Auch als E-Book erhältlich
www.ullstein.de

**ullstein**